脱贫攻坚
我们的行动
23位第一书记访谈录

何昌平等 口述　　贺享雍 采访、整理

四川人民出版社

图书在版编目（CIP）数据

脱贫攻坚，我们的行动：23位第一书记访谈录/贺享雍著.－－成都：四川人民出版社，2018.6
ISBN 978-7-220-10734-4

Ⅰ.①脱… Ⅱ.①贺… Ⅲ.①报告文学－作品集－中国－当代 Ⅳ.①I25

中国版本图书馆CIP数据核字（2018）第088099号

TUOPINGONGJIAN WOMENDEXINGDONG
脱贫攻坚，我们的行动
——23位第一书记访谈录

何昌平等　口述　　贺享雍　采访、整理

责任编辑	王其进
封面设计	张　科
版式设计	最近文化
责任校对	舒晓利　袁晓红
责任印制	祝　健
出版发行	四川人民出版社　（成都市槐树街2号）
网　　址	http://www.scpph.com
E-mail	scrmcbs@sina.com
新浪微博	@四川人民出版社
微信公众号	四川人民出版社
发行部业务电话	（028）86259624　86259453
防盗版举报电话	（028）86259624
印　　刷	自贡市华华广告印务有限公司
成品尺寸	168mm×238mm　1/16
印　　张	20.5
字　　数	410千
版　　次	2018年6月第1版
印　　次	2018年6月第1次印刷
书　　号	ISBN 978-7-220-10734-4
定　　价	38.00元

■版权所有·侵权必究

本书若出现质量问题，请与我社出版社联系更换
电话：（028）86259453

目 录

1 苦乐如歌伴我行
　　——平昌县白衣镇蒿坪村第一书记何昌平访谈

17 我愿继续和大玉村的老百姓一起奋斗
　　——平昌县南风乡大玉村第一书记张可访谈

29 扶贫先扶志十分重要
　　——平昌县青凤镇赵垭村第一书记赖骏访谈

43 砥砺前行中的大石村
　　——平昌县板庙镇大石村第一书记孙海峰访谈

55 我们公安扶贫也能打硬仗
　　——南江县贵民乡双田村第一书记马北晨访谈

71 精准脱贫伴我成长
　　——南江县红光镇柏山村第一书记吴杰访谈

87 我对精准扶贫的几点感受
　　——南江县红四乡刘家村第一书记岳大胜访谈

101 **在精准扶贫中站好工作最后一班岗**
　　　　——南江县黑潭乡白虎村第一书记陈大海访谈

113 **我的扶贫经历**
　　　　——南江县南江镇三溪村第一书记杨雪梅访谈

129 **莫道桑榆晚，为霞尚满天**
　　　　——南江县杨坝镇田垭村第一书记谭真理访谈

143 **组织的肯定就是最大的鞭策**
　　　　——通江县火炬镇苟家坝村第一书记丁强访谈

157 **为老百姓做事是一种幸福**
　　　　——通江县空山乡青龙村第一书记刘泽训访谈

171 **扶贫路上的悲喜人生**
　　　　——通江县铁溪镇桐梓塬村第一书记赵迪访谈

187 **我的成长道路和第一书记经历**
　　　　——通江县烟溪乡罗张窝村第一书记文琼访谈

201 **一片丹心在白云**
　　　　——巴州区大茅坪镇白云村第一书记施元丞访谈

217 **我做了两个村的第一书记**
　　　　——巴州区大茅坪镇康民村第一书记樊军访谈

227 **我是怎么向农民学习的**
　　　　——巴州区凤溪镇金子村第一书记唐敏访谈

241 我在农村当"老板"
　　——巴州区化成镇高家坡村第一书记杨宇访谈

253 我在农村哭鼻子的故事
　　——恩阳区柳林镇海山村第一书记李林蔚访谈

269 谁说女子不如男
　　——恩阳区观音井镇岳王村第一书记张芳访谈

281 扶贫路上绝不落下一人一户
　　——恩阳区柳林镇桅杆垭村第一书记陈勇访谈

297 新手上路，请多关照
　　——恩阳区青木镇平桥村第一书记常春访谈

309 努力探索城乡接合部贫困村建设之路
　　——巴中市经济开发区文兴街道办事处中营村第一书记李明松访谈

前　言

我不是学者，不从事社会学、人类学或民族志研究，将近半个世纪以来，拙著虽有几本，但大多数属于虚构的东西，家乡父老乡亲形容这些东西是"吃竹子，屙背篼——肚子里编出来的""聊斋"。然而本书的问世却是一个意外。

今年5月初，中国作家协会旗下的大型文学刊物《中国作家》杂志，约我给他们明年的"纪实版"写一部反映秦巴山区脱贫攻坚的长篇报告文学，而在此前的4月，四川省作家协会、四川省扶贫移民局又联合推出了一个"万千百十"文学工程，号召全省广大会员作家投入到脱贫攻坚第一线，创作一批反映人民群众决战脱贫攻坚、决胜全面小康伟大战役的文学作品；四川人民出版社的领导和编辑也来信询问是否有新的创作计划。我一时心血来潮，又报了一部"吃竹子，屙背篼"的创作规划。可报过后搜肠刮肚，发现早些年吃进肚子里的"竹子"，此时已化作"背篼"屙得差不多了，剩下的一点"残片"，即使有巧夺天工之手，也难以再屙出一只像样的"篓篓"来。思来想去，这三件事一叠加给了我启发，于是选择了"三区叠加"——革命老区、秦巴山区和连片深度贫困地区的巴中市作为深入生活和创作的对象。5月15日一早，我便持了中国作家杂志社的一纸介绍，踏上了去巴中市采访的旅程。

从5月中旬到8月中旬，在巴中市委、市政府、市委宣传部、市扶贫移民局和各区县扶贫部门的大力支持和帮助下，从大巴山北部的高寒山区到南部起伏的丘陵，从海拔最高的南江县光雾山到海拔最低的平昌县黄梅溪，我走遍了巴中市4个国家级贫困片区县和从巴州区分出去不久的恩阳区以及新成立的经开区，观摩了几百个易地扶贫搬迁的聚居点和产业扶贫项目，采访了100多个奋战在脱贫攻坚第一线的第一书记、村两委干部、乡镇领导、包村干部、社会爱心人士、参与产业扶贫的企业家、贫困户以及县区相关领导和扶贫战线的同志，采访录音将近200个小时，其中第一书记是我这次采访的主要对象。

最初，我还只是怀着为报告文学和小说寻找素材的想法，去聆听这些第一书记们在基层的故事，可是随着采访的深入，我便慢慢忘记了自己的身份，而被他们牵引着，走进了他们或辛酸或欣慰的人生。

毋庸讳言，在这场伟大的决战脱贫攻坚、决胜全面小康的战役中，最辛苦的莫过于奋战在第一线的扶贫工作者，而其中之甚，又莫过于这些从城市走向农村的第一书记们。他们或刚刚从学校走进机关，脸上还带着学生时代的稚气，或年过半百，临近人生最后一班岗，也不管他们是自愿还是由于组织的安排，一旦被冠以"第一书记"的桂冠而走进脱贫攻坚第一线的战场以后，都面临着共同的难题，那就是"识别之难、帮扶之坚、表格之多、检查之繁、压力之大、工作之重……"的困难和压力。从此，他们顾不上家里的高堂、娇妻（丈夫）与孩子，"白加黑""五加二"成了他们的常态，许多同志甚至累倒在了岗位上，以至于连官方媒体都发出了"别等扶贫干部逝去再谈关爱"的呼吁。当我听着他们讲述的时候，我和他们一样，既为他们取得的成绩感到兴奋和欣慰，同时也为他们的艰辛感到痛苦和迷惘。

在访谈中，我发现一个非常有趣的现象，那就是我所访谈的第一书记，都是由市、县组织或扶贫部门推荐给我的这个群体中的佼佼者，他们中大多数同志都得到省、市的表彰，但没有一个同志，在我面前表现出稍微的骄傲和自豪。恰恰相反，他们坐在我的面前，脸上毫无例外地挂着一种疲惫的表情。哪怕是说到高兴的话题，他们的声音也同样充满着沉郁与凝重。即使是那些本该青春洋溢、朝气蓬勃的年轻人，在他们的叙述和语气中，也自觉不自觉地流露出了一种对人生的焦虑、对工作的担忧和对未来的不确定性。凭着一个作家的敏感，我完全可以想见他们在高强度劳动和压力下的精神状态。当一个人在遇到烦恼和喜悦的时候，都会有一种倾诉的渴望，我此时没办法帮助他们，唯一能够做到的，是认真而谦逊地做一个倾听者，引导他们把内心的喜怒哀乐、酸甜苦辣都讲出来，让我与他们一道分享。在倾诉与聆听的互动过程中，建立起信任与友谊。我的这一目的确实达到了，每次访谈完后，不少同志都高兴地对我说："贺老师，和你谈话真轻松！""贺老师，我很久没感到这样放松了！"

听了这些话，我也感到高兴，同时也引起了我的一些思索。对于这些奋战在脱贫攻坚第一线的第一书记们来说，组织及时的表彰和肯定固然很重要的，但更重要的，是要有人走进他们的内心世界，俯下身子，用一种平等的姿态，一个专注的眼神，一个自然的微笑，一个会意的点头或摇头，去倾听他们的言说，去分享他们工作的辛酸和喜悦。这时我忽然想到，任何"他者"的视角和言说，都不如他们的"口述"来得真实和客观，能够更让人走进他们的工作、生活和精神世界。于是我萌发了将其中一部分第一书记的访谈资料整理出来，单独出版一部真正意义上"非虚构"作品的念头。

这是一个大胆的想法，更是一次冒险的举动，因为在当前出版完全市场化的今天，我不知道会有哪家出版社愿意接纳这部不为市场看好的稿子。同时，我也不知道该把这部书稿归到哪一类。是文学，还是社会学抑或田野志？但我知道这部书稿的选题和表达方式，都具有独特的价值。它既充分展示了第一书记们在这场脱贫攻坚中的担当、忠诚与奉献的精神，更记录了他们人生成长和精神升华的过程。他们在农村担任第一书记的时间虽然只有短短的3年，但我相信这3年时间将会影响他们终生。同时，这部访谈录还是一幅丰富多彩的新农村画卷。虽然这些画卷没有用专门的篇幅来浓墨重彩地描述，但我们仍能从他们略带骄傲的叙述中，领略到贫困户们那一幢幢漂亮的新居，那一片片花果飘香、牛羊肥壮的新兴产业，那一条条整洁光滑村社水泥大道，以及那一口口波光粼粼的池塘与坚固高耸的自来水塔……这一切，无不让你感受到那片曾经贫瘠土地上翻天覆地的变化。尤其重要的是，这是一部私人的历史。中国历史从来都只重视官方的宏大叙事，而忽视底层民众个人的真实历史。因此我相信这部访谈录，在今后官方写作扶贫史时，一定能起到补史、证史的作用，修正甚至改变对官方宏大叙事的认识。

在采访中，得到了市、县相关部门和同志的大力支持，在此表示衷心的感谢并向你们的工作表示崇高的敬意！

贺享雍
2017年9月1日于渠县文联工作室

苦乐如歌伴我行

——平昌县白衣镇蒿坪村第一书记何昌平访谈

何昌平,男,1980年10月生,四川省平昌县人。毕业于西昌学院电气工程系计算机应用与维护专业,现任白衣镇党委委员、副镇长,蒿坪村第一书记。2017年4月,被中共四川省委、省人民政府表彰为"优秀第一书记"。

贺享雍（以下简称"贺"）：能谈谈你的简历吗？

何昌平（以下简称"何"）：我2003年7月从学校毕业后，参加全国大学生志愿服务西部计划，有幸分回到我的家乡巴中平昌县广播电视局。两年服务期满后，领导觉得我还不错，又有一定的文字功底，而且我所学的计算机应用专业在那个年代还是比较紧缺的，所以就把我留在了广播电视局。在广播电视局工作的时候，我先后担任过局里的团委书记、办公室副主任、主任和机关党支部书记，2012年组织上把我调到县政府"食安办"，负责食品药品安全工作。当时食品安全管理办公室有五个编制，领导让我主持整个"食安办"的工作。当时组织的意图很明显，就是想把我培养成食安办副主任，副科级干部。可是不久全国食品药品体制改革，这个机构并到了食药监局。机构都没有了，组织的培养意图自然也就没有实现。而在这之前，组织上也曾先后将我调到团县委、县纪委，巴中市政府办公室也曾经考察过我，但因为我是事业编制，没调成。当时我心里很有些想不通，同样都是人，凭什么事业编制就要受到这么多限制？眼睁睁地看着许多机会就这样白白错过了。那段时间我非常灰心，真是像俗话说的"命中注定八合米，走遍天下不满升"，也许这辈子再怎么努力，也不过是一个碌碌无为的人了。

贺：后来怎么想通了？

何：我这个人还有一个特点，就是自尊心比较强，干一件事情就要干好，要干就干成第一、干成模板和样本。记得那是我们县在改建云台至邱家那段老油路的时候，我去搞一个采访，在一个叫"讨口子崖"的地方，工人们在炸一块悬在头顶的危石，领导让我拍摄记录下排危前后的影像资料，于是我就去了。当我取完镜头，转过身刚走两步，突然从山上滚下来一块比你坐的这个沙发还要大的石头，从我旁边擦身而过。当时现场所有人都吓得目瞪口呆，我那时还不觉得可怕，但事后想起才觉得毛骨悚然。这件事情很快在全县传开，我妈妈听到消息后，在家里还痛哭了一场。当我后来路过那里看到跌落的那块巨石时，我的腿都会发软。那个时候我每天晚上都会想：当时要不是我命大，肯定会被砸成肉泥浆。如今能有幸地活着，什么荣誉、地位、行政编制还是事业编制这些又算得了什么？这样一想我就想通了！等全县老油路改造完了以后，县委、县政府开了隆重的表彰大会，我还被表彰为先进个人，所以组织对我还是很信任的。

贺：我看过你的相关事迹介绍，知道你也是一个农民的儿子，能谈谈你的父母和家庭情况吗？

何：我家祖祖辈辈都是农民。我们那里家族势力比较重，姓吴和姓李是大姓，我们姓何的只有几户人家，听祖辈们讲，他们总是受大姓的欺负。还在我很小的时候，我爸爸就发誓一定要把我送出去，如果上不了大学，脱离不了那个地方，就算是把我送出去当"抱儿子"（过继给别人），也要让我脱离那片苦海。我爸爸妈妈只生了我和妹妹两兄妹，妹妹嫁出去以后，我实际上是他们的"命根子"，继承他们"香火"的独苗苗，可在当时他们都有如此想法，可见他们的决心有多大。他们宁肯不要"香火"，也不愿我留在老家重走他们的老路。

贺：你后来的奋斗动力，不会全是因为这种家族势力的排挤吧？譬如地区自然条件的恶劣、生存环境的困窘等？

何：当然不全是因为家族势力的排挤。第二个原因就是我爸爸妈妈十分老实、本分。国家的农税提留、集体的投资投劳等，从来都是冲锋在前。别人还要和政府讲点价钱，可他们从来都是很积极的。比如那些年农税提留最重的时候，哪怕他们再困难，都是干部怎么说，他们就怎么做，从来不拖欠国家一分一厘，向来都是老老实实做人，规规矩矩做事。但他们心里还是觉得有些憋屈，总觉得活得有些累。因为我们地处山区，自然条件十分差，农业生产全靠肩挑背磨，家庭日子过得再苦再累都是咬紧牙关，所以我的父母就希望我不要再像他们那样，一辈子都活得那么艰难困苦了。

贺：这种影响对你很大？

何：影响非常大！比如我爸爸妈妈爱精打细算，特别是省吃俭用的习惯一直影响着我。我爸爸当时也在做生意，是一个小商贩。因为我外婆是元山街道上的人，摆了一个地摊，应该说零花钱还是不缺的，但是我爸爸、妈妈一直都是非常节约，每花一分钱，都要去找到钱的来路，到现在都还养成每天只吃两顿饭的习惯。

贺：你妹妹出嫁了？

何：妹妹比我还先成家，我还在读大学的时候，她就出嫁了。父母亲勤劳、勤俭的生活作风给我们兄妹很大影响，直到现在，我的衣服穿烂了，总也舍不得扔掉，洗干净缝补好后再穿。听说你今天要来采访我，我才专门去街上买了一套新衣服。此外，由于受家庭环境的影响，我从小就很懂事，也知道该怎么努力奋斗。我是我们家祖辈上第一个共产党员。而且我是在大学里面入党的，是我们学校那届同学第一批入党的学生。第一批入党的大学生要求条件非常严格，甚至有些苛刻，因为我当时是优秀学生干部，是团省委和省学联联合授予的"大学生综合素质A级证书"获得者。我很爱我的妹妹，因为，在我上大学读书期间，是我妹妹主动放弃学业而外出务工供我读书，帮我补贴生活费。

贺：我很理解你，因为我也是农民。我已经基本知道了你的奋斗经历与促使你奋发图强的内在原因，现在我们言归正传，请你谈谈下派做第一书记的事怎么样？

何：其实我在当这个第一书记之前还有过一段小插曲。国家虽然在2014年就开始搞精准扶贫了，但那个时候我们不叫第一书记，而是叫驻村工作队员。我们县政府办公室挂包的是驷马镇桃花村，我们主任叫曹光辉，现在调到恩阳区任副区长了。当时他给大家做工作，动员大家下去，可都没人报名。最后曹主任就对我说："昌平，经研究决定派你到村上去，这对你也是一个锻炼！"说实话，我是从农村出来的，做梦都想脱离农村，还需要锻炼什么？再说，我父母听说领导派我到农村，也坚决反对，我老婆也极不情愿。但那个时候驻村不像现在，也就是每周走马观花地去一两天，走一走，逛一逛，工作轻松，也没有压力，看在领导反复做工作的分上，我就答应去了。到2015年5月，上面开始说要选派第一书记。因为我本身就是驻村队员，又是一个党员，过去表现也还不错。于是我就顺理成章地做起了驷马镇桃花村的第一书记！

贺：怎么又变成了蒿坪村的第一书记？

何：就在我任桃花村第一书记的时候，我们县来了一个新县长，就是我们今天的李余良县长，他挂联的贫困村是蒿坪村。可我们县政府办挂包的却又是桃花村，工作有点儿不好对接。为了便于工作衔接，于是根据全县统一安排，将我们政府办挂包的桃花村跟县工商联挂包的蒿坪村进行了对调。既然帮扶部门都变了，第一书记当然也要进行对调。

贺：你就成了蒿坪村的第一书记？

何：对！2015年10月18日，我就从驷马镇桃花村转任到蒿坪村当第一书记了。

贺：这个时候思想上没有什么抵触？

何：脱贫攻坚的任务在2015年7月以前，还不怎么紧，但从2015年8月开始，就像紧箍咒一样，越来越严，越来越紧。各级的督查、暗访、抽查、考核、考评纵横交错，络绎不绝，最后我们驻村工作就不得不全脱产。说实话，蒿坪村我当时确实有些不想来了，因为我在驷马镇桃花村已经驻村满了一年。你看我的身体比较好，是不是？其实我有胆结石，有时候痛起来，汗水一颗一颗往下滴。另外一个原因，我爱人那时候她正在教高三毕业班，而且还是两个尖子班的数学老师，教学任务相当重，孩子也没有人看管，像个野人一样。最后领导给我做工作，说你在农村工作这么久了，也有一定的经验，目前单位也派不出比你更合适的人选，所以，你要服从组织安排。当时看到领导的眼神，我就想："那好，就再坚持一把吧！"于是在2015年10月18日，那天下着小雨，我们政府办的党组副书记苏文主任亲自送我到这里来报到了。

贺：走马上任了？

何：对！那天早上9点钟我们从县城出发，先到了白衣镇，然后从镇政府往蒿坪走，足足走了3个多小时。我们走一会儿又推一会儿车，走一会儿又推一会儿车。因为下雨，路上全部是稀泥巴，越往上走越打滑，四驱的车轮都爬不上来。我边走边问给我们带路的何雨洪副镇长还有好远。我一问，他回答说快了，二问，他还是回答说快了。我后来才知道，我第一次问的时候还在宝塔，第二次问的时候还在天井，离蒿坪村还远着呢！现在从我们蒿坪村到白衣镇坐车也就15分钟，可那个时候足足走了3个多小时！3个多小时什么概念？可以从平昌到重庆了。你可以想见当时那个路有多糟糕！

贺：除了路糟以外，村里还是一个什么状况？

何：我到了村里后，做的第一件事情就是找农户调查，先摸底。通过调查摸底，我有"两个没有想到"：第一个没想到我们平昌还有这么贫困的村，它虽然离县城这么近，条件还这么差，太出乎我的意料了！第二个没有想到我们蒿坪村自然条件会这么恶劣，基础设施建设会这么落后。天晴就是一把刀，火辣辣的；下雨也是一把刀，孩子上学走的路，石板上青苔都很厚，那些留守老人送孩子去上学，稍不注意就滑倒了。当地群众生了病还要用滑竿抬，非常恼火。后来我总结了蒿坪村有"四多"：一个是病残人员多。全村建档立卡贫困户89户、326人，通过精准识别降到了70户、260人，其中因病、因残致贫的就是35户、93人。二是荒地荒坡多，漫山遍野的土地都是荒着的，没有人耕种，杂草丛生，野草比人还高，一片荒凉的景象。三是外出户多，全村358户、1430人，整家外出务工和定居的就高达120多户，有的村民组几乎没几户人居住，给人一种荒无人烟的感觉。四是光棍多，以村主任为首的光棍就有33个，我是挨家挨户数出来的……

贺：村主任成了光棍首领，我还是第一次听说这样的事，他从没结过婚吗？

何：结过。第一任老婆给他生了一个孩子，然后走了。第二任老婆又给他生了一个孩子，也跑了。没办法，条件太差，留不住呀。他们不论赶集还是走亲访友，都全靠两条腿走路，山又大，路又远，干活全靠肩挑背磨。你说都到现在这个时代了，哪个女的还愿意嫁到你这个穷地方来？别人说"有女不嫁蒿坪村，吃苦受累穷一生！"所以蒿坪村留不住女人。一些外出打工的小伙子从外面哄了一个女人回来，可来这儿一看条件太差，过一段时间就走了。有个姓刘的小伙子，我2015年10月份来当第一书记的时候，他娶的就是第二任老婆了。到目前，他已经娶到第4任老婆上了，现在他老婆已经怀了孕，看来这一次他是能把第4任老婆留住了！

贺：为什么？

何：因为现在蒿坪村发生了翻天覆地的变化！公路通到家门口，他们两口儿在自己家里开起了农家乐。村里发展起乡村旅游后，到这里来的游客每天络绎不绝。他们家里面生意越来越红火，两个人的感情自然而然也就不错，现在又怀了孩子，所以她肯定不会跑了。

贺：在精准脱贫中，你觉得最大的难题是什么？

何：发展产业是最大的难题。因为我们这里自然条件差，群众发展意识不强，别说外地的老板，就连本地在外面的成功人士，我们村两委干部和我本人反复给他们做工作，他们都嫌这里太落后、太贫穷，没什么发展希望，也不愿意回来。在这方面，我们可以说真是费尽了脑筋，挖空了心思……

贺：后来是怎么解决的呢？

何：后来我们就想办法，从改善村里的基础设施做起，先栽"梧桐树"，再请"金凤凰"。不是有句话，叫作"要致富，先修路吗"？因此我们把制约发展的交通瓶颈先打破。首先，打通本村与外界以及村内各社的联网公路，道路通了，人的思想就慢慢通了。第二，是把老百姓的土地流转出来，给予他一定的优惠政策，你来这儿创业，前三年我们把土地免费租给你，而且政府还给你一定的补助。利用国家回引创业的奖补资金，扶持你、帮助你。就这样，通过我们反复做工作，终于引来了两个业主，一个是本村在外的务工青年，另一个是达县人，他老婆是我们蒿坪人，他也算是我们半个蒿坪人吧！我们把他们招引回来发展花椒和中药材，并组建了一个专业合作社，贫困户将土地与产业扶持周转资金都作为股金注入合作社当股东，实行每半年一分红，解决他们持续增收的问题。这样一来，贫困户有想头，有盼头，业主也就有干事创业的热情了。

贺：一共流转了多少土地？

何：总共流转了1000亩，主要种植的花椒，并套种了几百亩黄檗、丹参等中药材。产业办起来过后，老百姓还可以常年在产业园打零工，也能增加一定的收入来补贴家用。同时，我们又通过国家的扶贫政策，改善老百姓的居住条件。房子确实是危房的，就实行危旧房改造；居住条件较差的，一方水土养活不了一方人的，就实行易地搬迁。实在既不能修也不能建，房子又是危房的，就根据他本人的意愿，愿意投亲靠友的，就投亲靠友。总之，要让贫困户住上好房子。现在全村的贫困户都住上了安全的房子了。

贺：精准扶贫也是一个不断摸索的过程。刚才有一个村民对我说，你们还给他发了两头猪苗，猪养成功了，自己吃了一头，另一头卖了1000多元，可发给他的小鸡苗，却没有赚到钱，是怎么回事？

何：这个情况是这个样子的：我们去年在做脱贫攻坚规划的时候，我们到县农业局去争取了一笔涉农整合资金，让贫困户发展小微经济，根据他们家里的实际情况采取因户施策，有种植能力的就发展种植业，发给谷种、肥料等；有养殖能力的，我们就给他发鸡苗、猪苗等；既有种植又有养殖能力的，我们都兼顾。充分尊重群众意愿，实行量身定做。你所说的猪苗、鸡苗就是我们帮扶机制"五个一批"中的"就业发展一批"。说到这里，我想特别说明的是，我们有些老百姓的观念，他们真的是穷惯了，穷怕了。当初发鸡苗的时候，我们就挨家挨户宣传，请了技术员来搞技术培训，可村民对培训根本不重视，七来八不来，你来我不来，就算是来了，也是一些老头老太婆。专家跟他们讲了半天，可他们又不专心听，回去还按传统的模式搞种养殖。结果第一批鸡苗发下去没多久，就死了将近一半，因为当时正好是大热天，气温比较高，损耗当然就非常大了。最后我们就想，给你上课你不认真听，我们干脆来个一对一地给你讲。于是我们就让技术员到他们家里去讲，现场进行培训授课，但个别家庭因管理不善，导致小鸡苗还是有一定损耗现象。

贺：这不是哪一个地方的问题，农村有文化的青壮年都出去了，家里就剩下七八十岁的老头老太婆，你给他们讲，就是听明白了，他们也会记不住。

何：确实是这样。所以我们现在不管是发展产业也好，组建专合社也好，都让那些相对比较有文化、有本事、有头脑的人来经营和管理，一般的人就让他来园子里务务工，比如做些除草、松土、施肥的活儿就行了，每天60元钱，不存在任何风险。

贺：你觉得目前蒿坪村起了什么变化？

何：说起这里的变化，那真是一言难尽哟。过去的蒿坪是远近闻名的"旱山村""空壳村"，也是出行无道路、致富无门路、发展无思路的"三无"穷山村。如今的蒿坪已是幸福美丽新村的缩影，成为过往游客高度赞誉的特色村和各级媒体纷纷聚焦的明星村。通过国家实施精准扶贫一年多的时间以后，一个昔日贫穷落后的荒山村成功创建为"四川省新型农村社区"，并成为引领全县脱贫奔康的先行村。说真心话，让老百姓住上好房子，过上好日子，实现物质上的脱贫相对来说还是比较容易的，但促使他们养成好习惯，形成好风气，实现精神上的脱贫那还真是不容易的。记得是去年11月份，县上组织各个帮扶单位都要深入挂包村开展慰问活动。按照传统的慰问方式就是给贫困户送米、送油，或是给几百块钱。当时我给政府办主要领导汇报说，我坚决反对这种慰问方式。第一，老百姓自己的田地就种有粮食，你那一袋米、一壶油他们不缺，对那个不稀罕，所以我们送去时，他们那个态度都是要也可以，不要也无所谓。第二，送的几百块钱去，也许你左手交给他，他右手就拿去吃喝了，吃喝完了也就忘了，与其这样还不如拿来开展对贫困户的帮扶活动。政府办主要领导听后非常赞成我的这个观点，并表示还将大力支持我们来开展习惯养成教育活动。于是蒿坪村的"三比和创四好"活动就这样大张旗鼓地开展起来了。一比勤劳守法，二比知足感恩，三比环境卫生。我们在9个农业合作社贫困户相对集中的地方，由群众推选一个院户长，由这个院户长来管理他周围几个贫困户的环境卫生、感恩教育、政策宣讲等。反正什么事情都一包在内，责任包干，村上由我带队组织考评，每10天考评一次。搞得好的前5名，给每个贫困户奖励100块钱，而且发放流动红旗一面；搞得差的后5名，就通过村上的广播反复通报。你别说，我们这样一搞，果然非常见效。3社有个姓刘的贫困户，在一次评比中，他家环境卫生考评排在倒数第四位，我就在广播里反复通报。他听到广播后，急匆匆地跑到村办公室来，拉着我的手说："何书记，我求求你们了，不要再广播了，我那些亲戚还要上门，儿子、孙子以后还要成家，让我这脸往哪儿放嘛？我以后一定改正就是了。"后来他家里的环境卫生，确实每次就都排在了前几名。

贺：这个创意很好，其他地方也有这种情况，比如评"五星户"、"四星户"或"精神文明户"等。的确，我们在慰问贫困户方面，也该有些创新了。

何：是呀，农民真的不在乎你那几斤米、几桶油了呀！我到蒿坪村第一年，我们政府办也就是用这种方式来慰问，结果米面油发到最后，竟然还没有人要，你说可笑不可笑？所以当我提出这个想法后，领导就说，我尊重基层一线同志们的意见，因为你天天在与贫困群众打交道，你们最有发言权！结果没想到效果如此令人意外。如今，全县都以我们蒿坪为榜样在开展"三比创四好"活动。过去上面哪个领导要来督查或看望贫困户，村上就要组织劳力给他突击搞环境卫生,既费钱又费力,而且搞好了以后他们又不保持,那真的是令人头疼!现在你随时到哪家贫困户去,床铺、房间、灶台都收拾得干干净净、整整洁洁的,家具摆放得井井有条。除了比环境卫生,我们还比着装整不整洁,比如衣服穿戴整齐没有?胡子刮没刮?牙齿刷没刷?手脸洗没洗?……同时,我们对家庭风气好、邻里关系和谐的贫困户还以发放洗衣粉、牙膏、牙刷、杯子、垃圾桶、鞋柜、鞋架等作为奖品去鼓励。渐渐地,社看社、户看户,家家都养成了一个好习惯,也形成了一个好风气。所以说我们蒿坪村在全县是一个标杆。

贺:做了3年第一书记,你最大的感受是什么?

何:我觉得有苦也有乐。先说乐吧,第一,我现在不论到蒿坪村哪个家里去,老百姓都跟我非常亲近,我很有一种成就感,至少我的付出得到了老百姓的认可。同时,由于各级党委政府的表彰,说明我的苦与累也得到了各级组织的认可,这让我感到特别欣慰。第二,我过去一直在机关从事文秘工作,对农村知之甚少,这3年农村的经历让我学到了很多,成长了很多。我给你讲个故事:那是去年12月21日,第二天市上要来蒿坪村检查验收脱贫攻坚情况。那天吃过早饭,我准备去各社再看看各家各户的环境卫生打扫情况。当我刚走到4社,就遇到30多个村民,听说蒿坪村迎接市上检查,就准备来村委会闹事,结果碰巧遇上了我。他们把我的车拦住,不准我走,要我给他们说清楚:"为什么一天到晚都是给贫困户修房?又给他们发这样补助,那样物品,还给他们修路,安自来水,甚至连垃圾桶都给他们发,还给不给贫困户发夜壶?为什么共产党如此偏心,连各级干部都是专门给贫困户培养的?过去缴纳农业税提留,我们没少缴一分,村上的投资投劳,我们没少投一个,凭什么你们现在天天都是围绕贫困户干?他们贫困户建房,一户人要补助一二十万,我们在外面辛辛苦苦打工,好多年都挣不到那么多钱!我们能够吃得起饭,穿得起衣,也是靠勤劳、靠节约,才兴起一个家,你们为什么专门去扶助那些懒人?真正因病的,因大灾的,我们不说,你们该帮就帮!可那些懒人,你们为什么也在帮?"

因为已近年底，外面打工的都陆续回来了，包括临近村的人，听见这边大声吵闹，就跑来看热闹，很快就聚了50多人，把我的车围得水泄不通，质问的火药味也越来越浓，你说一句，他说一句，你在吼，其他人也跟着附和。当时村主任也在车里面，还有镇上扶贫办几个才参加工作的年轻同志，他们从来没有看到过这个局面，吓得连车门都不敢开。我一看，知道这是老百姓典型的心态失衡、相互攀比造成的。当时最让我想不到的是，在跟着闹事的人群中居然还有贫困户！他闹什么呢？他觉得他那个房子是危改，国家只补助了他几万块钱，而另外一个是易地搬迁户，国家给了10多万块钱，因此他心里也不平衡，也在人群中闹。当时我就想，要是我强行把车开走，这样会面临一个恶果，那就是要和群众发生拉扯，甚至砸我的车；还有一个就是成功化解这起矛盾，借此教育广大村民。我选择了后者。

贺：你是怎么来化解这场群体事件的？

何：在他们闹的过程中，我就在心里思考他们闹的根源在哪里？目的又是什么？为什么心里失衡？其实这些我心里都非常清楚，因为我也是农民的儿子。所以那天我首先把车门打开，静静地、耐心地坐下来认真听他们说。他们说了足足一个多小时，见我只是微笑着倾听，慢慢地怒火也就有些蔫了。然后有名叫尹光胜、尹光荣的兄弟俩，见我始终一言不发，等不住了，就招呼住大伙儿说："你们不要再闹了，我们说了这么久，现在请何书记给我们一个说法！他说得好就走得脱，说不好就别想走！"人群果然不吵了。我一看机会来了，便对大家问："你们是不是要听我说？"众人都回答："我们就是要听！"我就说："你们要听我说，就不要闹！如果你们没有说够，就继续说，我继续听！我今天时间再紧，也要听你们把话说完，你们不把话说完，想赶我走我都不会走！"众人一听，没有一个人说话了，都等我说话。于是我就对他们讲："乡亲们，我也是个农民娃，我的父母亲至今都还住在元山镇长岗村。你们要是不相信，可以跟我一起去看，我的老家的条件，并不比蒿坪村好。为什么要给贫困户建房，给贫困户发展产业，给贫困户搞环境卫生？因为组织派我来就是做这事的！第二，你们再看一下我们村上的几位干部，他们哪一家是贫困户？他们一个月就1000多块钱的补助，却晒得像茄子一样，黑得像非洲人。累死累活，他们究竟又图什么？第三，国家为什么要搞精准扶贫？有句俗话叫作手背手心都是肉。就比如，一个家庭生了三个儿子，大儿子勤劳肯干，又勤俭持家，日子过得当然可以。老二本来也和老大一样，但不幸遇到了天灾人祸，长期患病，日子就过得十分艰难起来。老三智力弱一点，纯属好吃懒做，有些不听老人教诲。但父母们是不是就可以不管老二、老三的日子，让他们活活饿死呢？扶贫的道理是一样的，共产党就是我们的衣食父母，如果让贫困户一直这么穷下去，那社会的和谐、稳定从哪里来？社会主义制度的优越性又从哪里来体现？你不要认为自己今天有能力吃得起饭，如果贫富差距大了，两极分化严重了，即使你家发财，但你晚上睡觉能安心吗？等大家都脱了贫，过上好日子了，共产党的阳光自然会普照大地，我们每个人都会受到雨露滋润的，那才是真正的社会主义社会！因此大家不要着急，心态不要失衡。"说完我又对他们讲：扶贫绝不是只帮了贫困户，如果蒿坪村没有贫困户，蒿坪村不是贫困村，我们的基础设施建设就能改善得这么快？那些路难道只是给贫困户修的吗？只是让贫困户走吗？我刚到蒿坪村来，路是什么样子，大家不会忘记了吧？我们要卖一头猪，需要五个人往外面抬，每个人一包烟，供一两顿生活，抬到涵水去上车。现在直接就在家门口上车，省了多少事，节约了多少钱！还有产业发展，以后我们蒿坪村成了旅游名村，大伙开个农家乐也罢，搞个什么产业也罢，办个什么企业也罢，不都是沾了精准扶贫的光？"说到这里我又对大家说："你们今天觉得干部只在关心贫困户，没有关心你们，我在这里确实应该给大家做个检讨，因为这段时间很忙，我到非贫困户家里去的次数确实少了一些，这个我们以后一定改正！但在这里我要真诚地对大家说，尽管我到你们家里来得少了一些，但并不代表我不为你们办事！只要你们有什么困难，我同样热情对待，绝不打半点折扣！"最后我又回答了村民几个具体问题，当我说完后，没想到全场爆发出热烈的掌声。人们自动为我让行,场面十分令人感动,至今历历在目。

贺:刚才说到了乐,那苦是什么?

何:说到苦,我的心里突然觉得有些酸楚。第一是对家庭的愧疚。去年国家实施二胎政策过后,我老婆怀了小孩,她已经35岁了,属于高龄产妇,那时候妊娠反应特别强烈,每一次到医院去都想我陪陪她,现在还有二十几天就要生了,我都没有陪过她一次,每当提起这个事她就会忍不住掉眼泪。有一次她身体反应比较强烈,出了一点意外,非让我陪她去医院检查,我本来事先是答应了的,结果遇到村上搞易地搬迁回头看,要召开群众会,那个会也非常重要,结果我又不能陪她去。所以想起来心里还是很愧疚的。第二是对孩子关心很少。我儿子有些贪玩,有次他放学后跟别的小朋友在外面玩耍,回来晚了。那天正好遇到我回家,我责备了他几句,说难道你是个野人吗?你听他怎么说?他说:"爸爸你才是个野人,我晚了半小时回家,你就说我是野人,可你呢,经常是十天半月也不回家,那算不算是野人呀?"说得我当时哭笑不得。再一个就是工作压力特别大!我们蒿坪村是全县乡村旅游扶贫开发的重点村,县委县政府非常重视,建设任务十分繁重,各级检查、督导、抽查、暗访、各类资料、报表,真让人难以缓口气,再加上以前我们的脱贫攻坚工作又都是在摸索中。所以,我们只能白天忙硬件,晚上回来忙软件,晴天忙坡上,雨天忙屋里。从去年到现在,都是"5+2""白+黑",有时候生病输液都是把液体挂在手上,左手打吊针,右手继续办公。我们农民娃娃能够走到今天很不容易,每一个成长和进步,都要靠自己的汗水和心血去换取。所以我向来对自己要求又十分严格,我在老百姓家里吃饭,管他20块10块都要给钱,从不占老百姓一丝一毫便宜。所以久而久之,老百姓都觉得何书记这个人是个值得信赖的好干部,都愿意跟我说真心话。今年我的任期虽然已经满了,但组织上还要求我连任,在上次开展任期届满民主测评时,一些村民以为我就要调走了,都纷纷互相打听,说不能让何书记走。这一点,我知道后感到十分欣慰。

我愿继续和大玉村的老百姓一起奋斗

——平昌县南风乡大玉村第一书记张可访谈

张可,男,1973年1月生,1996年毕业于四川广播电视大学。1994年1月参加工作,任平昌县政协机关工会经审委员会主任,2015年9月到南风乡大玉村任第一书记。2017年4月被中共四川省委、省人民政府表彰为"优秀第一书记"。

贺享雍（以下简称"贺"）：张书记，你是从县上哪个单位选派到大玉村任第一书记的？

张可（以下简称"张"）：我1994年参加工作以后就一直在平昌县政协办公室工作，2015年组织把我选派到大玉村来做第一书记。我家庭的情况比较具体，父亲2008年就中了风，瘫痪在床，母亲也是椎间盘突出，不但不能从事重体力劳动，连做饭、行走都不方便。我还有个哥哥，原来在粮食部门工作，但很早就下岗了，下岗后就到江西那边打工，因为他不出去打工不行，家里还有一个孩子。所以我们家里实际上只靠我和爱人来支撑。

贺：爱人有工作吗？

张：爱人以前在一家企业上班，2003年企业改制下岗了。

贺：现在就业没有？

张：下岗后她一直没就业，因为家里有父母孩子。

贺：孩子多大了？

张：小的读三年级，大的读大学。

贺：面对家庭这个情况，当时下来思想上有什么顾虑没有？

张：当时主席征求我的意见。说老实话，我当时比较纠结。你想嘛，父母都快80岁了，特别是父亲又中了风，身边离不开人。主席找我谈话的时候，我向领导说了我的想法。主席就给我做工作，说我父亲也是在政协办公室退休的。政协机关老同志多，有几个年轻人从教育线上调过来，但他们还不是党员，自然不能把他们派下去担任第一书记这个职务。他说你放心下去，组织上尽可能去照顾好你的父亲和孩子。我听主席把话都说到这个份上了，是对我的信任，觉得作为一名共产党员，还是应当服从组织安排。于是我就回家去给父母说，然后给妻子说。我妻子一听坚决反对，说你走了我一个人在家里怎么办？我母亲也反对，她说你到那儿去了，我们要是有个病什么的，谁来把我们往医院弄？我就对她们讲，你们放心，我争取一周回来两三个晚上，把该做的事都做了，白天你们就只是看护看护父亲、煮个饭就行。我又说，既然领导已经安排我去，我如果不服从，就是违反组织纪律，那也不对。说了半天，终于做通了妻子的工作。于是在2015年9月，我们政协秘书长就把我送到村上来了。

贺：当时到村上，看到的是一种什么状况？

张：到村上来后，支部书记带我沿村走了一圈。说实话，当时看到大玉村的情况心里只觉得很酸。村上条件很差，路全是泥巴路，村道路可能有十来里公路，基础是整好了的，但都是像过去机耕道那种，一下雨就是很深的稀泥。

贺：除了交通落后外，贫困户是一种什么状况？

张：2015年底经过再次精准识别后，全村贫困户共有128户、356人。我给举几个贫困户的典型例子：有个陈玉珍，70多要满80岁了，她儿子得癌症死了，儿媳妇在她丈夫死后，就丢下两个孩子跑出去打工，六七年了一直音信全无，我们也联系不上。现在老太婆就和两个上小学的孙子相依为命。她住在11社，比较偏远，条件非常差，房子破破烂烂的。当时我看了心里非常难过。我也是在农村长大的，记得集体生产的时候，队里加夜工打麦子，脱麦子，加到半夜的时候，队里要分油条犒劳大家，一个女劳力分两根油条，男劳力分三根油条，母亲分到两根油条后，舍不得吃，拿回来我吃一根，她吃一根。那个时候吃不饱，肚子饿，我每次想到这个，就感觉眼泪要出来了。我看到陈玉珍家里这个情况，觉得他们真的太造孽了。特别是两个孩子，这么小就没有了父母，平时上学，走一趟要1个小时左右，也不知他们小小年纪是怎么走到了的？真是太可怜了！

还有一个叫吴斌的，10多年前就出去打工了，家里就他父母、妻子和三个孩子。父母80多岁了，妻子有精神病，孩子在上学，家里的情况简直可以用惨不忍睹来形容。但这种情况全村很多，我这里统计得有数字：全村一、二级残疾有41个，三、四级残疾有32个，一共是73个残疾人，这种因病、因残致贫的人，占了很大一部分。

贺：面对大玉村当时的贫困状况，你这个第一书记的想法是什么？

张：我把全村走访完了以后，说实话，下来以前，我还有几分雄心壮志，可了解全村的情况后，我突然感觉心里七上八下，一下就没了底。我不知道自己是否还能有本事带领大玉村的老百姓顺利脱贫？后来我回单位给领导谈了大玉村的现状，也谈了我的想法。领导知道我有些动摇，就鼓励我不要怕，该做什么，就踏踏实实地大胆去做，需要单位帮助支持的，单位一定会帮助、支持！听了领导的话，我又有了一些信心。

贺：硬着头皮也要上？

张：对！回到村里，我就把支部书记、村两委班子成员找来，先是支部会、村两委班子成员会，然后是党代表会、社代表会，大家坐在一起，一家一户研究，找他们致贫原因，然后针对每户贫困户的现状研究对策，使他们能有起码的生活保障，有饭吃，有衣穿，有房住。乡党委、乡政府也很重视我们大玉村的脱贫，因为我们大玉村报的是2016年脱贫，所以2015年12月份我们又专门成立了大玉村扶贫攻坚领导小组，乡党委书记亲自挂联大玉村。大玉村扶贫攻坚领导小组成立后，我们又根据每个贫困户的不同情况，找贫困户座谈，根据他们的意愿，从种植和养殖入手，挨门挨户去帮他们搞规划，然后再为他们争取资金和项目。

贺：像刚才陈玉珍和吴斌这样的贫困户，他们已经不具备从事种植和养殖的能力，你怎么给他们争取资金和项目让他们脱贫呢？

张：你这个问题问得很好！像陈玉珍家里，现在就是我在帮扶她。对这样不具备劳动能力的贫困户，我主要是从政策上争取，一是政府的兜底保障，去年两个孩子就享受了贫困儿童补助，每个月390元，两个孩子一共

780元。二是从社会上去争取。你知道我们政协联系面广，有268个政协委员。这些委员分布在社会各界，其中不乏商界的成功人士，我们就去找这些成功人士给陈玉珍的两个孙子赞助学费、生活费什么的。

贺：拉到赞助没有？

张：怎么没有！现在陈玉珍两个孙子读书根本不用愁了。我们有个民主党派支部，每年开学或节日什么的，就给他们送赞助金，还有衣服、文化用品、书、书包这些。我前天到教育局，给他两个孙子又争取到1000块教育扶贫资金，直接打在他们卡上。我们主席也多次到村上来，知道陈玉珍家里困难，号召机关的同志献爱心。接近两年时间，我们从资金上支持她大概有6000到7000块钱。我个人有两次，每次都是给她拿500元。

贺：光靠好心人这样零星的资助，可以解决两个孩子一时的困难，长期恐怕不行。孩子过两年就又到乡上念初中。乡上要住校，需要生活费，一周得几十块钱，两个孩子最低也得100多块钱。另外，初中读完要念高中，念完高中还要念大学。现在国家精准扶贫政策在这儿，加上有你这么一个第一书记。你不可能一辈子待在这儿，大玉村一脱贫，没有了精准扶贫政策，谁又来帮他们？你刚才说了政协联系面广，方方面面的社会精英都有，政府能不能出面找那么一家富有爱心的企业，把两个孩子读高中、大学的费用都包下来，解除他们以后上学的后顾之忧，彻底阻断这个代际贫困？

张：是这个道理。这个村以前挂包领导是陈雪梅，她原来是我们政协的副主席，现在调到政府去当领导了，正在积极给我们联系社会各界，想成立一个教育基金会。

贺：成立教育基金会是一个非常好的想法。因为像陈玉珍这样丧失劳动能力的贫困户，你产业扶贫再好，她基本够不着，只能靠政府、靠社会爱心人士来帮助她，不然她就会很恼火。两个孩子成绩怎么样？

张：现在小学成绩还可以，就看初中了。我们现在又在帮助她的两个孙子申请孤儿补助。孩子的母亲已经出走多年，一直没管过孩子，也没有和家里联系过，但必须通过法院判决。现在法院判决书已经下来了，认定他们母亲失联，孩子是孤儿。我们凭法院判决书正在和民政联系，给他们申请孤儿补助。孤儿补助要高一些，每个月有700元。

贺：谢谢你帮贫困孩子做了这么多好事！刚才我到村上来，看见村里的基础设施都搞得很好，谈谈你们这方面的情况吧。

张：前面我说过，我2015年9月来村里时，不管是村道还是社道都是土路，现在我们大玉村所有的村道和部分社道全部硬化了，一共硬化了19.3公里。

贺：花了多少钱？

张：政府每一公里补助70%，老百姓自筹30%。说实话这个自筹难度非常大，因为不是一点点路，像4社只有二十几户人，它就有3公里路。所以老百姓自筹非常难，我就又向单位领导汇报，找各部门协调，多争取一些项目资金和补助。大玉村是一个大村，有11个农业合作社，2680人，但在家里的人比较少，说白了留在家里的都是相对困难一些的人户。现在很多东西都要自筹，不但公路，还比如饮水等基础项目，都需要老百姓自筹部分资金，说实话，老百姓还是比较困难。2016年大玉村的基础建设和产业发展资金，加起来政府补助是1610万，我们自筹了一部分，又争取了一些补助资金，目前19.3公里路全部硬化了。水利这一块也完善了，不但原来的13口堰塘全部得到了整治，还新建了几口堰塘。还有争取国土部门土地增减挂钩项目，全村老百姓的房子也得到了改善。村民家家的房前屋后都有一个微型的产业园，我们把它叫作微经济园。根据他自己家里的实际情况，能养猪的就养猪；能养鸡的就买一些鸡苗给他养；能种果树、药材和蔬菜的，就种果树、药材和蔬菜。种药材和种蔬菜的，我们还和村民签订了合同，在大量种植的情况下，村里包销售。

贺：我很想知道你们易地扶贫搬迁的事，你给我讲讲这方面的情况怎么样？

张：我们易地搬迁一共是50户、187人，其中城镇购房的有8户，分散和集中建房35户，投亲靠友7户。去年11月份已经全部完工，100%入住。

但现在有2户又出去打工了。

贺：出去打工也是脱贫的一个方向嘛！

张：对！

贺：听说易地扶贫搬迁中矛盾比较多，你们遇到过不愿搬迁的吗？

张：当然遇到过。比如有个伍××，他过去住在4社一个河湾里，很偏，从他家到村委会，走得快的话也要三四十分钟。

贺：也不通公路？

张：对，不通公路，不但对他发展养殖业和种植业不利，而且生存条件十分恶劣。我们就动员他搬到3社上面的公路边上，离村委会也近了，条件比他原来住的地方不知好多少。他因为在3社没有土地，我们费了很多力，找3社的村民给他协调宅基地和土地，使他能搬得放心，住得安心。可他却始终想住在那个老地方，舍不得搬。我们不知给他做了多少工作，给他打比喻，说你过去住得那么偏远，公路也不通，有个什么急事连人都找不着。搬到3社的公路边，不说别的，就是走路也好得多嘛！你原来到村上来办点事，要走将近1个小时，现在一迈腿就到了，更不说你上街买东买西，干活什么的。讲啊讲，终于把他说通了。

还有一个叫吴××，两口子在外面打工，家里几个孩子读书，母亲经常生病，家里房屋十分破烂，是建档立卡贫困户。我们就给他做工作，动员他把房子搬到集中安置点来。他在电话里也答应搬迁，但就是没有钱，说他们虽然在外面打工，但也都是50多岁的人，干不了技术活，只能打点小工，一个月挣个2000到3000块钱，除了吃饭就剩不下什么了，加上孩子读书，哪里还有钱修房子？当时是2016年上半年，虽然在开始启动易地扶贫搬迁了，但当时政策还不明朗，具体补助标准也没有出来，我们村上又没有一分钱垫，怎么办？我们就找包工头协调，想让他垫钱给我们修起。尽管这样，吴一直都不回来，后来我们反复在电话里做工作，一直到7月份过后，他才回来。可回来过后他又不愿意搬离原来的地方了。

贺：为什么？

张：第一个他是嫌面积小了，每个人只有25平方米嘛！另外一个他说他原来的宅基地是老地势，风水比新地方好。

贺：他不答应搬怎么办？

张：我们只得继续做他的工作嘛！我们做不通，又动员他的三亲六戚来做，最后连中标的建筑商都被我们发动起来了。建筑商去对他说你没有钱，我先帮你垫钱把房子修起行不行？最后他答应了。这个问题解决了，可新的问题又来了，我们给他协调土地，挨到他那一户又不干了，找我们闹了几次事，我们又协调了好多次，才把他的事情解决好。所以农村的事，说老实话，实际问题太多了。

贺：你还遇到过哪些麻烦的事情？

张：多着了，大又不大，看起来像是些鸡毛蒜皮，可解决不好，没一件是小事。比如像刚才说的那个陈玉珍，前面我说了这个老太婆很可怜，儿子死了，儿媳妇跑了，带着两个孙子生活，十分令人同情。可另一方面，这个农村老太婆嘴巴又零碎，话又多，得理不得理都不会让人，和邻居的关系处得十分僵。协调土地时，全村没有哪一个人愿意把土地调给她，拿钱都不行。那个时候我跟村主任两个人一起找老百姓说好话，就差一点给村民磕头作揖了，人家都不买账。修房子的时候，她家里又没有一分钱，我们又找包工头协调，给她垫钱。用水用电，附近老百姓都不要她搭伙，我们又去给她协调。给她做了这么多工作，她有时候还不理解。比如修房子拉砖、拉水泥的时候，村民不让她过，因为村上修那个土路的时候，不是需要村民自己集资吗？当时她家里穷，拿不出钱来。没有钱，你把话说好听一点嘛，可她嘴巴又硬，说自己虽然现在拿不出钱来，但等到孙子长大了，要好多我拿好多！你们现在拿得出钱就算能干哟？后颈窝摸得到看不到，说不定比我还不如呢！实际上她把全湾人都挖苦了，你说一湾人怎么不恨她？她给我打电话，说村民不让她过路，口气仍然很冲，说路是集体的路，不让我过就不得行！有什么办法？我和村主任一起又去找社代表和那些拦路的人，给他们讲她家的困难，又让他们不要和一个80高龄的老太婆一般见识。其实村民还是讲道理的，看见我们去了，也自觉地把路让开了。

贺：老百姓恐怕看的是你的面子。

张：还有一次，就是前几天的事，老太婆病了到医院住院，卫生部门曾经给她发了一个医疗扶助本本，住院要凭那个本本才能享受报销90%的优惠政策。但她不知怎么把那个本本搞掉了，整死个人说上面没有给她发。她是我的帮扶对象，她入不了院我不但有责任，而且按照精准扶贫的有关政策，应当把人家纳入医疗兜底的没有纳入，这是重大失误。于是我就去给她查，先找卫生部门，卫生部门说是乡卫生院发的，我又去找乡卫生院。把乡卫生院负责发本本的人找到后，那人说她在什么时间、什么地点来领的，她才想起确实是领了那个本本的，被她自己搞丢了。丢到哪儿去了，想了半天也想不起来了，你说这事是不是让人又气又恨？但她那么大的年纪了，我们也没有法。

贺：老人家现在的情况怎么样？

张：现在已经搬到新房子了！修新房子她没拿一分钱，全是包工头给她垫。搬进新房子后，老太太可能是因为心情的关系，和邻里关系好了一些。加上是我帮扶她，没事我就去和她聊天，给她讲我妈的故事。我说老年人有些固执可以理解，但你也不能光扯筋，邻里之间要相互理解，该让的让。我父亲瘫痪过后，我有时没在家里，父亲一发病，邻居马上就把我父亲往医院送！俗话说远亲不如近邻，邻居很关键。她大概受到了触动，这段时间和邻里关系好多了。

贺：要根本改变，还得等她两个孙子长大。她这样的老年人，长期生活在贫困中，越贫困越想在人们面前装出强大的样子，所以她就有这样一个心态。

张：就是。

贺：你前面说过，当初你答应到大玉村做第一书记时，政协领导曾许诺帮你照顾好你父母和家庭，他们做到了吗？

张：他们真的做到了。我父亲也是从政协办公室退休的，政协机关的同志都基本上住在一个家属院里。所以不管是领导还是一般同志，经常去看看我父亲也非常方便。平时帮我母亲买个菜，过节的时候买些东西去看望，所以虽说我没有在家里服侍父母，可父母还是很开心。去年开年过后，我父亲就犯了病住进了医院，一直住到六月初三去世。去年是我最忙的一年，也是我最痛苦的一年。白天我在大玉村，晚上回医院守护父亲。我妻子晚上既要照看孩子，还要照看母亲，我只有天天晚上回去，第二天早上天一亮又往乡下赶，天天都是如此。所以村上干部经常说我走路都在打瞌睡。

贺：这两年你最大的收获是什么？

张：老百姓的信任！说实话，最初下来的时候，村民是不信任我的。他们当面不说什么，背后却在叽叽咕咕地议论，说不要听他说得好听，他只是下来镀金的，晃两年就回去当官了。特别是有些年轻一些的，说得更凶，说扶什么贫，说起好听，你们不要相信那些，哄人的！可现在老百姓的态度、观点完全变了。总体来说，大玉村各方面的变化非常大，人的思想素质也有很大提高。现在我不管走到哪里去，老百姓都说：张书记，你好！去年过年的时候，有个叫王开辅的贫困户，非要捉只鸡、提条猪腿来给我拜年。我不要，他非要塞给我不可。我给他拿钱他也不要，我做出生气的样子没有接受，后来他托支部书记给我带到家里来！

贺：这说明你真正融入老百姓中间了，共产党的干部能走到今天这一步，很不容易。

张：按照规定，我们两年就可以轮换，我该今年9月份任满。前几天领导专门找我谈话，问我是回还是不回。我说：主席，我一切听从组织和领导的安排！开始时我真的是不想下来，现在让我走，我还有些舍不得离开了。同时，大玉村的老百姓也有些不愿我走了。我跟大玉村真的是建立了深厚的感情。这种感情说不出来，只是觉得非常亲热，在一起很开心。所以我就跟领导表态说：只要组织同意，我还愿意继续和大玉村的老百姓一起奋斗！

扶贫先扶志十分重要

——平昌县青凤镇赵垭村第一书记赖骏访谈

赖骏，男，1977年2月生，中央党校巴中分校经济管理专业毕业，1997年9月参加工作，现任巴中市人力资源和社会保障局农民工工作科科长，2015年6月任平昌县青凤镇赵垭村第一书记，2017年4月被中共四川省委、四川省人民政府表彰为"优秀第一书记"。

贺享雍（以下简称"贺"）：你是从市上哪个单位选派到青凤镇赵垭村做第一书记的？

赖骏（以下简称"赖"）：我是从巴中市人力资源和社会保障局选派下来的。我2014年就在平昌县得胜镇做驻村干部，2015年新一轮的脱贫攻坚任务下来之后，经过局党组研究后，确定我到青凤镇赵垭村做第一书记。

贺：下来以前在机关担任什么职务？

赖：在市人社局农民工工作科做科长，领导找我谈话，让我下来，我想到基层来锻炼一下也行，便想也没想，就下来了，没想到一来就是两年！

贺：才来的时候，赵垭村给你是一个什么样的印象？

赖：穷，就是特别穷，尤其是交通非常落后！老百姓想卖点农产品或者卖头猪呀羊呀什么的，先要运送到镇上，如果是小宗农产品还行，可要是猪就不行了，得找4个人帮忙轮流抬，得走几个小时，全是那种泥巴的土路、小路。如果是到平昌县城，得先到镇上坐车走那边山头，然后再绕到县城去，得用一上午时间。巴达高速公路通了以后，开了一个口子到青凤镇，又修了一条副路从我们村的境内过，我们抓住机会，就把全村的泥土路进行了硬化，一共硬化了12.2公里。现在全村5个村民组，每个村民组都通了水泥路，有的老百姓入户路我们也进行硬化。即使没有那种通车子的硬化路，水泥步行路我们都是给他入了户的。所以现在全村的交通条件算是彻底改善了！

虽然交通条件有了很大改变，但是通过我走访调研后，发现老百姓思想和观念还是比较落后、保守，小农意识还是非常强烈。在开展贫困户识别的时候，贫困户还是比较多，贫困程度也很深。

贺：全村有多少贫困人口？

赖：这个村总户数是251户，总人口是985人。其中贫困户是78户，315人，占了全村总人口的1/3，一些人的贫困程度还非常深。

贺：深到什么程度？

赖：2015年10月我来了后，搞了一次回头看，对贫困户重新评定。3社有个何文菊，家里两个人，就她和她儿子，儿子是个哑巴，智力也有点问题。何文菊又70多岁了，基本上没了劳动能力。哑巴相当于二级残疾，加上智障，基本上不能做什么。叫他发展产业，他劳力倒是有，但他的智商没法做，也不知道怎么去安排，怎么去做。何文菊本人一是由于年龄大了，二又有些慢性病，也没法做什么。他们家的住房是土房，以前这个村土房比较普遍，我来的时候，全村修砖房的不超过10户人，而且都比较陈旧，相当于危房那种。何文菊家里的房子就更不用说了，随时都会倒塌。怎么办？就只有通过政策兜底，诸如医保、医疗救助、低保等来解决！挨到何文菊住的另一户人，叫杨智秀，儿子因为以前做生意亏了，欠了大量的外债，就外出了……

贺：跑了？

赖：对，跑出去了，找不到人，把他妈妈一个老太太扔到家里。老太太70多岁了，识别贫困户时，她的户口本上就只有她一个人。她这种情况怎么办？本身年纪又大了，发展产业也没有好大的劳动能力，也只有通过政策兜底来解决。好在老太太还力所能及地喂一些鸡、鸭，于是我们单位给了她2000块钱的帮扶项目，帮她发展一点养殖业。

贺：养成功了吗？

赖：规模不大，但当年就能收入一点钱，加上政策兜底，基本能达到脱贫收入线，家庭生活也有些好转。

贺：脱贫收入线的标准是多少？

赖：去年的脱贫收入线标准是人均纯收入3100块钱，今年人均纯收入初步是3300块。

贺：全村脱贫了吗？

赖：2014、2015年分别脱贫了一些，2016年脱贫的占主要部分，一共是65户、216人！无论从贫困户的收入或从他们的"一超七有"来看，全村脱困户都达到脱贫标准，因此这个村去年已经全面摘帽，今年只是一个巩固提升的阶段。

贺：怎么巩固？

赖：巩固的话，一是我们经常给老百姓开会，引导他们通过自力更生、艰苦奋斗来把这个贫困的帽子甩掉！我们来帮扶，只能帮你一时，不能帮你一辈子！我认为扶贫应先扶志，贫困户当中一部分人，确实存在严重的等、靠、要思想，这种思想的危害性非常大。

贺：是你要我脱贫，不是我要脱贫？

赖：对，有的人他真还不愿意脱贫，因为他知道国家的政策那么优厚。

贺：你给我讲一个例子，比如说……

赖：比如说，我们2社有个叫刘××的，他住房非常破旧了，村里建集中安置点时，我们喊他到聚居点来修房子，你先只交几千块钱保证金，然后我们按你家里几口人，给你把新房修好，你来住就是。可是他不交，说没钱，你们要修，就给我修好。

贺：交保证金？

赖：对，我们担心修起了他又不要怎么整？所以修以前先交一些保证金，但交的钱最多不超过1万块，这是国家的硬杠子规定。但他不交，你愿修就修，不修拉倒，好像这一切都是政府的事！他一文不交，又怎么整呢？我们又给他说："你不交算了，要不就到廉租房里去住吧！"按理说他这种情况不符合廉租房的政策，廉租房就是孤寡、五保户这种人住的。但是他又不愿意修，家里房子是危房，出了问题我们这些扶贫干部也会脱不了干系。我们反复给他做工作，最后他同意住廉租房。好，我们就修起了，修起之后他又不愿意到那儿住了，说那不行，怎么让他住廉租房？他要怎么办呢？就是那种，钱是不会交，好房子得住，不但如此，你国家还得把房子给我装好，好像国家应该把什么事给他包完！我们做了很多工作，现在他还没搬，今年还得继续做他的工作。

贺：你们找过原因没有？他原来那个地方生存环境怎么样？

赖：原来那房子非常破旧，甚至称得上危房了，喊他改变一种新的环境，住舒适、安全的住房，他也不愿意，主要是想国家把一切都给他包完。

贺：他家里几口人？

赖：他那个家庭比较特殊，户口本只有他和2个娃娃3口人。他原来那个老婆是离了的，现在是个组合家庭，女方也是一个离异女人，也一个娃娃，来了之后又生了一个娃娃，现在相当于是5口人。可女方人过来了，户口没有迁过来，这边贫困户识别上就只有刘××和2个孩子。

贺：你们给他修房子时，是按5个人修还是按2口人修？

赖：只能按户口上的人来修，这也是上面的硬杠子，但恰好他老婆户口所在地的村也把她评为了贫困户的，而且那边村的帮扶单位，也恰好是我们市人力资源和社会保障局，不但如此，连帮扶人都是同一个人……

贺：你们一个单位帮扶两个贫困村？

赖：是呀，这叫插花帮扶！

贺：这真是巧了！他们没正式结婚，只是搭伙住在一起？

赖：他们是正式结了婚的，也办了结婚证，只是女方没有把户口迁过来。

贺：这种情况怎么解决呢？让她把户口迁过来？

赖：贫困户识别了之后就不能随意动户口。

贺：这里面有一个人性化的问题，怎么来解决，确实给你们出了一个难题。

赖：我就和那边商量，看能不能变通一下，把双方都纳入易地搬迁这个规划里，但房子就修在一个地方，反正两边都是贫困户。

贺：这个办法很好，既没违反政策，也很人性化！

赖：按政策规定，贫困户易地搬迁，国家每个人补助2.5万元，但单靠国家的补助不够，贫困户得自筹一点钱，每户自筹经费不超过1万元，但他现在一点不交钱，怎么办？

这是一个，他下面还有一个叫姓刘的，家里两个老年人，也很穷，也没法发展什么产业，老百姓对他的评价不是很好。原因在于不管村上搞什么公益活动，他从来不会参加，更别说支持了！反过来，他又有些好吃懒做，现在我们要对他进行帮扶，老百姓都有意见。但我们不能因为大家有意见，就对他家的困难不管不顾嘛！他家的住房已经成了危房，需要进行改造，于是我们也去帮他把住房给改造了。

贺：原址改造？

赖：对，在原来的屋址上进行改造，现在的环境看起来非常舒适，两个人也纳入政策兜底，又有低保，又有养老金等。我们还给他扶持资金，让两个老年人养了一头猪。但去年我们有个"小农水"项目，因为2社下面没有一口堰塘，我们就准备在2社利用"小农水"项目资金新建一口堰塘。选址的时候就涉及老头的一块田，我们说给你调整一下，他死活不同意。我们又对他说："我们该补偿的补偿，修起来以后你还可以在里面养鱼，我们免费给你养！"可无论我们怎么对他说，他还是不同意。后来没办法，我们建的那个塘规模就比较小。所以村上老百姓对他的意见就比较大，他的思想就是这样，不但不知道感恩，还认为村上和干部在整他冤枉。

贺：刚到这里的时候，老百姓对你抱的是个什么态度？

赖：当时老百姓都认为既然是从市里来的第一书记，那肯定会给赵垭村带来很多资金和一些政策。

贺：寄予很大的希望，青天大老爷那种？但有没有怀疑的？

赖：也有呀！一开始搞贫困户精准识别入户调查的时候，矛盾就开始来了。当时我要求村两委必须严格把关，首先要求把他们几个从贫困户中拿下来！我说，村上干部都作为贫困户，这怎么行？村民怎么看？你们几个必须退出去,不然我们下一步工作没法开展!

贺:有哪些干部把自己评为了贫困户?

赖:也不能怪他们,当时有一些政策上的原因。有房有车、吃财政工资、家庭条件优越等限制,是后来才拿上去的。当时没这些条件,所以他们在评的时候,就把自己给评上去了。后来根据上面的一些新规定,把他们都清退出去了。

下去搞调查的时候也碰到一些特殊的情况,比如一组有个夏××,家里两个人,女人姓孙,两个人都有病。夏××是硅肺病,孙××是冠心病,需要长期吃药。在评的时候,我们把他们作为推荐对象给推荐出来了,村民评的时候也通过了。可我们下去调查的时候,也有村民给我们反映,说他儿子在城里面买得有房。我们开始调查时,他说房子是儿子租的,最后再问,他又说是亲戚家里的,反正不说实话。最后村民又给我们说,他儿子买房子后,什么时候办的酒,请了哪些客,说得有鼻子有眼的。我们又给他儿子打电话核实,确实是在成都买了房。这种情况根据政策当然不能把他们纳入贫困户,但两个人又确实有病,需要帮助,于是我们就采取其他一些措施进行帮扶。比如帮他跑民政申请临时救助,我们单位在考虑物资慰问的时候,也把他们纳进去了。他们没钱买药的时候,我自己也拿点钱给他们,喊他们去买药。夏××的硅肺病,国家也有一些补助。但因为没有把他纳入贫困户,他们对我还是有意见。

2社还有一个姓徐的,他本身是个癌症病人,但他有三个儿子,老二、老三的条件都非常好。老大差一点,我们搞调查的时候他全家都在外面务工。他本人没在家,申请贫困户的表都是他母亲帮他填的。他母亲的户籍和他小儿子的户口登记在一起,因为他小儿子家庭条件非常好,所以徐××就不符合贫困户的条件。他自己争不上贫困户,就帮他大儿子争,说他大儿子怎么怎么符合条件。我说你家老大在做什么?他说在外面务工,我问他一个月挣得到好多钱?他说挣什么钱!我说他的娃娃在做什么?他说娃娃在达县读书。我问他读哪所学校?他说哪个哪个学校。我了解那个学校呀，就是我们平时喊的贵族学校，一年学费都要交二三万。他两个娃娃，我说一年光学费钱也不符合贫困户的标准，你说他家庭困难，怎么可能把两个孩子送到贵族学校去读呢？国家公立学校是免费的，为什么不送他们去读？所以通过村两委审核没同意把他大儿子纳进来。因为徐××患癌症，我们想把他老两口纳进去，但如果打开了这个口子，其他的又怎么办？最后经过研究，还是按原来的政策不开口子。最后我估计他们写了一封信，通过网上反映到省长信箱，说我们贫困户没评准等。上面派人来调查，一调查便知道了怎么回事。我没把这事记在心上，自己问心无愧就行了。

贺：你刚才说干部过去也有这种情况，你来了之后把他们都从贫困户中拿出去了，这部分同志心里会不会对你有意见？

赖：这个我不好说，他们也没有表露出来过。但作为人，他们家里也并不富裕，有的家庭还很困难，我一来就把人家给开了，心里嘛，我估计多多少少对我还是有点看法的。但是没办法，作为干部，你就要以身作则。

贺：群众要的是公平。

赖：对！下来后我体会最深的，就是老百姓认为公平、公正对他们特别重要。老百姓有一个普遍的倾向，有些事情不是说老百姓非要来找干部扯筋不可，有些时候干部确实在给别人拖、推，或者是有一些不公平的地方，老百姓不服气，所以才来找干部扯筋。但我也理解农村干部，村、组干部每时每刻都在跟老百姓打交道，要顾及这样、顾及那样，工作很不好做，很可能当中也有一些事情没处理好，或解决不很及时、不很公正，所以导致了干群矛盾。

贺：有没有老百姓对你也不理不睬、不冷不热的？

赖：对我不冷不热的也有，但比较少，主要是因为我可能损害了他们一些利益。比如2组有个姓刘的，他儿子大学毕业后在成都找了工作，户口也落在成都，应该是在那边买了房的，他本人平时也基本都在成都住。他儿子没毕业时，因为要供养他上学，家庭也确实有些困难。我2015年年底到赵垭村时，贫困户已经评过了，这位姓刘的村民就跟他儿子到村上来找我，说他家如何贫困，也要当贫困户。特别是去年易地搬迁政策出来之后，他看到所有贫困户都修了新房子，就非要找我们要政策。

贺：争当贫困户！

赖：对！他儿子念过大学，也知道一些扶贫政策。这个姓刘的村民就经常来办公室找我，他儿子有时候也来，他知道自己不够贫困户的资格，就一个劲说他父亲如何穷，没有收入，又如何有病，自己刚毕业，工资又如何低等，总之就是叫穷。我说你一个大学生，你父亲穷，真的穷吗？你在成都买得起房子，却还养不起你父亲？其实他家里哪里穷？就是想享受易地搬迁政策，想享受国家的补助。多次来找我，找村上，有一次我们在下面开党员代表会，镇长也来了。我们正开会的时候他又闯进来了。

贺：和他儿子一起？

赖：开始儿子没进来，姓刘的村民一个人进来的。他喝了点酒，那次会开的时间比较长，他来的时候已经是晚上六七点了。他一闯进来不由分说，又扭到说他的事情。他说："你是第一书记，来了这么久，为什么不到我家里来？今天晚上你们要到我们家去，我请你们！"我说："我们不会来！"

贺：为什么不去呢？

赖：去做什么？一是他喝了酒，二是去了，也是想我们给他解决贫困户的事情。他在办公室就和我们吵起来了。我说："不要吵，等我们把会开完了再说！"

贺：他还说了些什么？

赖：说得多了！说我们这些干部没有一个是好的，说我来了不到他家去，不走访群众，是什么第一书记？我说我来的时候你都没有在家，而且村上评贫困户的时候你又不申请。我调查的时候，你连申请都没有，我怎么去你家调查？又凭什么提交村民来评？最后镇长实在忍不住了，因为说着说着，他就开始骂人了，满口的脏话。镇长准备找派出所的人来，说他扰乱会场秩序。最后他又和镇长吵起来，绾衣撩袖的，还想和镇长打架。镇长也火了，说："我不当这个镇长了，今天就作为一个老百姓，你想怎么样我奉陪！"后来还是我把他劝开了，他喝了酒，谁跟他一般见识？

4社下面还有一个人姓孙的，也是因为家庭条件比较好，儿子在平昌买的房，评贫困户时没评上，对我们的意见也很大。有时我喊他，他也是爱理不理的。对我有意见的主要是这些没有评上贫困户的，我也理解他们的心情，看到现在国家对贫困户这么帮扶，又是给钱又是修房，心里就有些想不开。

贺：大家平时都在一个村、一个院子住起，你是贫困户，享受了那么多补助和帮扶，我不是贫困户，那些帮扶就得不到，几千年来"不患寡而患不均"的思想他们是根深蒂固的。还有贫困户与贫困户之间，同为贫困户，你享受得多了，我享受得少了，他心里也是不太平衡。

赖：对！还有更笑人的。1社的聚居点修好以后，有几家贫困户乔迁新居，其中有3户人是我们局里一个帮扶人在帮，他对这3户帮扶对象说："你们搬新房子的时候，我来看你们！"到搬家的时候，他给了每户1000块钱，说："祝贺你们搬进新家，我给你们每户1000块钱，你们去买些家具，把日子过好一些！"没想到这一下倒惹了马蜂窝。因为挨着的其他贫困户不是他帮扶的，就没有给钱，其他贫困户以为是国家给的钱，就说："怎么他们有钱，我们没有钱，我们的钱是不是你们几爷子贪了？"觉得他们没有得到这1000块钱，很不公平，就又来找我们闹。我们真是哭笑不得，给他们反复解释，他们也不相信。最后我们又批评那3户贫困户，说你们怎么就不晓得低调点？这是帮扶人出于好心，从自己腰包里拿出钱来叫你们买一些家具，你们又到处炫耀什么？难道光荣吗？

贺：真是典型的"不患寡而患不均"思想。

赖：老百姓整体思想都是这样，但也有好的。比如评贫困户的时候，有个人叫夏长尧，当时听说办理了商业保险的也不能评为贫困户。当时他已经被评上了贫困户，但他听说了就主动给我们说他老婆买了商业保险的，申请退出贫困户之列。最后我问他，国家对贫困户有这么多帮扶政策，你主动让出贫困户名额，心里后悔不后悔？他说我的性格就是这样，看不惯那种不公平、不公正的事，虽然我心里有点失落，但觉得人还是要活得光明正大。修房子的时候，他那儿属于地质灾害点，如果他把房子重新修一下，也可以享受2万块钱的补助，但他也放弃了，说房子又不是危房，还能住，也没有修。后来为了不让老实人吃亏，我们就把他的入户路给他解决了。

贺：下来两年了，你能不能给我谈谈和村两委班子的关系？比如在你和两委班子之间，有没有权力和利益方面的冲突？村上有没有宗族或家族这方面的矛盾？

赖：说老实话，我觉得家族势力在每个村都有一些。

贺：反映在这个村有什么表现？

赖：这个村有夏、孙、刘、何几大姓，姓何的稍微少一些。

贺：反映在村政治舞台上，这四大姓是一个什么格局？我所知道的一些大姓家族，为了平衡，支部书记是一个姓，村主任又是一个姓。

赖：这个情况我们村里不存在。我来的时候，支部书记姓彭，是4社的，2015年刚接手。上届的村支书和村主任，据老百姓反映都有问题。彭书记60多岁，今年换届也下去了。他是原来的老干部回来的，农村基层工作经验比较丰富，村主任年轻，做得跑得，但是还需要磨炼。我也发现他们有一些问题，但都不是大的问题。一是有什么事情不爱通气，各表各的态，相互之间不通气，有事情也不拿到集体来研究，我说过他们很多次，现在改变了一些。我觉得这些农村基层村干部跟我们机关干部不一样，一是时间观念不强。说的8点钟开会，等半天也不来，没有一点时间观念。第二是不爱收集整理资料。他们觉得整理资料是文书的事，很多东西就是乱糟糟的一块。等到什么时候需要了又来到处找，一时找不到就算了。整理脱贫攻坚的软件资料是最令我头痛的事，他们基本上是指望不上，都得我自己动手，非常头痛。

贺：你在机关已经是一个中层干部了，两年多的农村工作，你取得了很多成绩，也得到过省上的表彰。你从第一书记中体会到了哪些苦和乐以及人生感悟？

赖：苦是有的，特别是搞贫困户精准识别那个阶段，白天不是到各个村民组开会，就是全村开会，又是动员，又是评比什么的。晚上就整理资料，还要入户调查，连续一个月，基本上都是天天晚上加班，通宵通宵加班的情况多得是。当时一些社长的意见很大，说天天都要开会，天天都要加班，谁给我们钱？我说这个没办法，必须干，谁叫你们干了这个职业？我也和他们一样，甚至比他们还要辛苦。但要说收获也有。虽然我从小就在农村长大，但说老实话，对于农村这些具体工作从没做过，所以下来也是一个锻炼的过程，一个自我成长的阶段。所以我说这两年第一书记的经历，对我非常重要。

贺：你说得很对，谢谢你！

砥砺前行中的大石村

——平昌县板庙镇大石村第一书记孙海峰访谈

孙海峰，男，1981年2月生，大学文化，平昌县云台镇人，2001年10月加入中国共产党，2006年3月参加工作，毕业于中央党校法律专业，现任平昌县卫生和计划生育监督执法大队工会主席、办公室主任，2015年6月派驻平昌县板庙镇大石村第一书记。

贺享雍（以下简称"贺"）：小孙，你是从什么时候开始到大石村做第一书记的？

孙海峰（以下简称"孙"）：我的身份说起来有点复杂。我是2015年6月县上选派的驻村第一书记，2017年2月起既是县上选派的第一书记，又是市政府办在这个贫困村的第一书记。

贺：真还有点复杂！

孙：是这么回事，现在大石村是市政府办公室结对帮扶村，市级挂包领导是我们巴中市何平市长，同时，县级挂联领导又是我们县委书记蒲开文，有两个主要领导挂包这个村，所以从2月份起，市政府办公室研究，明确让我代表市政府办公室，到这里当第一书记。

问：你在市政府办公室好多年了？

孙：我目前没在市政府办公室上班。还在县上，编制和人事关系在县卫生和计划生育监督执法大队。但市政府办公室在结对帮扶大石村，按照"五个一"的要求，他们也要选派一名干部来做第一书记，但我们县上已派了我在这里担任第一书记，市政府办公室经过考察，认为我在这里工作得很出色，便没有再派人来，所以我既是县上派到贫困村的第一书记，也是市上派到贫困村的第一书记。

贺：那我应该叫小孙什么书记呢？应该叫你"双职书记"才对哟！你在县委办公室是什么职务？

孙：我在县委办没有什么职务。虽然是县委书记在挂联大石村，但我并没在县委办工作，下派前我在平昌县卫生和计划生育监督执法大队工作，也是一个基层小单位，在单位任工会主席、办公室主任。

贺：今年多大年纪了？

孙：37岁。

贺：正是奋发有为的时候！时间不早了，我开门见山，我想了解一下你们村上易地搬迁的情况。易地搬迁是精准扶贫中一个重要方面，有的农民理解，有的农民不太理解，你们这个村有多少户农户要搬迁到这个集中安置点来？

孙：你问我们村这个点呀？这个聚居点纳入搬迁规划的共38户，第一批修建的29户，主体快完工了。

贺：都是贫困户？

孙：都是贫困户，其中，本村的有35户，外村的有3户。另外贫困户购房安置的3户，也属于易地搬迁的一种方式。

贺：还有外村的贫困户迁进来？他们的村不建集中安置点吗？

孙：他们可以到我们这里来建房，因为有些地方的贫困户非常偏远，有些人搬迁时不愿意自己修房，也有的不愿意修在原来的村子，虽然他们是另外村子的村民，但在全镇范围，我们可以统筹来考虑这个事。

贺：我明白这个道理了，肯定是你们这个集中安置点，条件要比他们原来那个村的好，他们才会自愿搬到你们村上来。

孙：对，人往高处走，水往低处流嘛。因为我们这里处在旅游环线、交通要道上，居住条件比其他地方确实要好很多，所以这3户也就自愿搬过来了，我们也欢迎他们。

贺：第一批29户有多少人？

孙：我们本村是80人，加上外村3户一共是91人。

贺：在搬迁的贫困户中，最远的离这里有多远？

孙：在村内来讲，比较远又比较偏僻的，就是5社了。5社以前没有公路，交通很不便，现在正在修路，从这里下到5社还有3.5公里路的样子。

贺：5社有几户人搬上来？

孙：沟下面有5户。那个地方过去的老地名叫王家崖沟，一户叫文学明，一户叫任明斌，一户叫任明均，还有任三福、任三龙。

贺：他们这5户各是什么情况？

孙：任三福这家，人口是3口，任三福瘫痪了10多年，没有自理能力，评残疾都是给他评的1级。他家属也是一个残疾人，4级残疾，我们以前俗话说的就是皮肤白人，见不得光。两口子不但年老体弱，智力也不行，无劳动能力。

贺：他儿子呢？

孙：有个儿子，三十来岁，在成都那边打零工，也没有什么专业技术。以前谈过一个女朋友，但是没有办手续，生了一个小孩后，两人又分开了，小孩跟了他母亲。因为过去的女娃儿一看到我们大石村，谁都不愿意嫁来。这个地方条件本来就差，再加上他父母又是残疾，家里极度地贫困，所以即使是生了小孩，也没法把女方留住。

贺：任三福现在情况怎么样？

孙：现在连住房都没有，还是民政一年给他解决2500块钱，租其他村民房子让他住，也是一套老旧房。他自己5以前的房子已经垮了大半，没法居住，现在把他纳入了易地搬迁，正在给他修建房子！

贺：像他这种贫困户，对易地搬迁肯定十分拥护！

孙：对，他当然会十分拥护！如果没有党和政府这个精准扶贫政策的话，连生存都成问题，哪有能力解决住房问题哟，恐怕一辈子都得靠租住别人的房子了。

贺：另外几户呢？

孙：比如任明均，在贫困人口里面是两个。他有个儿子，但是儿子没再纳入到贫困人口当中，已成家立业，另立户口。

贺：为什么？

孙：任明均有很严重的类风湿病，行走都困难，就是这种状况，不能下水田，重体力活更无法参加。他家属年纪也大了，又不能出去打工，只能在家里做点自己力所能及的事情，一边照顾他生活，一边种点庄稼糊口。儿子分了家，所以只有他们老两口纳入了贫困人口。这5户人对易地搬迁都非常拥护，积极主动地融入到这个政策中来。

贺：那些思想上不通的，表现在哪些地方？

孙：我们巴中市易地扶贫搬迁的政策正式出台是去年10月份，前期我们也有易地扶贫搬迁政策宣传，都不是很明确。但我们一直在做工作，从6、7月份就开始了。因为解决贫困户住房问题，是脱贫攻坚的一项重要内容。我们从那时起就开始入户调查老百姓的住房，究竟是不是危旧房，缺不缺房子住，现有的房子怎么样，房子所处的位置是否适合居住，生产生活是否便利，在别的地方还有没有房子等，对居住的住房还要照相。所有老百姓的房子全部核实了一遍，拍了照片，然后填调查表，把情况弄扎实，然后就开会，宣传国家的政策。开始大家还是有顾虑，说他住的那个地方虽然破旧，但住了几十年，还是故土难离的思想。比如1社有个廖美，他住的那个地方又远又偏，在山中间，他本人又是一个4级残疾人，1个手指都断了。但4级残疾在农村是不享受什么优惠政策的，只有1、2级重残才有民政的残疾补助。他还有个女儿，当时正读高三，去年考大学没考好，今年复读。他找了个老伴，但没有结婚。

贺：搭伙居那种？

孙：也不叫搭伙居，就是事实婚姻那种，没办结婚证，也没有把户口迁过来，虽然结婚这么多年了，但没有迁户口，所以我们就没法把她纳入到贫困人口中来。户口本上只有父女俩。

贺：那个读书的女儿是上了户口的？

孙：对，他户口上就是两个人。他住的那个地方在山里面，离公路还有点距离，并且山路很不好走。他那里很偏僻，旁边虽然有几户人，但常年都在外面打工，有的在外购了房子，他一个人便把别人抛荒的田种了起来，种了十多二十亩。他这个人很勤劳，很想致富，一心想把女儿供出来，又无法出去打工，所以只能通过在家里勤劳苦作。

贺：他多大年纪了？

孙：他本人50多点，他老伴年龄大些，60岁左右，他女儿还是现在这个老伴生的。我们去动员他搬到聚居点来，他当时就有点舍不得离开他那个地方，他说一旦跑到我们规划的聚居点来修，他那田地怎么办？我们说，你一旦失去这个机会，就再也没有机会了。二是你这房子很不安全了，特别是刮狂风下暴雨的时候，半夜我还给你打电话提醒你注意。他说他要种田，这我就没办法了，因为我不可能把那些田地给你搬过来。最后我们反反复复做工作，他思考了一段时间，还是主动找我交了申请。

贺：他是怎么想通了的？

孙：最后我们给他说，现在把道路修通了，你想种那些田，还是可以回去种！

贺：从聚居点到他原来种田的地方，现在需要走多长时间？

孙：步行的话也就二十分钟以内，你看多方便！他听说还可以回去种那些地，而且路上只需花十多分钟，便主动来找我说：孙书记，我反复想了下，我愿意搬！

贺：农民舍不得土地，心情可以理解。其实他搬上来，好处确实很多，一方面住房改善了，条件好了，另一方面种田还可以继续。

孙：对，在大的方面，我们这里遇到的阻碍不是很多，像廖美这样思想一时有顾虑的，只有七八户，通过我们做工作，也很快就转变了。其实易地搬迁的好处大家都是能够算账的，贫困户每个人建25个平方，村内聚居点建房国家每人补助资金25000元，这只是指房屋建筑部分，其余配套的那些管网、饮水、电、气等公共设施，国家另外给钱。贫困户自筹资金，我们巴中有个统一的政策，一户不超过1万元。人口多的，比如6个人、7个人，都不超过1万元。人口少的，举例说如果只有两口人的话，一个人便只有2250元的自筹款，两个人只要4000多块钱就解决了。你想，国家对易地扶贫搬迁的优惠政策有多大！基本上可以说是国家无偿给你提供一套房子让你住！

贺：你们现在这个集中安置点什么时候能够入住？

孙：现在这个聚居点，房屋主体这块基本上结束了，最近在加班加点做地面的活，主要是公建设施部分。像点内道路的硬化、管网的安装、污水处理、绿化工程等。其次，我们还要给每个搬迁户在自己的房前屋后留一块菜地，他们可以种点喜欢的小菜。计划是8月后入住。

贺：入住后，你们在产业发展上有什么举措？

孙：产业是这样：一个是我们以前土地抛荒得比较多，有的全家都外出打工，土地就荒在那里。另一个就是即使有老人在家耕种的，但能力有限，不是身体不好，就是没法干一些重体力活，也基本上是粗放式经营。针对这种情况，我们就把全村的土地流转拢来，建了一个大石村扶贫产业园。为了提高老百姓的认识，统一思想，我们把村社干部和一些村民代表组织起来，拉出去参观考察，然后让大家选项目。我们把大家拉出去参观考察了好几次，现在计划的是发展水果。主要栽植桃子和李子。李子是蜂蜜李，这个李子现在的售价是30多元一斤。但是同时它有个好处，如果说3—5年以后，这个品种不行了，又可以在树上嫁接其他的品种，又可以在一两年内结出新的果子来。

贺：计划发展多少亩水果？

孙：桃李加起来一共是2000亩，我们扶贫产业园的规模就是2000亩。

贺：是引进业主来发展，还是你们自己发展？

孙：引进业主来发展！现在是成都一个姓安的业主和我们签了协议。他过去就是搞水果的，在成都蒲江那边，做得非常好。

贺：目前产业园的状况是什么样子？

孙：现在产业园，一个是基础设施，道路配套，修了5公里道路。第二就是灌溉的管网、塘库、水利这方面的配套，已经建成了一半，另外一半招标已经结束，马上进行基础设施的施工。然后就是整个果园的栽植，现在整个园区已经栽植完了，长势非常好，成活率都在99%以上。

贺：你刚才说这个村是市政府办公室的结对帮扶村，市上领导来过没有？

孙：来过呀，何市长每月都要来一次，调研贫困村的情况，督导工作推进，协调脱贫攻坚各项工作，前不久还来看望了贫困户，他也挂包了两户贫困户！

贺：这两户贫困户叫什么名字？

孙：一个叫冉隆碧，另一个叫张国平。冉隆碧住在山边上，家里3个人，他有一条腿有点瘸，但是还没有完全丧失劳动能力，还是天天在务工，妻子智力有点差，简单的活能做，比如喂喂猪、喂喂牛这些能做，孩子呢就是这几年生病，也还没结婚。

贺：多大年龄了还没结婚？

孙：将近30岁了，这也是冉隆碧两口子的一块心病，农村如果到30岁还没结婚就是一个大问题。他们这一户也纳入到易地扶贫搬迁的，因为他那个房子，要是别人来给他儿子介绍对象，人家来看一眼掉头就要走！因为他那个房子是个老旧房、土坯房，又破又烂那种。何市长2月24号就到他家里去了，面对面跟他谈心交心，手拉手地与他拉近距离，鼓励他不要被眼前的一些困难所压倒！困难是暂时的，要树立信心，现在上面有这么好的政策，下面又有各级党组织和政府关心、关怀你们，一定会让你们摆脱贫困的！何市长还结合他们家庭的情况，帮他做了一个规划。一是在下面种两亩田……

贺：还种了两亩田，他体力活行吗？

孙：冉隆碧虽然有一条腿有点瘸，但还没完全丧失劳动能力，还能干一些体力活。何市长正是针对冉隆碧还能劳动的情况，给他做这个规划的。又针对他妻子虽然不能干重体力活，但在家里养养猪、养养牛还行，便给他们又规划了养两头猪、一头牛、几十只鸡。

贺：忙得过来吗？

孙：忙得过来，他们都是非常勤劳的人，闲不住的人。

贺：他儿子呢？

孙：儿子到成都那边打工去了，因为身体不太好，文化又低，其他活干不了，就在餐馆打工，以前1000多块一个月，有活就做，收入不是很高，现在达到2000元左右，保他自己生活还是能行的。这是2月24日何市长来看他的情况，那次何市长还给他送了慰问金。一个月后，就是3月24日，何市长又到他家里来，给他送来了一笔发展家庭小微经济的扶助金，贴补他买猪、买鸡等种苗款。

贺：另外一户呢？

孙：另一户张国平，老家住在山脚下。前几年辛苦打工，在村内聚居点自建了一处房子。张国平本身智力不强，也没有什么技术。现在每天都在村上务工，像聚居点、果园建设，有劳动能力还是能挣些钱，他现在在村上务工一天可以挣130—140元的样子。家属也是二级残疾人，腿患有骨髓炎，治了很多年都没有治好。去年看病总的医药费都花了10万左右，国家给她报销了六七万，国家医疗扶贫也给她解决了一些。孩子才上初中，全家就3口人。何市长去看他，也送去慰问金，和鼓励冉隆碧一样，鼓励他们树立信心，特别是对孩子，反复叮嘱他一定要好好读书，只有现在好好读书，将来才能改变现状，同时也叮嘱教育部门要多关爱这个小孩，因为他才是他们家庭的希望，一定要让他们的后代强起来！张国平的家属腿脚不便，何市长还给她送了拐杖、轮椅这些东西。实打实说，领导对我们大石村非常重视，把大石村的脱贫攻坚、结对帮扶真正当成了一件头等的大事来抓。除了市政府领导外，像市政府秘书长、办公室主任，只要有空，每个月都要到村上来一次！他们来的时候，不打招呼，自带干粮，不给县上、镇上、村上增添任何麻烦。说句心里话，这个精准扶贫，真的改变了干部的作风！我作为贫困村第一书记只有努力工作，抓好具体帮扶、抓好政策落实，要真正肩负起脱贫攻坚的历史使命。

贺：你们果园这个姓安的业主，是你们自己引进的，还是市政府帮助你们引进的？

孙：市政府办公室协助镇、村一起落实的。

贺：他们引进的？

孙：对！市政府办公室为了建设大石村扶贫产业园这个事，推进支持帮扶工作，还专门召开了一个对大石村产业发展、脱贫攻坚帮扶工作的协调会、推进会。这个协调会邀请了市级相关部门，像林业、水务、旅游、扶贫、商务、农业、金融、电力、卫计等，一共14个部门。看他们在政策范围之内，能给予大石村什么支持。过去我们这个地方很落后，很穷困，很偏僻。贺老师，你今天来，看见我们不管是道路还是环境，都非常不错了，是不是？我跟你说，我们这儿以前条件非常差，像到镇上这条道路，连越野车都很难行走，其他基础设施也很落后，现在在各级党委、政府的关怀下，才初步建设成这个样子的！

贺：大石村以后的发展，小孙你们有没有规划？

孙：有！要说脱贫奔康，说实话，脱贫容易，奔康难！要在2020年与全国同步实现全面小康，还要加油干！大石村以后的发展，就是结合市委提出的建设五彩巴中的要求，打造好旅游这一块。因为大石村只有绿色发展、绿色经济，没有其他资源，只从旅游扶贫这块来思考布局。我们现在的大交通基本上成型了，2000亩的果园对一个村来说，也算是一个大产业了！然后就是一个大旅游，大石村跟其他地方比，我们又要建得别具一格，因为大石村正好位于我们平昌县旅游环线上，省道101线就过这个地方，现在已经通车了。这个线路一通车，我们大石村便由过去的区位劣势变为区位优势了。过去我们大石村和县城的距离，直线虽然只有10多公里，但要绕几十公里才能到县城，进城一次来回一天，现在一条快速通道，只有12公里，坐车一会儿就到县城。地理位置一变，我们打造旅游就非常有信心了！现在我们的建筑，都采用欧式的风格，这种风格在我们平昌县还没有。然后我们园区的建设就配套了花、果、路和休闲观光农业。包括我们一些水景观的打造，像新建的水库、塘库，还有整治的一些塘库都按照乡村旅游的模式建设……以后我们平昌也好，还有巴中、达州，离这里也不是很远，下了高速只需要十多分钟就到我们这里了。我们大石村就可以作为县城的后花园，打造旅游新业态，融入假日经济、周末经济，城里的人、外来的客,很容易在周末、假日或者平时,就来到村子里玩一玩、转一转,也就带动了消费,拉动了经济,让村民增收致富。

贺:很好,小孙,听了你对未来大石村的规划,我都感到非常振奋!因为时间关系,我没有问你在这担任第一书记期间的工作和生活的情况,尤其是你现在既代表市上、又代表县里在这儿工作,相信你一定会有很多感受,只有等以后我们再聊了!祝你工作好!

我们公安扶贫也能打硬仗

——南江县贵民乡双田村第一书记马北晨访谈

马北晨，男，大学专科，1965年12月生，1983年11月应征入伍，1998年转业至南江县公安局工作，2002年7月调巴中市公安局工作，2012年9月任巴中市公安局禁毒支队副支队长，2014年4月任青杠村支部副书记，2015年4月任南江县贵民乡双田村第一书记。2017年4月被中共四川省委、省人民政府表彰为"优秀第一书记"。

贺享雍（以下简称"贺"）：马书记，你是从市公安局选派到双田村担任第一书记的？

马北晨（以下简称"马"）：对，我是巴中市公安局禁毒支队的，我原先在长赤的青杠村，也是做扶贫的，但那时不叫第一书记，叫驻村干部。2014年4月27号到的长赤青杠村，2015年4月局领导又把我派到现在的贵民双田村。算起来我在农村工作已经3年多了，按道理本来今年就可以回去，但领导要我再辛苦一下，所以我就继续在这个地方待着。

贺：那好，我正要听听你们公安扶贫的故事，你先给我说说双田村的情况怎么样？

马：这个地方呢，要你亲自去看了以后才知道！当然，现在的双田村跟过去的双田村大不一样了！可以说，如果我不是去那里做第一书记，我也会看不到还有那么艰苦的地方。现在和过去反差太大了！

贺：说点具体的怎么样？

马：那我就给你说几个故事吧！我刚才说了我是2015年4月去的双田村，去的时候自然有乡上干部陪着。去了过后先到的村主任家里，村上的干部也就在他家里等着。刚一见面，还没说上几句话，就从外面进来一个汉子，怒气冲冲的。村主任就对那个村民介绍说："这是市公安局派来的第一书记马书记，是专门来帮扶我们的！"话刚说完，那村民就像是和我有仇似的，马上脸不是脸、嘴不是嘴地冲我说："我得了癌症，既没有享受到什么政策，也没有进入到贫困户，你们帮扶谁？"说完就是一阵骂骂咧咧，然后又继续说："现在一些有钱有房子的都吃国家的，我们穷就莫得哪个看得起！"我问他叫什么名字，他也不说，只回答我："我也不怕得罪你！"我又问他究竟哪个家里有钱有房还在当贫困户。他仍然不点名，只说反正有人家里有房有车，存款几十万，还是贫困户，精准扶贫准在哪里？我又耐心问他，他才告诉我他叫石海德，得了鼻炎癌，没有得到国家救助。我问他住在哪里，他说就住在这后面。我听了后就马上说："走，带我到你家里看看！"我这个人嘛，干公安干久了，养成了雷厉风行的习惯。我才来，大家可能看我的面子，听说我要去，乡上和村上的干部都不好说什么，于是都去了。他就住在村主任家的背后，到了他家里我才真正了解到他的具体情况。这个叫石海德的人和他女人本来都是很勤劳的，两口子过去一直在外面打工，勤劳苦作，辛辛苦苦攒了二三十万块钱，然后就回来修房子。房子快要完工的时候，女人不小心从房顶上掉下来，腿摔断了。因为修房子已经把钱花光了，女人腿一摔断，又花了几十万元的医疗费，而且现在腿还瘸着，生活不能自理。家里还有个小女儿，才17岁就去广州打工了，一个月挣1000多元，而他患了鼻炎癌，没法劳动。到公立医院治疗，吃了很多药都不起作用，别人介绍他到汉中的一家部队医院，有些作用，但那个地方报销医疗费又有点问题，关键是他在地摊上买了一些民间的偏方、验方来吃，吃了效果很好，但不能报销。本身修房子就把钱用完了，然后夫妻俩又生病，现在债台高筑。听了这话，我就问乡上和村上的干部是怎么回事，他们说这是因病返贫。我说为什么在精准识别时，没把他识别到呢？他们回答说当初精准识别，他女人并没有摔倒，又看见他们挣了几十万块钱，还把房子修起了，最起码比别人的家庭还好，就没有考虑他。我一听明白了，但看到他们家目前的情况，我便说："那不行，这个事情呢，我们来重新识别、定位，我去向上面争取！"然后我就一一走访群众，经过群众投票和村上、乡上领导的努力，终于把这个石海德和他妻子都纳入了精准扶贫。

我们公安这个精准扶贫是一对一的帮扶，这个"一"，指的是一个支队。我们因户施策，哪户最困难、最棘手，就确定一个厉害点的支队或部门来帮，做到要帮就帮起来！所以到现在为止，这个石海德对我的工作非常满意，我们对他的帮扶力度也是很大的。

贺：很生动的故事！

马：第二个人叫胡××，是个老上访户。这个人很有趣，他是个残疾人，眼睛看不到，两只手的十根手指从手掌处齐齐断了，但他的思维非常敏捷。他断手眼盲，自然不能干活，就天天拿个收音机听中央台、省台的新闻。电台不是开办有《阳光问廉》《阳光问政》之类的节目吗？也不知他耳朵怎么会那么灵，记性会那么好，《阳光问廉》《阳光问政》里公布的那些电话号码，他只要听一遍就能记得到，真是过耳不忘，记得滚瓜烂熟的。

贺：他是怎么残疾的？

马：这个事情要追溯到1990年。他说他是搞农田基本建设的时候去挖哑炮，挖着挖着哑炮响了，把手指和眼睛炸残了。可另外有一些人说不是这样的，说他是出去挖古墓时把眼睛和手整残了的。事隔这么久了，我们也没法说清楚。但是这当中又有一个问题，就是在2010年的时候，他写了一个证明，说自己是在搞农田基本建设的时候搞残了，村上也不知是怎么回事，就在证明上盖了章，然后乡上也给他盖了，证明他是工伤，是在修渠时被整残了的。他就拿着这个证明到处去告状，弄得村上、乡上不胜其烦。我去了后，村上和乡上的同志都提醒我要严防他又去告状。我这个人天天和贩毒分子、吸毒人员打交道，你说我怕什么？我说："他有合理的理由、合理的诉求，为什么要拦他呢？"我当时还是非常同情他的。这么多年了，他究竟是怎么残的，也该给人家一个交代，真的是为集体修渠弄残的，你不给人家一个结论，人家怎么不上告？但我当时也没法给他一个结论，因为事情隔得太久了，当事人死的死、走的走，也没个什么鉴定结论，所以我也没法认定他是不是工伤。但他目前走到这个地步，我心里很同情他。

有一天我去看他，他一个人在家里，儿子媳妇在外面打工没有回来，他老婆也没有在。我一去看到他家里的情况，再听他一说，我眉毛鼻子都皱到一堆了！我说这个样子怎么去扶呢？啊，真是老革命遇到了新问题。

贺：怎么回事？

马：他的情况太复杂了！说他是五保户吧，但他又有个儿子。说他有儿子吧，但儿子又长期不在家里，基本上是把他抛弃了。你说他是村上的人吧，但他又在早些年把户口迁到贵民街道上去了。你说他是街道社区的人吧，他又长期住在村里，街上连一片瓦都没有。其实就是一个两不靠的人，我们完全可以不管他，因为他户口没在村里，村里评定贫困户是以户口为准，所以他当时就没有被纳入村上的贫困户。我听说这个情况后，同情归同情，但也没办法把他纳入精准扶贫的对象。后来他又通过上访，县上给乡上施压，乡上只好把他纳进去了。纳入精准扶贫对象后，乡上给他修了三间房子，但没有厕所。上厕所他得去我们村委会那里。他的房子和村委会挨得很近，但挨得再近，毕竟人家是盲人，天晴时还好说，要是遇到下雨或晚上，实在是不方便。我便回来给我们禁毒支队的领导说："他那个房子，地基是整好了的，就是缺个卫生间，我们禁毒支队给他修个卫生间，也花不了多少钱，看起造孽！"我们支队长一听，二话不说就答应了，给他修个厕所。卫生间修好后，我看他前面的院子没有硬化，我又给支队长说："帮忙帮到底，送佛送到西，把前面院子也给他硬化了。他一个瞎子，出来晒个太阳什么的也干净一些！"我们支队长也答应了，于是又由支队出钱给他把院子硬化了至少有100平方米，一共花了将近3万块钱。现在他出来晒个太阳，搭把椅子在院子里舒服得很。把厕所和院子弄好后，他儿子和媳妇回来了，看见房子弄得整整洁洁，院子干干净净，还是十分满意。我的意思就是说，希望你能亲自去看看……

贺：谢谢你的盛情邀请，我一定争取来。南江我还采访漏掉了一个人，还要去补，来了我一定去看看。

马：百闻不如一见，你亲自来看了，印象肯定会深一些。

贺：你讲得很好！

马：故事很多，我讲得可能不够好。还是接着讲这个胡××的事，我们帮扶单位为他花了几万块钱，从帮扶力度来讲还是可以的。因为如前面所说，胡××把户口迁到贵民乡街道上，填的是社区。再说，他被纳入建档立卡贫困户后，每一个月的低保是400多块钱，还有他的伤残补助加起来总共有500到600块钱，基本上可以过日子了。这里我要给你说的是他的儿子，30多岁了，手脚、眼睛好好的，脑瓜子也聪明，就是好吃懒做。从2015年的春季回来到现在没做个什么，成天就是耍，年纪轻轻的也吃低保。他爷爷以前和他们住一起，有4个人的低保。他爷爷死后，现在就他和他妈两个人一个月有300到400块钱，加上他父亲有500到600块钱，一个月有800到1000块钱。加上退耕还林、粮食直补的钱，一年也有20000来块钱。他就靠这个东西过日子，这是一个很大的问题。我去跟他说，你要做点事，不要光靠低保过日子。他说他想搞个电商，把家乡土特产弄到网上去卖。

贺：这也是一条路子，年轻人头脑灵活，也可以试一试！他做了吗？

马：做是做了，我问他挣了好多钱呢？他说一个月挣了100块钱。我说挣了100块钱也叫钱吗，你说你吃得到几天？

贺：现在农民给村上的专业合作社或老板做一天零工都能挣70到100多块钱，他不去做？

马：他不去做，一个字，懒。这个问题我找他谈过多次，在农村，你得病的话，没人嫌弃你，还会帮助你，但如果懒的话，就没有人会同情你。

贺：比较起来，他老头还要令人同情些。

马：对！但老头有时也歪打正着，做了些好事。比如省上有一次"阳光问政"，他突然给节目组打一个电话去，说我们这里可以发展李子树产业，但干部没有发展。这下不得了，《阳光问政》是直播的，而且那次"阳光问政"有省农业厅的领导。没过多久，省农业厅经作处一个老处长就带了专家到村里来。一考察，说我们这个地方水土、气候、日照果然适合种汶川的青脆李。他说汶川的海拔是1200—1300米，我们这也是1200—

1300米，还有太阳光照等因素，都和汶川接近。这一次老头歪打正着，我立即组织村上干部、群众代表，和省农业厅的专家一起到汶川去实地考察。我们开了一辆大巴车，去了20个人，到那里一看，大家果然都说好。当地老百姓和汶川农业局副局长说他们一亩地的收入每年在6万块钱左右。大家一听一亩地每年能收入6万块钱那还了得？我说我们不要求那么高，每亩地每年整个1万元到2万元就可以了！一人栽三四亩或者四五亩，5亩地也就是5万块钱了，有5万块钱那还不叫脱贫吗？

贺：发展起来了吗？

马：当然，我们前后跑了5次，终于发展起来了，全村发展了500亩青脆李。发展青脆李时，这个胡××的儿子和老婆都没回来，就他一个人在家里，大约他觉得在这件事情上有功劳，他就栽了6亩。树苗款是我到市公安局要的，领导很重视，给了我15万块钱。有了这15万块钱，老百姓就可以不用支付树苗款，可我仍然要求老百姓一棵树苗要支付3块钱的树苗款。为什么要他拿3块钱的树苗款？我发现一分钱不要，把树苗白发给他，他就不当数、不上心，反正自己没拿钱也就不心痛。他自己出了钱在里面，他管护也就上心一些。每株树苗我们买成9块钱，拉到村上投10块一株，我说胡××你6亩李子树该好多钱？你每一棵树苗拿3块，可他却说没有钱。栽树的时候，我们公安局每个支队都分有帮扶任务，我知道胡××是一个爱占便宜的人，他不会交钱，便把他分给经济侦查支队来帮扶。最后经侦支队没办法，既要完成任务，又见他是可怜人，只好自己掏了腰包，给他支了1500元钱，树苗款也就不要他拿了。

贺：他应该很感谢你？

马：感谢谈不上，不过这个人太有意思了！从"李子树"事件后，他关心的事情更多了起来。一会儿是教育的问题，一会儿是我们这个地方发展的问题，总之他的问题很多，吃普通农民的饭，操国家领导人的心。今天给政府这个部门打个电话，明天又给另外一个政府部门打个电话。我说老胡，你关心是好事，合理的、我们觉得可以弄的，你就直接告诉我好了，不要到处打电话反映！我是下来搞工作的，政策天天在学，新闻天天在看，简报天天在读，我懂的东西不比你少，你有什么问题先和我通个气，比如说学校这个事情，你有什么想法给我说了，我把你的意见转到乡上，乡上去跟学校沟通，不是好得多吗？你一个电话打到省上，省上就要派人大老远跑到我们这里来。省上的人一来，市里面要陪，县上也要陪，结果一调查又不是那么一回事，以后再不能这样了！

贺：他听你的吗？

马：现在好多了，我说的他基本能听了！

贺：那真是挺好的，请你继续说说扶贫当中的一些事。

马：跟你说老实话，我在的那个地方跟其他地方不一样，村小，全村107户、410人，留在家里的尽是老弱病残。我们公安局扶贫还真是花了大力气的！因为不管是领导，还是中层干部，特别是我们主要领导，对精准扶贫都有深刻的认识，但老百姓对摆脱贫困的认识还是不怎么到位。比如我们那儿有一户姓王的，我们城管支队在2015年给他买了6只羊，花了8000多块钱，给他送了过去。

贺：种羊？

马：对，可最后他全部卖了！我问他怎么要卖，他的老婆在旁边说："我这身体不好，你买羊来干什么？羊跑起来了，我追也追不上！"8000块钱的东西呀，反倒成我们的不是了！我说："别人给你买了8000块钱的东西，你以为是天上掉下来的？你说你家里贫困，给你买了羊过后，不但不感谢，却还埋怨起来了！"开会的时候，我又批评了他，别人都说这家人不识好歹。还有几户人，我们说去买猪苗来支持他们家里，他们却说他家里没粮食喂，养猪干什么？买来都不会要！我问他要什么。他们说什么都不要，宁愿受穷都要得，等国家来兜底。

当然也有好的。比如说石海德，他说他要种药材，我们就说："好！你想做什么，我们就帮你规划，帮你来出钱！"李子树种起来后，我们刑警支队说话算话，就给他拿了2000块钱，去买药材种子。然后他说他要养猪，我又去找刑警支队，又给他修了一个猪圈，花了1万多元。他那个猪圈修了两层。下面是猪圈，上面是烧火煮饭的，还修了两个厕所。这个石海德很有意思，厕所修好后，他到街上去买了两个牌子，上面分别写了"男厕所""女厕所"几个字。我一看就表扬他说："你有这个意识就是好的，我给你点赞！"我觉得他是个积极向上的人，他对我们公安局的帮扶也非常满意，是个懂得感恩的人。

还有一个人叫石久德，是我们治安支队在帮扶他。他房子修好过后，从原先的山上搬下来。我们村里把贫困户排了一个顺序，他家里排在第5位，所以叫作"第五穷"。房子修好以后我去看过，崭新的，外面瓷砖也弄得非常漂亮。谁知后来天公不作美，接连下几天大雨，当时他的那个屋基是个新地基，后面那个山垮下来了，泥石流把房子全部给围住了，幸好墙没有垮，但屋子里都堆满了黄泥巴，脚陷下去拔都拔不出来。两口子没办法，从围墙开一个槽子出来，然后又像愚公移山似的，用两只肩膀来背屋子后面的泥巴。我一看这怎么行？我说："你们不要背了，我来想法给你们把房屋周围的泥土给弄出去！"我就回来把治安支队的支队长找到，治安支队的社会关系广，支队长又是个厉害角色，我说："不管你们找什么关系，反正得去帮帮这户贫困户！"我找完治安支队长就回来了。可隔了两三天没有动静，石久德两口子以为我在忽悠他们，问我："怎么还不来呢？"我说："你们别慌，等路干一些再说！"果然第二天，治安支队长就和一个人开着一辆大挖机来了。因为地还没怎么干，挖机来了直往下陷，又弄了很多石头填了挖机才过去。结果你猜花了多少钱？六七万元！不但把塌方冲下来的泥石流全部清理干净，还用水泥给他打了一道2.5米的保坎，现在不论山上怎么滑坡，也是万无一失了！

贺：地板是否也硬化了？

马：都弄好了的！后来我们市委书记冯键同志下来检查工作，还到他家去看过。看了后冯书记说："比我家都好，还是贫困户？"我们李善军县长马上就过来说："这是公安系统扶贫的功劳，要扶就扶好，扶到位！"夫妻两个去年就出去打工了，挣了几万块钱回来，对我们非常感谢！不是自我夸奖的话，我们公安不光会办案，扶贫也能打硬仗！我们局里的主要领导，经常下去检查工作，各支队又大力配合，还有什么说的？去年我们又通过各种渠道，协调和争取了七八十万元，把村委会修建好了。我就说你要亲自去看一下，才知道我们村委会修得有多漂亮！真正讲的话，双田村的变化是我们全局干警的心血，光靠我一个人也是做不好的。

贺：马书记，在今下午的采访中，我发现一个有趣的现象，你一直在夸局里的其他同志，像是在给你们公安局做广告。我觉得这一点很不错，是不是你们公安干警都有这种风格？

马：这个我绝对不敢贪功！如果说真的有成绩，那是全体干警共同努力的结果，我只是公安局的一个代表，代表局里的所有民警在这里做事。接下来我还给你讲几个故事……

贺：好！

马：比如说有个叫岳天武的人。

贺：他家里几个人？

马：6个人，分成了两家，但分家没有分户，户口还在一起。别人给我说他家里很穷，我开始不相信，有一天我到他家里去，才发现那真是叫穷！除了一个电灯泡、一台电视机，其他的电器都没有。房屋的墙壁被烟熏得很黑，我去的时候正好在下雨，房顶漏水，床上弄两个盆子接着，厨房里也有两个盆子接着，火盆那个地方也是拿两个盆子接着。有间房子是他女儿住的，他女儿结了婚就出去了，我说句不好听的话，那墙壁开的裂缝牛都跑得进去，那还能住人？也不知他女儿一个大姑娘家是怎么在那屋子住的。贺老师你要是不相信，哪天我把照片传给你看一下，新旧对比一下你就知道了。更令我没想到的是，你猜这个岳天武是谁？他是我们双田村支部书记的亲舅舅！

后来我问支部书记，你舅舅家里是怎么回事？你怎么不帮助他？他说我怎么帮？正因为是我亲舅舅，我反而不好帮他！我说是哪个的亲戚并不重要，我们要看事实。不能因为是支部书记的亲戚就不管！你不管，我们也不管，他自己又没能力管，那谁管呢？然后我回单位向局长汇报了他家的情况，局长说，让交警支队和看守所来帮扶。我说："不管怎么样，这两个帮扶单位一定要给人家把房子修好！"

贺：他是建档立卡的贫困户吗？

马：当然！当时是2015年，贫困户建房的补助政策还没下来。交警支队听了我的话，就马不停蹄地跑去买了六七万块钱的水泥、石头、砖、钢筋等，给他拉来了。刚把那些材料备好，国家的政策就下来了，贫困户建房每人补助2万。他家里6口人，一共12万元。虽然国家已经有了补助，但交警支队买来的水泥、砖、钢筋什么的，总不能拉回去嘛？实际上国家补助那12万元，岳天武只支付了建房的人工费，每平方米200元左右，他两家人一共修了200平方米，也就花了4万元左右，他还赚了几万块钱。然后岳天武在房子修好以后，用剩下的钱买了电视机、电冰箱等，现在看起来和过去真是一个天上、一个地下了。岳天武70多岁，认得几个字，有时候还在外面当地仙，给人算八字，现在房子修好了，搬了新居了，高兴得不得了，走到哪个地方，都念叨说政策好！有次荣副市长，就是我们局长，到岳天武家里去，他说了一句很朴实的话，说历朝历代都没有共产党好！我给你讲这个故事，是说我们公安帮扶贫困户是实实在在的，就像交警支队，说帮就帮。

还有一家叫石绍云的，是我们城管支队在帮扶。开始我们让他修房子，他说我不修房子，我就住我的烂房子！他家有两个孩子在贵民乡上学，没人照看，老婆只好到贵民乡上租房子照看两个孩子读书。我们城管支队见他不愿修房子，就给他买了几头种羊，又买了60多只鸡给他送去。城管支队长原先在江北分局当过副局长，人很耿直，看见他住在一个山梁上的，就对他说："你这房子都快倒了，最好还是拆了重新修！"他还是不答应修，说："我老婆生病，我两个孩子读书，哪来的钱修房子？"我们城管支队长说："没有钱，我们来帮你，想办法给你找三四万元钱！"

那个时候易地扶贫搬迁政策还没有下来，三四万块钱也确实不够，所以就算了。可过了年后，他又想修了。我说："你开始说不修，怎么现在要修了呢？"我又说："你要是不想修，我们也没办法，只好找个东西给你撑一下，免得让它倒了就是！"但他说他想修了。我就又回去给城管支队长商量，城管支队仍按以前说的，花了4万块钱给他把钢材、水泥什么的，全买来了。石绍云自己花了4500块钱，从他老婆的舅舅手里买了块地基。他老婆的舅舅有点不耿直，那么一小块地方就要了几千块钱。但石绍云自己很乐意，连整地基和修房，不到两个月就把新房建好了。和岳天武一样，刚把房子建好，国家政策就下来了，每个建新房的贫困户每人补助2万元，他家里4个人，一共补助8万元，那嘴巴都笑岔了！过去他看到我们是躲躲藏藏的，生怕我们又动员他修房子，现在看见我们，多远都在笑。我就笑他："你怎么不躲我们了？"他说："那是原先，现在不躲了！"我说："你仔细算算，你白得一所房子住，还剩多少钱？"他有些不好意思地说："马书记，嘿嘿，是剩了一点，一两万块！"后来他给我捉两只鸡来，说："马书记，我们两兄弟的关系这么好，我一定要给你捉两只鸡！"我说："你捉鸡干什么？"他说："你帮助我这么多，吃我一两只鸡还不该？"我说："鸡你留给自己吃，我该帮你的还会继续帮！"他说："马书记，你要是不收我这只鸡，那你就是看不起我，我们两个就不成为朋友了！"我说："我可以收你的鸡，但好多钱一斤，我拿钱买可以，你送我我不要！"

今年石绍云又给我打电话，说的他妻兄弟要修房，请我帮忙，我说没问题，你修吧，反正上面有政策。他妻兄弟搬新房时，办乔迁酒我还去送了200元的礼，我们城管支队杨永明支队长也来了，支队还送了1000元，带了五六个人。吃过饭一看，他房子就在公路边上。那个保坎修得像是被狗啃了一样，很糟糕。我说这像什么话，坐在这里一点都不舒服，然后我把杨永明支队长喊来说，房子你都给他们修好了，你看那个保坎像什么？送佛就要送到西天嘛！他说可以，要好多钱？5000块够不够？说完又自己拍板：好，就5000元，10天后来检查验收。石绍云连夜加班，拉起校准线来修，看起来十分爽心悦目。10天过后，杨永明支队长果然来了，一看整得这么好也很高兴，马上就把钱给他了！

贺：刚才你有一句话，说你离不开群众，群众也离不开你，再给我讲讲这方面的故事怎样？

马：比如说我这段时间，我因面瘫在成都住院，我事先没给村里说，老百姓一听我到成都住院，都以为很严重，又没法来看我，就天天打电话来问，说马书记你好些了没有？你这段时间不到村里来，我们心里就没底！我说怎么会没底？你们该做什么就做什么，有什么事情你们就在电话里说！他们说，我们也没什么说的，就是有段时间没看到你，想你了！有个叫唐万里的，60多岁了，按说他是对我有意见的。为什么？因为第一次是把他纳入到贫困户里去了的。但是纳进去后，上面来了个政策"六个不允许"，即有车、有房、有工资等，一律不准纳到贫困户中去。他和儿子没分家，他儿子在外面打工，当包工头，有一辆车，做生意买辆车也很正常。他儿子本来也没有赚到多少钱，但是一回家就要撑面子，抽一包烟或麻将桌上打一局，就够我们吃几天了！

贺：实际上是在外绷面子，家里糊浆子？

马：对，回来摆面子的钱都是借的。现在债台高筑，跑了，人也找不到了，家里的房子也垮了。去年年底老太爷一个人回来了，住没住的，吃没吃的，贫困户也是取消了的，看起来很造孽。我就对他说：回来了就不要走了，你把家里的李子树管好，没有房子我来帮你想办法协调。

贺：怎么协调？

马：我们那里有个"土地增减挂钩"项目，但是他原先房子垮了过后，卫星版图又不能呈现出来。为这事情我跟国土局和我们乡上都说过多次。他房子是确实垮了的，大家都是有目共睹的，不是谁冤枉谁。他家里包括他儿在内有5个人，5个人国家可以补助9万元，自己再贷点款，修个房子没有问题，但卫星版图上没有，这又是个问题了。这个事情我是一定要帮他的，不管怎么样，人活到世上要有一个窝，这是最起码的。

贺：事情进展如何了？

马：有点眉目，但还没有彻底定下来。

贺：什么眉目？

马：我打算把四川路桥拉进来，让他们帮着想点办法。因为我们那儿的"土地增减挂钩"项目，是南江国土局委托的四川路桥在弄，我想把南江国土局的领导叫到一起，去和四川路桥进行协调。你是企业要赚钱，但是你赚钱要看到别人是什么情况了，该赚才赚，该帮的你还得帮。唐万里虽然不是贫困户，但是实际上还是很贫困，人家老房子垮了也是事实。习总书记说，不能落下一个人，是不是？

贺：和四川路桥谈了吗？

马：还没有，回去我就去找他们谈。得直接找四川路桥的老总谈，不和他下面的人谈，和他下面的人谈了也拍不了板。

贺：好，我等着你的好消息！

精准脱贫伴我成长

——南江县红光镇柏山村第一书记吴杰访谈

吴杰，男，1988年4月生，西昌学院水利水电工程毕业，2013年7月参加工作，任南江县水务局规建股副股长。2015年5月到南江县红光镇柏山村任第一书记，2017年4月被中共四川省委、省人民政府表彰为"优秀第一书记"。

贺享雍（以下简称"贺"）：吴书记，从市扶贫移民局给我的资料上，我知道你是从南江县水务局规划建设股副股长的岗位，选派到红光镇柏山村做第一书记的，你是什么时候到柏山村的？

吴杰（以下简称"吴"）：2015年6月，当时是我们单位一位叫岳普的同志在那儿做第一书记。他在那儿搞了几个月就要求回来……

贺：他为什么会要求回来？

吴：他是我们局里一位中层干部，具体负责一个部门的业务，工作比较忙，所以要求回来。领导就说："你要求回来，总得要找个人下去哟！"领导的意思很明白，你把顶替你的人找到了，你就可以回来。于是他就来对我说："你是公务员，人又年轻，下去锻炼锻炼有好处！"又说："也不是天天住在那儿，每个月下去打两趟就回来！"当时对第一书记要求确实没那么严格，我当时也不知天高地厚，年轻娃儿嘛，2013年才参加工作，什么都觉得新鲜，心想：下去就下去嘛，每个月下去两次，就当到乡下去游山玩水，呼吸一点新鲜空气嘛！于是二话不说："行，下去就下去！"还很有点英雄气概似的！

贺：2013年参加工作，2015年也才刚刚过了试用期一年。

吴：对，所以我刚才说有点不知天高地厚呢！答应了第三天，国务院扶贫办的刘永富主任就到我们柏山村来检查，国家的、省上的、市上的、县上的、乡上的，我一看那个阵仗，就知道这个事情严重了，不是自己想象的那么轻松。不怕贺老师笑，那天把我汗水都吓出来了。晚上回到家里，才觉得自己一时冲动答应下去有多么愚蠢。但是已经没办法了，答都答应了，总不能泼出去的水又收回去呀！只好硬着头皮也要上了！

第一次到村上去，也闹了一点笑话。我到柏山村的时候，不是热天吗？又是年轻人，穿得就比较随意……

贺：穿的什么衣服？

吴：运动服，篮球运动员那种服装，乡下人很少见到那么穿戴的，手里又提个包包，但不是今天你看到的这个包，是另外一个包包，里面装着本本和笔，就差没戴墨镜了。我走到一户老百姓家里，一个大爷坐在屋里，手这样搭在大腿上。我进去对他说："大爷，我是村里的第一书记。"他把我瞅了半天，然后问我："第一书记是干啥子的？"我说："第一书记就是村上的干部，相当于支部书记，是来帮你们脱贫致富的！"他听了两只眼睛立即瞪得圆溜溜，说："杜伟不搞了？我们怎么没有听说过？"杜伟就是我们这个村的支部书记。我说："他也要搞，不过他有他的工作，我有我的工作！"他还是不相信我，又怀疑地看了我半天，说："看你这个样子，是不是来搞推销的哟？"我说："我确实不是搞推销的！"说完又对他说："大爷，你看我像个搞推销的吗？"他想了半天才说："你是不是搞推销的我说不准，但你娃儿这么嫩，确实不像个当支部书记的！"

贺：这个村民叫什么名字？

吴：叫马康文，他儿子叫马浩，后来我成了他们家的帮扶人。我又给他解释了很久，他这才有些将信将疑了，到里面屋子拿了一点葡萄出来，说小伙子你吃！你不是说是第一书记吗？那好，我现在就给你反映个情况！接着他就开始给我聊天，但我明显感觉到他是在试探我。他说以前村上集资修路，有些老百姓集，有些老百姓没有集，你既然是第一书记，能不能给解决一下？他这一说，真把我难住了：第一是我不了解这些情况，第二是喊我解决问题，我说句不该说的话，我自己都是懵懵懂懂的，怎么解决？我确实没法解决，于是我想了想就说："这个事情，杜书记给我说了的，村上正打算研究一下，看怎么解决这个事情！"说完我怕他继续给我出难题，便站起来跑了。现在想起来，我那天真有点像人家说的是落荒而逃，有种灰溜溜的感觉。

贺：后来又怎么样？

吴：回到家里，我觉得这样下去走访要不得。我毕竟是学工科的，现在的科技又这么发达，我又年轻，这是我的优势，我想了半天，突然想出了办法。我马上打开谷歌地图，搜索出柏山村，现代科技真的不得了！谷歌地图上，柏山村的一沟一峁，哪儿是树林，哪儿是房屋，什么都清清楚楚。我是做工程的，绘图对我不难，我就把整个村子的地图都勾勒出来。哪儿有房子，我就标个小框框，哪儿是学校我又标起。然后我用两张A3纸，把它打印出来。然后我通过关系，让派出所把全村的人口信息都给我发来。我年轻记性好，只看了几遍，全村哪家姓什么，有几个人，年龄结构是怎么的，我都记住了。这样我又把全村人口信息掌握了。这样，就像古人所说的，秀才不出门，而知天下事，我不说知天下事，起码柏山村的情况我大致知道了。再然后，我整了一张小名片，把我的姓名、电话什么的都印到上面。有了这些帮助，我入户访问就容易了。比如说我走到这一户，拐角角这儿，不用人介绍，他是几社的我一对信息就知道。而且他家里几口人，是个什么情况，我也一清二楚。比如我走的第一户叫杜周，他的年龄跟我爸爸的差不多，所以我走进院子就问："杜老汉在家里吗？"他听见院子里有人问，急忙出来答应说："哦哦，你做什么？"我说我是你们的第一书记，来了几次看你，你都没在家里。他仍然有些怀疑，这时我看见他屋子里还有一个婆婆，我知道那是杜周的妈，就说："那是杜婆婆，上回我来的时候她在屋子里！"说着我把名片给杜周，杜周就不再怀疑了，急忙招呼我说："哦，你是吴书记，你坐你坐！"我坐下来也不聊工作，就问他儿子现在在哪儿做什么。他说先在广州学厨子，现在又到上海打工去了！然后他又奇怪地问我："你才来，也没见过我儿子，怎么知道他？"我说我不但知道，还知道他是1994年生的！他一听，急忙说是呀是呀，然后我们就聊上了。聊着聊着，他就去把家属喊回来，硬要留我吃饭。他说还从来没有哪个当官的这么关心他。

贺：而且对他家庭情况掌握得那么清楚。

吴：对！贺老师你还不知道，在村上我还交上了一个好朋友，他在贫困户的精准识别中，给了我很大帮助。精准识别回头看以前，村上的贫困户一共是95户、291人，但这里面确实存在一些关系户，一些真正贫困的人又不在里面。我毕竟才去，很多情况还不清楚，他就悄悄给我说：哪些哪些是真正的贫困户，哪些哪些家里在城里买得有房等。我从他那儿得到了很多真实的情报。比如1社有个叫杜××的……

贺：他家里几口人？

吴：家里两个娃儿，两个老人，但是户口是分开的。我当时去看的时候，只有两个老人在家里，确实房子比较破旧，土坯墙，看起来比较危险。

贺：当时是贫困户？

吴：对，也是当时的贫困户之一。但我已经从老百姓那儿了解到了他儿子在城里买得有房。我就问他："爷爷，你儿子现在在做什么？"老人听了这话，还是十分警惕，就给我讲："我儿子以前做核桃生意，做亏了，穷得很，现在在城里打工，租的房子住！"我说："没关系，爷爷，你把他电话给我，我打个电话问问哥儿在外面混得怎样。"老人没有多想，果然把电话给我了，我就在电话里对他说："杜哥儿，我是柏山村第一书记，姓吴，你爸爸也在这儿，你房子现在装修得怎么样了？"我突然发问，他那边也没有防备，就回答我说："吴书记，我这几天就是装房子，还有几天才装得完！"我说："听说你房子买得挺便宜，是不是？"他说："也不是很便宜！"接着给我说了多少多少钱一个平方。我就给他讲："那好，你没事还是要回来看一下你父母！"

贺：后来就把两个老人的贫困户给取消了？

吴：对，因为根据政策，他已经有房子了就不能纳入贫困户。

贺：但他儿子和两个老人已经是分了家的，再加上两个老人生活又确实有些困难。

吴：也不能算！为什么？虽然他父母都是80多岁的人了，但他有两个儿子，而且生活得也好，你不可能就自己过日子，把父母甩给国家来养！这个我们是绝不认可！后来我又从村干部中了解到，这两个老人本可以到城里去住的，但他们不愿意去住，说住不惯。所以也不能说他两个儿子不孝顺，他们不愿意到城里去住，这个没办法。所以我们只是平时多去关心他们一下，看看房子有没有危险，有什么困难能帮的时候就帮他们一下，只能这样了。

贺：工作中还遇到了什么困难？

吴：最恼火的是往系统里录信息。当时我们村在系统里有114户，全是我一个人录。后来我给单位领导说确实遭不住，熬了四五个通宵。只有熬通宵，没办法，全巴中市都在录，都在进一个网站，大家都去点击……

贺：村上其他干部，像文书这些呢？

吴：他们都不会电脑，我们支部书记40多岁，文书50多岁，快退休了，村主任比文书还大两岁，就是他们三个，还有一个督查员也接近退休，几个社长也都是四五十多岁。他们也想来帮助我，可这不是挖地，看见我熬通宵，他们也急得不行。我一个人在那儿录，支部书记、村主任一会儿出去给我买水，一会儿又出去给我买吃的，着急呀！

贺：再也找不到人帮助？

吴：找谁？我刚才给你说了，你要录的这个系统，当时就相当于一个网站，省上就开一两周时间，全巴中市都要去挤它！有时候录一条信息，录一户都要将近一个小时。

贺：有很多项指标？

吴：指标多我都可以接受，为什么？我熟悉之后我可以很快把它处理好，关键是这个网站的事情，大家都去挤，就像一扇小门，几百几千人都去挤……

贺：必须从网上传过去？

吴：对，我们必须要把它录到信息系统里面去，全市各个村都在录，有时录了一个小时，这一户录完了，一点击保存，保存失败，为什么？服务器出了问题！有时熬一个通宵只录一户两户人，后面的没办法。

贺：网络故障？

吴：网络是好的，就是网站的问题。后来省上好像又开了个什么服务器，扩大了，但是大家都在录，我们只有在晚上两三点钟以后才去录，因为这时往里面录的人少一些。好在单位领导十分关心我，见我实在熬不住了，派了四五个年轻人下来帮我往系统里录。可是他们毕竟不熟悉扶贫上的各种指标、项目，录的质量我就不敢恭维了。但他们至少帮我把这个坑给占住了，我后期修改又容易多了！

贺：多少解了你的燃眉之急。

吴：对，要好一点。累得实在遭不住的时候，我真想不要这个公务员、这个所谓的铁饭碗都可以！因为那段日子，不但工作忙，还有家庭的原因。录信息的时间是9月份，而我的小宝宝是10月26号出生的，我爱人在上海上班。

贺：在上海？

吴：对，她在巴中市人民政府驻上海办事处上班，9月份就回来准备生娃娃，我8月份到的柏山村做第一书记，9月份就在村上搞这个信息录入，基本没有回过家。你想她那时都快生了，抱不抱怨我？她说我回来跟没回来有什么区别？我说你抱怨有什么法？要不我把工作辞了回来天天陪你？她想了想，也没办法，还是算了。10月份孩子出生了，我请假回来照顾了她两天，第三天上，忽然接到通知，说省上有个什么领导要来检查，一听到这个消息，我马上就又赶到村上去了。走的时候爱人没说什么，回来之后很严肃地跟我探讨一个问题……

贺：什么问题？

吴：她说怀孕的时候你不管我就算了，可我现在还在月子里，是你工作重要还是孩子重要？她又说我在你心里不重要倒算了，但孩子是不是你的，你要搞清楚！那段时间我真的很恼火，没有办法。我爱人又是剖宫产，都是她妈在照顾她，真是恼火！后面都几乎说到离婚这个话题了。我说我真的没时间回来照顾你。她总认为你一个村有什么大事？认为我在骗她……

贺：后来你爱人是怎么理解了你的？

吴：她是2015年10月26号生的小宝宝嘛，满了月之后又在家里住了一段时间。大约2016年3月份，那天我说我下村去了，她一听说下村，便说："你别忙，我也到你那儿去看看！"我明白她的意思，想去看看我一天究竟在做什么。我说："好！"于是就带她去了。当时要求我们住在村上，由于我那个村5社就在镇上，所以我就在5社的一个房子里住。下去之后看到我住的房子，当时她就很难过，说："天呀，你这儿的条件怎么这么差？"我说："你以为我在下面干什么？我在下面恼火得不得了！"她看了眼圈慢慢红了。

贺：感动了？

吴：她之前一直怀疑是我们领导整我冤枉，问是不是领导看不惯我，才把我发配到乡下来的。我说怎么可能，领导对我很好的！她就再不说什么了。后来她对我的工作非常支持……

贺：爱人就在家里带娃娃了？

吴：她不带了，她回去上班了。孩子没几个月就断奶了，就交给她妈带。

贺：她妈也去了上海？

吴：没，就在南江。我们这个小家，三个人，一个在上海，一个在柏山村，一个在南江。爱人虽然不再怀疑我了，但仍然爱抱怨。她经常说一个留守老人带一个留守儿童，你一天也不管。她一抱怨我就哄她，说："我给你发个小红包怎么样？"一哄她就开心了。现在孩子渐渐大了，越来越可爱，也就熬过来了。但对我个人来说，我确实觉得亏欠爱人和孩子很多。孩子现在1岁多，她外婆给她报了一个早教班，学校要求父母每周陪孩子去上一堂课，星期六我去了，老师问了我很多问题，很多我都答不起来。老师就对我说："你真是一个粗心的爸爸，以后可要注意！"我知道孩子是大事，但村上的事情也很重要，所以现在我还很矛盾，不知该怎么办。这几天孩子和她外婆到上海去了，我就在想，以后一定要为孩子多付出点！

贺：我想听一听村上解决饮水工程和发展产业的故事，小吴你能给我说说吗？

吴：说起解决村上饮水工程的事，这就是我们水务部门自己的优势了！水从哪个供水站取，线路从哪儿走，需要多少管子，都是前任第一书记搞的，具体实施是我在这儿弄的，一共花了60多万。记得当时我回去给领导汇报，领导还说了一句话："一定要安到位，水管我们管够！"意思就是说，需要多少管子，都由我们单位出。一些农户住得比较远，在山上，户与户相隔一两公里，水管子我们都是给他拉通了的。所以老百姓非常高兴，即使是一些非贫困户，过去有一些意见，现在都没有了。

贺：相当于占了点部门优势。

吴：饮水问题解决后紧接着解决贫困户的住房问题，因为柏山村是2016年脱贫，修的第一个聚居点就是杜家沟聚居点。修这个聚居点的时候，还没有易地扶贫搬迁这个说法，采用的是土地增减挂钩项目，或者是地质灾害避让搬迁这几个项目。聚居点一共安排了35户人，其中贫困户12户，其他的都是非贫困户。当时房屋修建的标准跟现在不一样，修得比较好。第二个聚居点在我们学校村委会那儿，安排了8户人，贫困户6户，随迁户2户。

贺：这6户贫困户分别是一种什么情况？

吴：第一户叫李××，他被评为贫困户是打了一点擦边球。为什么？我刚才给你说的，他不在我们2015年回头看时精准识别的86户里面，但他又在系统里面。按政策规定，只要在系统里面，房子有问题的都可以享受贫困户住房政策。平时他对村上的工作也非常支持，村民对他也没什么意见，后来他要求申请建房，我们给乡上领导汇报后，就把他纳入了贫困户易地搬迁的范围。第二户叫李×，他爱人因为以前为落实计划生育政策神经受了刺激，落下了一个精神病。我第一次到他家里去，看见她女人打着赤脚，身上衣不蔽体，满院子跑。一看到我，就叫："又要把我整到计生办去了，又要把我整到计生办去了！"只要一看到陌生人就以为是过去搞计划生育的来了。确实恼火，也非常可怜！家里有三个孩子读书，就他李×一个人种地，一个月挣不到俩钱。所以易地搬迁，我们首先就考虑了他。加上他过去住的那个地方又在一个沟里面，我们不可能为一户人给他修路。一动员他就答应搬过来了。第三个叫李晓林，家里4口人，两个大人，两个小孩，他们在福建泉州那一带打工，家里的房子在一个山坡坡上面，离周围人家都很远，路也没法给他修通，也动员他搬到聚居点来，他也愿意搬来。后面一个叫李成，他家属也有精神病。不犯病的时候像正常人，犯病的时候拉着你天南海北地给你吹。

贺：小吴，你能不能再给我举一户贫困户依靠自身的努力奋斗，终于摆脱了贫困的事例？

吴：一组有个叫杨勇的，2015年回头看搞精准识别时，当时我还没到他家去，是到组里去开会。我问大家："一组哪个贫困户排第一？"大家说："张开祥！"我又问："哪个排第二？"大家回答就是这个叫杨勇的了。当时他家就他妈和三个孩子，他妈80多岁了。会后我到他家去，第一眼就看见他妈，拄着一根棍子，房子虽然是砖房，但很破旧了。杨勇两口子都在西安打工，三个娃儿读书，都交给他妈一个80多岁的老人。我当时一是十分同情这个老人，二是年少气盛，也感到很气愤，当即就给杨勇打电话，先不问青红皂白就把杨勇训了一顿。我说："你打工我不反对，但你不应该把三个娃儿甩给一个80多岁的老人！你至少该留一个人在家里，赡养老人和孩子对不对？这是我对你第一个不满。第二个不满，你不应该让你三个未成年的娃儿在成长阶段，就缺少父爱和母爱，你必须回来一个人，承担你们应当承担的责任！"我当时就是这样说他的。

贺：三个娃儿分别有多大？

吴：老大在读初中，两个小的在读小学。当时我还说："我说句不该说的话，80多岁的老人了，一不小心就走了，哪个知道？三个孩子在家里或者在学校里走上犯错的道路，哪个来承担责任？"现在想起来，我不该这样训他！我才20多岁，而杨勇40多岁了，我都该喊他"叔叔"了，可当时心里就是忍不住。

贺：后来怎么样了？

吴：2016年，杨勇果然回来了。他对我说，一是外面不景气，打工挣钱也不容易，二是觉得我说的确实有道理。我说你回来了就好！他马上就说："吴书记，我回来想搞点发展，村上有什么发展项目？"那时候政策还不太明朗，我就对他说："暂时还没有项目，不过你放心，我去给你跑！"我当时也是随口一说，但后来一想，我既然答应人家了，就真得说话算话。可到哪儿去跑，我心里真没底。后来我突然打听到，我有个同学的同学在长赤那边种蘑菇，种得很好，规模也很大，我一下高兴了。贺老师你大概还不知道长赤在哪儿，我们这边叫红光镇，那边就叫长赤镇，挨着的……

贺：种的什么蘑菇？

吴：平菇。听说这个消息后，我就想和我同学去参观。可我又怕别人不理我们，毕竟人家是大老板，我虽然顶着"第一书记"的头衔，可这个"第一书记"在别人眼里又算得了什么？加上我们又这么年轻，俗话说嘴上无毛，办事不牢，人家又更不会把我们放在眼里了。我就想了一个办法，我们第一书记建了一个QQ群，我就在群里找了十来个要得好的，我们一人开一辆车子，而且车子还按"1号车""2号车"……编了号，冒充"第一书记考察团"去考察。那天非常笑人，我们一去，老板十分热情，又给我们端水，又给我们发烟，我们一本正经地做出考察的样子，先参观了他的菇棚，然后才问他平菇种植情况，收入多少等，最后我才说我们想建一个基地，能不能和他合作？后来我们才知道，老板早就想扩大规模，好卖菌种和技术，一听我们想建基地，巴不得有人和他合作，就热情地留我们吃饭。我们又故意端起架子，说吃饭就不用了，我们还要到另外一个地方去考察一下，寻找更合适的合作伙伴。我们这样说的目的实际上是吊他的胃口。他见我没表态，就有些急了，马上对我说："这样，领导，你可不可以先拉些菌种回去试一试？种子我不要钱，技术我也不要钱，种成了，一个菌棒你至少可以收入二十来块钱，这是稳打稳赚的！"其实我心里早动了，但我仍然说："试种倒是可以，可技术各方面怎么整？"他说："领导真想整的话，到时候你安排种的人来我这儿打几天杂，我保证把他们教会！"我说："那好，我们回去研究研究再说吧！"然后我们就走了。晚上他就给我打电话，说："领导，你们研究得怎么样了？"我当时笑得不行，就对他说："可以可以，你就暂拉1500个菌棒过来吧！"没过多久，他就真的拉了1500个菌棒来。菌棒六七块钱一个，1500个也就1万来块钱了。

贺：但你们还没有菌棚怎么办？

吴：这个老板也很负责，菌棒拉来后，他又教我们怎样搭菌棚。杨勇的事业心也很强，在老板指导下，他烧了一个钢棚子，就是像楼顶上那种雨棚的样子，外面罩一个黑色的网子。然后我又对他说："你勤快点，过去给人家做几天活儿，偷师学艺，你懂不懂？"他说我懂，就过去做了几天活儿。回来后，便把技术学到了。但是做菌棒的技术老板始终没有教他。

贺：那是他的看家本领。

吴：对！技术学到后，杨勇就开始种平菇，怎么码菌棒，怎么消毒，怎么喷水保湿，他做得很好，后来菌子长起之后，杨勇就喊我们吃菌子，我说不吃，你这贵得很。本来1500个菌棒可以赚2万多块钱，但因为第一年种，还是缺些经验，菌棒坏了一些，所以这年只卖了1万多块钱。

贺：还在继续种吗？

吴：今年又种了！对那个平菇老板来说，他没一点损失。今年我们另外一个村搞脱贫产业，大规模发展种平菇，从他那儿就进了几十个大棚的菌种。

贺：他送给你们的1500个菌棒就相当于打广告！

吴：完全是这样，所以这个老板还是有眼光的。

贺：杨勇今年又种了多少蘑菇？

吴：今年他没种平菇了，种的是另外一种蘑菇叫羊肚菌。羊肚菌是乡上李宝书记给他引进的，这个是李书记的功劳。种子、技术也一样的不要钱，但是那个成本比较高，一亩就要5000多块钱，杨勇就只种了一亩多，先试一试嘛！不知道你听说过羊肚菌没有？是成都那边一家公司发展的，人家包回收，30块钱一斤！现在杨勇卖得很好，脸上一天都是笑容。村上有产业周转金，我们又借了1万块钱给他，他又发展了两个鱼塘。除了种菇和养鱼外，平时有时间了，还在附近打点小工，他有个贴地板砖的手艺，所以也能挣些钱。现在家里房子也修好了，小女儿初中毕了业，也能挣些钱了，一家人的日子过得和和美美的。

贺：脱贫了？

吴：这是自然！这是一户，我还给你讲一户。这户人更典型，叫杜成。我们村上有个项目叫"南江县红光镇党员精准扶贫示范项目"，是省委组织部、市委组织部、县委组织部统筹抓的这么一个项目，省委组织部要从党费中下拨一定的经费，县上要配套资金，加上部门的资金一共有10多万块钱。但项目一是要有规模，二是要有示范带头作用，三是项目带头人必须要是贫困党员，能够起一个模范带头作用。当时我们村上的贫困党员有三个，一个叫马仕法，一个叫杜成，还有一个叫赵云昌。赵云昌70多岁了，他来搞这个项目肯定力不从心了。马仕法虽然年轻一些，40多到50岁，但是他对这块不熟悉，也不一定能做好。最后我们选择了杜成。选择杜成的原因是什么呢？因为杜成是我们支部书记的儿子。贺老师你肯定会想支部书记的儿子怎么还会是贫困户？这就是因为每个家庭都有每个家庭的原因。杜成很早以前就跟他妻子离了婚，儿子跟他的前妻在一起，他一个人单独在一边。一个大男人有点不会过日子，加上他母亲多病，所以被列为贫困户。精准识别的时候，我曾经想过把他剔出去。我给镇上领导汇报，领导也感觉到有点不好处理。因为他父亲毕竟是支部书记，如果说我正儿八经一刀切把他剔出去了，后面我的工作可能有些不好开展。后来我把他拿到群众会上来讨论，如果群众不举手，就把他拿下来。可当时没有哪个村民反对，都举了手，因此我们也就没必要去追究这个问题了。我们当时考虑把这个"党员精准扶贫示范项目"拿给他发展有几个好处：第一，杜成是1991年出生的，很年轻，上过大学，有文化……

贺：他还上过大学？

吴：大专，学校比较差，但不管怎么说，也是国家认可的，农村人分不清什么专科、本科，还有一本、二本，所以统统都叫作"大学"。第二，他的父亲是支部书记，上阵还需父子兵，他不贴心贴肺地帮儿子，还有谁帮？如果其他人搞，说不定他还有可能在中间怎么样。事实证明我们当时考虑对了，这个工程搞起来后，他父亲对他帮助非常大。我们成立了一个蔬菜种植专业合作社，第一年流转了100多亩土地，2016年也是100多亩，到今年又发展了将近300多亩，加起来是一共500多亩，规模比较大。我们现在打造的是全市的精品项目，订单农业，有机蔬菜。我刚才说杜成的父亲对他帮助很大，大在哪儿？就大在销路上！他父亲早些年做过生意，又做了这么多年支部书记，人脉很广。蔬菜种出来后，有次他半开玩笑半认真地对我说："你们水务局帮扶我们村，机关食堂都不吃我们的蔬菜，还吃哪个的蔬菜？"这是将我的军了，我就回去给领导汇报，当时我们的局长是何局长，他听了就说："好好好，给伙食团说，就吃你们的有机蔬菜！"最后他就把蔬菜销到我们食堂来了。这事不久，刘尧县长到我们村来了，因为他挂包我们村，我们支部书记又找到刘县长说："刘县长，你看我这个蔬菜种出来了，全是有机的绿色食品，可没地方卖，你那个政府机关食堂，能不能就吃我们这菜？"刘县长也说："好好，你把菜给机关食堂送去，让他们看一看吧！"于是我们就把菜给送去，说是刘县长让我们送来的，机关食堂还敢不收呀？送多了，加上我们的菜确实好，一个传一个，先是水务局，然后县政府机关食堂，接着林业局、旅游局、县委机关伙食团、长赤中学、红光中学、红光小学、红光镇政府伙食团……都买我们的蔬菜了，后来街上的各大馆子都成了我们的主要客户。

贺：成蔬菜定点供应基地了。

吴：对，一天几百斤上千斤蔬菜，专门用一辆面包车一趟一趟地往城里拉，弄完了之后脸上笑眯眯的。

贺：现在这500亩基地运行得怎么样了？

吴：非常好，现在我们不再往食堂送菜了，跟成都一个汇川公司签的合同，菜都往那儿销售！不哄贺老师说，现在我们的菜翘得很，排起队等着买我们的菜！

贺：是公司来拉，还是你们给公司送去？

吴：是公司自己来收！公司提供种子，现在我们全用大棚育苗了，育出来的苗给老百姓种，你想现在的规模有多大？给老百姓种，老百姓还要和村上签合同，你种出来的东西只能卖给我，卖给别人就不行，所以现在老百姓的菜真是皇帝的女儿不愁嫁了！

贺：去年开始的吗？

吴：示范工程从去年4月份开始，到去年年底就盈了利。种蔬菜这个事情，想不盈利都不行！

贺：到农村两年多来，对你自己来讲，你觉得最大的收获是什么？

吴：我给老师这样说，我才到村上来的时候，一下来就想往回走，巴不得天早点黑呀！可是现在，我一回了城，回了单位，心里突然有一种不踏实的感觉。但只要一到了红光境内，我一下就踏实了。就是这种感觉，好像自己好久没到这儿来了一样，看到村上的田、地、池塘，就觉得特别亲热，没有了浮躁的感觉，真的，我不知道这是不是收获。还有，才下去的时候，跟老百姓说话，我根本不知道该从哪儿说起。老百姓招呼我坐，我还要用手抹抹板凳上的灰，有种高高在上的意思，现在不一样了，和老百姓聊天，什么都能聊，老百姓招呼我坐，管它是什么样的板凳，我一屁股坐下去就是，觉得没什么了。你要问具体的收获，我还真说不上来，实在对不起！

我对精准扶贫的几点感受

——南江县红四乡刘家村第一书记岳大胜访谈

岳大胜，男，四川省巴中市南江县大河镇人，1987年4月生，2008年6月泸州职业技术学院毕业。2009年9月参加工作，南江县民生工程办公室干部。2014年10月任南江县红四乡刘家村第一书记，2017年4月被中共四川省委、省人民政府表彰为"优秀第一书记"。

贺享雍（以下简称"贺"）：小岳，看见你非常出乎我的意料，要不是你脸上被阳光晒得黧黑的颜色，我还以为你仍是一名在校大学生呢！

岳大胜（以下简称"岳"）：我2008年就大学毕业了，只是看起来年轻。在村上大家都叫我"岳小胖"……

贺：是尊称还是带有一点揶揄的意思？

岳：我觉得大家没有恶意，有时还在"胖"字后面加一个儿化音，听起来蛮亲切的，说明大家认同了我。

贺：那好，现在就请你谈谈在村里做第一书记的事。

岳：我是2014年10月到红四乡刘家村任第一书记的。我2008年大学毕业，2009年考了大学生村干部，在乡镇工作了三年，对基层有一定的了解，加上我从小就生长在农村，生活在农村，父亲也是名农村支部书记，所以对农村还是有感情的。还有那个时候我也没有成家，无牵无挂，领导说要安排一个年轻人去村里任第一书记，我就去了。尽管我在基层工作过，但那都是从一个普通干部的角度去考虑问题、解决问题，任何事情前面都还有领导顶着。可现在就完全不一样了，什么事情都要找到你，尤其刘家村又是一个全县软弱涣散村，事情千头万绪，都需要亲自去抓。但我觉得最困难的，还是在帮助贫困群众物质脱贫的同时，如何在精神上帮助他们脱贫奔康。

贺：你所讲的"精神"包括哪些方面？

岳：很多，包括文化知识、思想观念、智力水平、节操志气、习惯爱好等方面，主要还是思想观念、习惯爱好这两个重点问题。

贺：那你给我谈谈这方面的体会，怎么样？

岳：第一，在我们这个山区，大多数有点文化的青壮年都到外面打工去了，在家里的基本上都是留守老人和儿童，要么七老八十的，不是耳背，就是眼花，文化更谈不上；要么就是十来岁的娃娃，最大的在乡上住校读初中。所以我们要去给贫困户做任何工作，首先他的思想观念就转变不过来，或者说我们给他们讲了半天，他们连基本的意思都还弄不懂，这是一个智力的问题。第二，要改变他们这种状况，不是一天两天的事，有难度，需要一个漫长的过程。物质脱贫，一两年的时间就能行，可要解决他们的精神问题，短短几年时间能行吗？这还是指那些正常的人，如果遇到一些精神病或严重病残的人，问题就更严重了。精神不行，许多东西他认识很难到位。比如易地扶贫搬迁，我举一个例子：我们在建厂棚河聚居点的时候，有个姓何的村民，他有个儿子……

贺：他没有爱人？

岳：没有。我三次到他家里去，对他说现在有精准扶贫这么好的政策，利用这次机会把你们这个房屋给改变一下，在这儿修一个聚居点，搬四五户人，大家住在一起，不但热闹，还能互相照顾。当时我想，他一个人单门独户住在这儿，儿子打工常年不在家，如果生点什么病，连个给他跑路的人都没有。当时我以为他会满口答应，没想到他死活不同意，说我一直住在这儿，这周边的土地都是我的，我不得要哪个到我这儿来修房子！

贺：你们的想法是动员其他贫困户和他的房子修到一起，就把他这儿作为一个聚居点？

岳：对，因为易地扶贫搬迁的要求就是不能在原址建嘛！我们去了三次，他死活不答应。我们做了会议记录，也拍了照片，他都不同意，我们也没有办法，只好另外选址建了聚居点。

贺：他还住在原来的地方？

岳：就是啊，等我们这个聚居点修起后，他就来找我们麻烦了，说我也要修房子！可这时政策已经过了，贫困户易地搬迁规划已报省上定了案，我们怎么能答复他？于是县上的领导来了，他也要去找一下，乡上的领导来了，他也要去找一下。你给他讲再多的道理他都不听，一句话，就是你说的那些我都不管，反正我就是要修房子！最后没有办法，我们只得又去争取危房加固政策，帮他把那个房子改造了。他那个房子后面的猪圈牛圈什么的，早已经垮了，花在他加固维修上面的钱达4万多块。

贺：危房加固只有几千块钱，4万多不是严重超标了吗？

岳：是啊，但是为了他的住房安全，我们在经费来源上花了不少的心思，危房改造资金只有8500块，余下的缺口部分，我们通过挂联单位支持一点、乡上安排一点、找企业赞助扶持一点的方式，进行了解决。其实，这个村的历史遗留问题还很多……

贺：这些历史遗留问题，给你扶贫工作造成什么阻力没有？

岳：当然有！比如去年实施道路硬化的时候，就遇到了不少麻烦。按照相关规定，道路硬化前的路基换填必须由村上自己完成，然而村集体经济根本承担不了，只有通过召开村民大会动员群众捐助，但是老百姓马上提出一个严重问题，以前修毛路的时候，就按户平摊了一些钱，当时有的人交了，有的人至今没交，而且相关账目在时任村干部手中，一直没给村民公开过，现在又喊捐钱，先让上一次那些没捐的人补出来再说。结果费了不少的周折，我们动员老党员、老干部和一些威望高的群众代表，组成一个工作组，挨家挨户、不分昼夜地去做群众的思想工作。说路修好了，受益的是我们自己，不是别人，国家只是补助路面资金，路基工程还得靠我们自己。

贺：全村一共多少人？

岳：918人。

贺：群众通过了吗？

岳：一部分群众通过了，一部分群众还在和我们扯筋。

贺：又扯什么筋？

岳：在开始硬化道路的时候，有老百姓出来阻拦，说这个路是我们以前社上修的，你现在要硬化，先把我们以前修路的钱和"搭伙费"退给我们！什么叫"搭伙费"，可能贺老师不清楚，就是我们这边修路有那么一个传统，这个村庄从哪个村庄接路，要交给哪个村一笔钱，这个钱就叫"搭伙费"。那些老百姓威胁我们"这个路我们是掏了搭伙费的，你们要硬化就把钱退给我们，不然就莫想动这个路！"

贺：他不让动，路不能硬化，他也享受不到交通带来的方便！

岳："享受不到就享受不到，大家都搞不成！"他觉得大家都搞不成就很公平。因为这里面还有更大的矛盾，就是这个路原来修的时候，有的人交了"搭伙费"，有的人又因为各种原因没交……

贺：我懂你的意思了，交了的人认为吃了亏，现在扶贫，既然国家投入这么多，所以公路就应该由国家来修，因此我们过去交的"搭伙费"国家就应当退给我们。

岳：对，老百姓就是这种想法，不然就吃亏了。再说，吃亏该大家都吃，凭什么只是我吃亏？

贺：老百姓拦住不让施工，你们又怎么办？

岳：还能怎么办？只有又去做工作！我们多次到他们家去苦口婆心讲道理，耐心细致讲政策，对他们说，第一，你这个路硬化了，比不硬化好！硬化了你就享受了，不硬化路还是那个样子，从很俗的角度来说你也得不到一分钱，也别想走一条好路。硬化了你至少可以走一条好路，从某种意义上说，受益的人最终还是你们！第二，以前修路的时候，国家没有出台像现在这么好的政策，修路都是靠大家投工投劳，自己集资买炸药什么的，这是当时普遍存在的一个现象，你现在要我们去解决这个历史遗留问题，没有项目支持，没有资金来源。再说，即使有了资金，也没有解决这种问题的先例，道理上行不通。我们把路修好了，天晴下雨你都能出门，受益的是你。如果你真的不让我们硬化这条路，你不但得不到一分钱的赔偿，而且走不到一条好路，全村的人都要骂你！通过反复做工作，最后他们还是同意了。

贺：全村一共有好多公里路？

岳：7.7公里，不包括社道路。这个问题刚按平，第二个问题马上又来了。路硬化到5社的时候，又有几十个老百姓跑到公路上来挡路，原来这儿有两条路可以通村委会，一条是我们准备硬化的这条，一条是下边暂时没纳入硬化，也即是通往5社那条。现在5社的老百姓不干了，一上来就围住我问："岳书记，上边这条路是不是住得有村干部，你们就给他们硬化了？"我说："不是的，是从整体村情考虑的，上边覆盖的人群占多数，不是说上边住有村干部，我们才硬化上边的路。"可老百姓仍怒气冲冲地喊："那不行！以前上边没有路的时候，我们下边就是村道路，要硬化就硬化我们下边的路！为什么硬化上边的路不硬化我们下边的？这不公平！"当时闹得很激烈。

贺：这个矛盾你又怎么来解决？

岳：当时我给他们解释，第一，我不是本村的人，不存在厚此薄彼的问题。我是刘家村的第一书记，不管是5社还是其他社，我都要对大家负责！第二，你们站在全村的大局上看，这一条路是不是要比硬化你们下边那条路要好一点？因为你们下边那条路，不管是线型还是路面，都没有上边这条路好，这是不是真实的情况？第三，以前那边3社和4社没有实施泥碎路，你们5社和1、2社就实施了，包括你们下边这条路，但人家3社、4社当时并没有说什么，也没有来阻拦施工，现在硬化上边这条路，你们就有意见了？我这么一说，一些人就不再纠结了，但还是有一部分人不同意："不管怎么说，我们就要硬化下边这条路。"最后我又给他们说"手心手背都是肉，我一定努力向上边反映，争取把下边这条路也硬化了！"这样才解了围。过后我到上边部门去衔接，国土局这边同意我们用土地整理项目来硬化这条公路，给报到了省上，但硬化的宽度只有3米。后来我到5社去开会，去一次老百姓就问我一次："岳书记，你答应的要给我们硬化路，怎么还不硬化？"我说："项目报到了省上，要省上批，只要批下来了就一定硬化。"可现在又出现了一个新情况，国家计划修建官房沟水库副坝，5社靠沟部分成了水库淹没区。按照国家规定，在水库规划范围内，停止公路、聚居点等一切建设，这个项目也就无法再去实施，包括在那里居住的群众将来都要搬迁。

贺：5社的老百姓现在又是一个什么态度？

岳：这一点我已经去5社开了会，把事实和道理讲清楚了，可亲可敬可爱的父老乡亲啊，他们非常理解，表示愿意支持国家水利建设。

贺：你能不能给我讲一个贫困户脱贫的故事？

岳：有个叫何俊成的，眼睛不好，他妻子一只脚有问题，夫妻两个都残疾。还有一个儿子。何俊成起初在外面打工，2015年的时候回来了。当时他儿子正在念初中，他一回来，就让儿子辍学了。第一，他儿子不想读书；第二，他儿子成绩也不是很好，估计读不出名堂，所以就让儿子不上学了。精准扶贫有许多项目上的政策，他回来后，我们帮他贷了10000块钱的产业扶持周转金，先是购买了一批鸡苗来养，后来又买了二十几只黄羊，效益都还不错。我们农技人员随时都在给他送药，提供技术支持，实行全程帮扶。他的帮扶责任人是我们办公室的副主任魏国同志。他的黄羊养大后，没销路，还是我们魏主任亲自联系的买家。

他儿子辍学一年多后，我想这个不行，义务教育阶段孩子不准辍学是法律规定，必须动员娃儿重新回到课堂读书，只有多学点文化知识，才能避免在贫困上重蹈覆辙。我自己和村社干部多次上户做工作，还打了不少的比方，做通了娃儿的工作，可何俊成还是油盐不进。后来，县委刘凯书记到我们村，亲自到他家里动员，最终说服了何俊成，在刘书记关心下，他儿子第二天就进入了县职中读书，学习机电专业。

贺：这一点做得很好，贫困这一块，如果不在代际上给它阻断，它他以后就会代代这样下去。

岳：对，所以我感觉到让贫困户摆脱精神上的贫困最难！现在何俊成享受易地扶贫搬迁，在青冈碥聚居点修了新房，去年就达到脱贫条件，实现了脱贫。

贺：在发展产业方面，岳书记有什么好的经验？

岳：我们这儿都是大山，产业发展很伤脑筋。我们过去种过丹参，但失败了。为了巩固脱贫成果，结合村情实际和老百姓的现状，我们主要还是在种养上做文章。

贺：具体是？

岳：现阶段主要是发展土豆。可我们刚提出种土豆的时候，也并不顺利。开会时，我对大家讲，我们村要学地势平坦、交通发达的村庄那样发展大型产业，既不现实，也不可能，因为我们在深山里，只能走因地制宜的路子。什么是因地制宜的路子呢？后来我们联系到了一个叫梁大海的老板，他种药材、种土豆，药材和土豆就非常适合我们这样的深山里种。但我们种过丹参，失败了，老百姓是一朝被蛇咬，十年怕井绳。我们就决定种土豆，即使一颗土豆不收，老百姓也不会亏，因为成本不要钱。

贺：就是赔点儿劳力。

岳：对！这个梁老板是我们南江县高塔乡的，是一个回乡创业的成功人士，他愿意在家乡创业，帮助贫困户。他的土豆现在主要供应各大超市，将来如果规模进一步扩大，他还准备在我们这边建一个薯片厂，制薯片。

贺：土豆种子不要钱？

岳：土豆种子由他免费提供！

贺：全村种了好多亩？

岳：前阶段不理想，说出来都不好意思！我们当时把梁大海邀请到村上，组织贫困户和在家的非贫困户来搞了一个培训，由梁大海给他们讲种植土豆的好处和市场前景，散会后喊各组组长统计，结果统计上来令人哭笑不得，全村一共40亩。

贺：大家不愿种？

岳：对，全村40亩。这一下问题就出来了，我说怎么可能？种子不要钱，销路人家也是包了的，七毛钱一斤，保底回收，你只出点儿劳力，怎么不愿种？

贺：40亩，有多少人家愿意种呢？

岳：只有二十来户，第一规模不大，大多数家庭都是一亩半亩的，带着试一试的心情，弄得我很恼火！

贺：过去政府搞产业结构调整，很多都失败了，老百姓不放心，老板现在说包回收，可到时候老板又变了卦，怎么办？农民很现实，他们是弱势群体，担心的事情很多，你要理解他们！后来你们又做了什么工作？

岳：后来我首先找社长，我说："你们给我个意见，哪些人家里有劳力，又有空置土地能够多种的，给我提供一个名单！"各社社长果然给我提供了，然后我就去找他们，挨家挨户做工作。虽然他们在思想观念或文化水平上有各种各样的问题，但听说第一书记来了，对我还是很热情。

贺：群众对你比对其他村干部，还是要信任一些。

岳：对！通过做工作，最后增加了130亩。但100多亩仍然形不成规模，我们周围三个贫困村就联合起来，终于形成了400亩左右的规模。去年年底的时候梁大海就把种子这些给我们拉来了。来了过后大家都种起了，前些天我去看，发现土豆长得很好，我弄了一个棒棒掏了一下，看见下面土豆还比较大的。

贺：我到过一些山区，觉得你们这儿的气候、土壤都适合种土豆。土豆是深山里农民的传统产业，最保险，所需的劳力不多，技术也不是很高，比起发展养殖业，比如养鸡、猪、羊等，风险都比较低，一旦老百姓接受了，我相信也是一条好路子。

岳：对！今年我们的主要工作重点也就是放在产业发展上，因为我们去年已经整村脱贫了，基础设施这一块儿也应该是没得问题。重点放在产业发展上，我开会的时候给老百姓也说了，第一，我不建议大家去发展规模化的畜禽养殖，因为风险太大。当然不是说一点都不能养，家庭养殖也是农民的一个传统产业，但不能发展太大规模，一旦得了病的话风险很大,这方面很多地方都有教训。我鼓励大家种木耳,五村我们有一个食用菌,只要大家愿意种,我带领大家去学。山里有树,树是自家的,只需要去学点技术再买点种子回来就可以种。食用菌的风险又不是很大,老百姓也非常赞同我的观点,我们现在正在落实这个事情。另外一个就是刘凯书记让我们可以借鉴仁和乡、高桥乡,发展肉兔养殖,兔子得病的概率小,并且出栏比较快……

贺:刘凯书记是县上的吗?

岳:是县委书记,也是市政府副市长,他是刘家村的挂联领导,要求我们出去考察借鉴,千方百计发展群众适合且没有过多风险的产业,核心是一定要帮助群众建立起稳定的增收来源。我们带了群众代表出去,看了县内县外许多地方,群众代表也热情高涨。我们现在决定从两个方面入手,还是围绕种植和养殖做文章。一个是利用今年10万块钱的产业扶持基金,再动员老百姓入股参与,建一个小型的肉兔养殖场。二个是采取"合同化发展,定单式回收"的方式发展花椒产业,计划发展300亩左右的花椒。

贺:先试一试。

岳:对,先试一试!第一,如果赚了钱可以扩大规模;第二,带动老百姓参与进去,循序渐进,慢慢把规模扩大。

贺:我非常赞同你的意见,像你们这样的山区发展产业一定要慎重。老百姓刚刚脱贫,如果在发展产业上稍有不慎,就可能前功尽弃。

岳:就是。

贺:你这么年轻,才去村上的时候,是怎么取得村民的信任的?

岳:我才到村上去的时候,群众是很怀疑的,虽然当面不说什么,背后里评价"走过场的又来了"的老百姓还是很多。

贺:你亲自听见老百姓这么说的?

岳:我还没有给你说全,人家前面还加了几个咬牙切齿的字,骂人的,我都不好意思对你复述。

贺：我能够猜出那几个字！

岳：但是现在，刘家村的老百姓还是对我做出了客观的评价。

贺：你用的什么办法，让老百姓转变态度的？

岳：其实很简单，就是"朴实、真诚"四个字。你随时以朴实和真诚的态度去面对他们，把他们当亲人就对了！

首先是不要自以为是、自己觉得不得了。有些城里人到农村去不愿坐人家的板凳，不愿喝别人的茶水，不愿吃农民做的饭，你优越感越明显，老百姓也就越反感。我坚持从细节上融入，所以老百姓也没有把我当外人。3社有个何元山，历来喜欢批评到村工作的县乡干部，如今却感慨地说："这个岳胖娃儿，我就比较喜欢他！"我第一次到他家里去的时候，看见他堆了一堆苞谷在屋里，我就蹲下来给他剥苞谷，他看了很感动，说："我活了几十年，就没有见哪个领导主动坐在那里给我剥苞谷！"所以他一直就很认可我。

其次，做事情必须公正。因为不是本地人，对他们历史上的恩恩怨怨不清楚，自己也决不参与到任何的是是非非当中去，一切以改变村貌、惠及群众作为出发点，尽最大努力让老百姓获实惠、得利益。我把自己的想法完完全全告诉了全体村民，也请他们有什么事情直接讲，倡导明来明去，杜绝暗箱操作。其实，农村社会并非有多复杂，只要你坚持了公平公正，老百姓一定会拥护你！做事情也就能达到事半功倍的效果。

贺：能给我讲一两个这方面的故事吗？

岳：在开展精准识别回头看村民民主评议的时候，我在村民大会上问大家有没有什么意见，可当时没有任何人说什么，一致认为村两委执行政策是对的。可刚刚散会不到一个小时，就有人打电话来了，"岳书记，今天人多，在会场上我不好说，说了得罪人！这里我就给你悄悄说，某某是某村干部的亲戚，在长赤买得有小产权房，他们瞒了你的！某某的儿子还有汽车，只是户没有上在他自己家里，不信你去调查！……"撂下电话，我自己也犯了难，他说的这些事情怎么去调查、怎么去认定？大张旗鼓地去调查，影响村干部积极性不说，还不一定搞得明白，但是不弄清楚，又如何能够向全村老百姓交代？思来想去，这事情还必须得管！当时，我和乡上的驻村干部一道，先是逐户走访了解情况，再直接面对当事人讲政策讲民意，通过近十次的面对面沟通，最终做通了被反映群众的思想工作，让他们主动申请退出贫困户行列，也让其他在回头看活动中被清退的老百姓心服口服。

贺：你说的这个问题我十分理解，因为村干部他生活在一种熟人圈子里，这个很难避免。

岳：在这一块上我还是比较体谅他们的。我一下来就对他们说，作为村干部，你们是不走的工作队，跟我不一样，我一两年就走了，你们还要长期生活在刘家村！但既然端了这个饭碗，我们就要努力做到公平公正，任何事情都不要出格，要对得起良心，要经得起检验。

贺老师，再给你说件事情，去年我结婚，请了几天假，就在我请假期间，村上召开会议评议低保，会议评定的是3户，但后来公示却变成了4户。

贺：为什么会多出一户？

岳：这个事情也是我的失职。当时因为我请假了不知道，后来假满回去后，村民便找到我："岳书记，你说某某某该不该吃低保？"我听到便是一愣，回答说他没有吃低保呀。村民便把我拉到公示栏前去看，果然在列！我立马调阅了当时的低保评定会议资料，发现问题最终出在时任村文书身上。我们及时召开会议，按程序终止了错评对象的低保资格，乡纪委也对时任村文书做出了严肃的处理。

贺：这户吃低保的拿下来没有？

岳：当然拿下来了，事情虽然不大，但老百姓会觉得不公平，会影响共产党的形象。

贺：刘家村虽然已经脱贫，但扶贫的路还非常遥远。你在这两年多中，感到最大的压力是什么？

岳：说真话？

贺：当然！

岳：那就给贺老师倒倒苦水吧！现在让我们最纠结的，就是软件资料的问题！我们第一书记聚在一起的时候，谈得最多的，就是这个软件资料。你上面下来检查，能不能少看软件资料，直接到老百姓家里去看有没有变化，村上有没有变化？问一下老百姓那个岳胖娃儿是不是随时在村上，在给老百姓办事没有？要是这样就好了！你这个第一书记在这儿干得好还是干得坏，为什么非要体现在软件资料上面去？我举个例子，许多活动都要有影像资料，比如说我跟贺老师您在这儿交流，我还必须找个人帮我照张照片，照片上还必须要有我，没有我就不行。老百姓并不理解这是在干什么，一看见有人举个相机在照相，就说："这个娃儿又在搞形式主义了，搞假的了！"不但没起到好的作用，反而还产生了坏的影响，但是你又不能不做。上面千根线，下面一根针，能够管着我们的人太多了，本来我计划今天到某个社开群众会，研究解决一些具体问题，突然来一个检查组，叫你把某某材料抱到乡上去。一圈回来，大半天时间就不在了。

贺：我还听说，现在上面一些部门互相打架，组织部下来看，说你这个软件搞得不对，应该这样搞！扶贫局的下来看，又说你这个搞法也不对，又要那样搞。

岳：过去确实存在这种情况，不同部门出文件提要求也各不相同，同一件事情，标准不一，让我们很难做哪。不过现在好了，我们县上高度重视脱贫攻坚档案规范，专门到井冈山和南部县去进行了学习，召开了培训会，整个标准实现了统一。

贺：好，小岳，今天你给我讲了很好的故事，谢谢你，祝你工作更上层楼！

在精准扶贫中站好工作最后一班岗

——南江县黑潭乡白虎村第一书记陈大海访谈

陈大海，男，1958年9月生，1978年参加工作，大专文化，一级警督，南江县看守所民警，现任黑潭乡白虎村第一书记。2007年度被巴中市委授予"巴中市十佳人民警察""感动巴中十大人物"；2008年被四川省公安厅表彰为"抗震救灾先进个人"；2016年10月被南江县委、县政府评为"十大扶贫好人"，荣记三等功。

贺享雍（以下简称"贺"）：陈书记，你明年就要退休了，是我访谈过的第一书记中年纪最大的一位同志。这么大的年纪到基层去，你觉得辛苦吗？

陈大海（以下简称"陈"）：我没感觉到怎么苦。

贺：为什么？

陈：因为我从公安战线下来的，交警工作我搞过，后勤工作搞过，看守所管教工作我也搞。扶贫工作责任重大，全国的"一号工程"嘛，但看守所的工作也不轻松，稍不注意就可能出大问题！

贺：对。

陈：看守所是24小时值班、带班，我刚到看守所就带一个月班，吃住都在看守所里面，纪律非常严。做第一书记，起码你还可以到处跑，从这个家里串到那个家里，虽然责任重大，但很自由嘛！看守所你往哪儿串？只有串监室！所以我感觉到第一书记这个工作并不是很苦。再加上我也快退休了，算是在精准扶贫中站好人生最后一班岗，对自己的一个交代吧！

贺：看得出来，陈书记很乐观！

陈：对，我这个人很乐观，把什么都看得开。我给你说，我过去就在当驻村干部，那个时候我们南江看守所在贵民包了一个村。话又拉回来说，整个四川，恐怕就只有南江看守所在包村，其他看守所都是包一两户贫困户，最多的包三户。这不是我胡说，我是通过了解的，包括市看守所就只包了两户贫困户嘛！上次省人大一个副主任到我这里来调研，我就提出来了这个问题。当时他给同来调研的一个处长说："给公安厅打电话问一问，是不是这么回事？"一了解，确实是，便表扬我们南江看守所，人员少、经费少，还包一个贫困村，确实不错！所以我们这个白虎村真的很不容易。

贺：能说说哪些方面不容易的具体情况吗？

陈：我是2015年8月22号去白虎村报的到，报到之后，我就马不停蹄地去调查、走访贫困户，用了整整3天时间，才把村上的基本情况了解清楚。

贺：全村一共有多少人口？

陈：158户，566人。

贺：贫困户有多少？

陈：34户，143人，2014年脱贫了1户，2015年脱贫了6户。

贺：几个村民组？

陈：两个。

贺：全村只有两个村民组？

陈：只有两个！我们全村土地面积只有400多亩，林地面积大约2000亩，加上其他的，譬如荒坡、草地、堰塘什么的，整个面积是4000多亩。

贺：最高海拔有多高？

陈：1100多米，平均海拔900米左右，整个村在一个长约7公里的狭窄沟沟里。

贺：一条狭长的沟？

陈：对，两边都是山，站在远处一看，两边山头好像一步都能跳过去，可下面却是敞起的，这么一条狭沟上去，就有7公里路，整个村就是这个样子，两个村民小组。

贺：怪不得你刚才说白虎村真的不容易。

陈：不容易！自然条件差，老百姓的思想意识更差。这是第一个问题。第二，整个脱贫，我整得跟他们不一样，包括原来分管副县长在白虎村，也是这样，他说扶贫先扶志，我觉得他说得很对！我去了就一直在考虑如何先扶志的问题。你知道巴中的扶贫工作搞很多年了，还曾经是全国先进典型。当年全国扶贫工作会在巴中地区召开，参观的主战场就是南江，早上我们到元潭接，晚上这边又送，要么这边接，那边送，从平昌、通江这么转过来，光观摩学习就搞了一个多月，说明我们巴中当年的扶贫工作就搞得很好。可到现在还在扶贫，这其中的原因很多，不过我想，跟老百姓的思想意识还是有很大关系。通过我的了解以后，觉得扶志，我打个不好听的比方，像我看守所里面部分犯人，对他们进行了很多次教育，一是父母的教育，二是学校的教育，三是通过我们那里面的干警教育，四是通过监狱教育，他们就是转变不过来。为什么？他们愿意吃那碗饭！还有一部分人，他们就认为看守所里那饭轻松，好吃，他们就愿意进来，不让他们进来，他们创造条件也要进来，你拿这样的人有什么办法？现在老百姓中间也有这样一部分人，好吃懒做，只用两只眼睛把国家盼着，这个观念是最不好转变的！但是他们家里又很穷，怎么办？我们一是要帮扶他们，习总书记说不落下一人一户，不帮扶他们怎么行？但另一方面，我们得给他们做工作，鼓励他们靠自身发展，或者通过一些激励机制来转变他们。我们村上从去年9月份到今年2月份，就开展了一个"三比五树"评比活动。怎么评比？一是评环境和看个人卫生搞得好不好？二是评产业发展得如何？三是评思想是不是积极进步，是不是两眼只盯着国家救助？……

贺：效果如何？

陈：有一定效果。譬如说2016年底省上来验收全村整体脱贫时，到很多农户家去看，院子扫得干干净净，屋子里的沙发、家具什么的摆得规规整整、井井有条，连铺盖也叠得四棱上线。当时省农委来了个副主任，看了之后深有感触，说农民做到这一点很不容易。所以当年我们很顺利地通过了验收。

贺：工作中遇到过什么阻碍没有？

陈：这就多了。比如有一个叫邓××的，易地搬迁的时候，他有点不配合。今天去征求他的意见，他说他要搬，可明天早上又打来一个电话，说不得搬。就这样反反复复，我和他谈了一个月，最后才搬了。他房子要封顶的时候，遇到天旱，缺水，需到旁边水塘里挑水来拌水泥。但他不去挑，来找我要水，我问他："房子是给哪个修的？"他说："给我修的！"我说："给你修的我可以住吗？"他说："你来要可以！"我说："给我两间住行不？"他说："我们住不下，那是你们给我修的房子！"我这才突然动了气，说："挨到房子就是水池子，那么一点点距离，你担几担水就把它解决了，还指望别人来帮你？你家里有没有水桶？把桶拿来，我去给你担，看全村人怎么看你？"他见我动了气，这才反应过来，说："好好，我们自己去挑！"

贺：他家里几口人？

陈：6口，原来贫困是因为家里娃娃，又全都在读书，现在学生基本上都出来了，能打工的到外面打工，留在家里的也能做些事，日子应当好过了。

贺：他起初答应搬，后来又不同意，是怎么回事？

陈：目的一个，就是他家6个人，3个儿子，1个女儿，3个儿子如果都回来住，人均25个平方住得下。我们就采取预留，在旁边留一个开间，他上面可以留一部分，他开始就没把那个意思听进去，等我们给他解释明白后，他知道我们干部也是一片好心，也就答应了。现在他对我们村上的干部也好，对我们的扶贫单位也好，对乡政府也好，都比较满意了。过去他两口子都是出了名的"蛮鸡公"，现在也不那么蛮了。

贺：还有比他更蛮的人吗？

陈：有哇，我这就给你讲一个。

贺：姓什么？

陈：姓谭。

贺：家里几个人？

陈：她丈夫姓魏，还有个大儿子，分了家的，户口在一边，现在在新疆库尔勒打工，自己整了个公司，搞粉刷，粉墙。她家里的房子是危房，确实需要改造或者搬迁，我们在一天的时间里四次到她家里，先是村上的干部轮流着去，后来是乡上的干部又轮流着去，办事员去了说不通又换成了书记，可仍然说不通，最后我把看守所的两个心理医生都请去做工作，看她是不是心理疾病……

贺：她为什么不愿意搬？

陈：她也不是不愿意搬，她想搬。我是2015年8月下去的嘛，我下去的时候，她一会儿喊我陈向阳，一会儿又喊我马向阳，随时看到我都是这样喊。后来我发现只要开会，她是逢会必闹。我问她为什么要闹。她说我不闹，你们就会把我忘记了，上面有什么好政策，就不得给我享受！

贺：她多大年龄了？

陈：两口子都才58岁，跟我是同年的。你说她懒吗？又不懒，家里地也种起的，猪也喂起的，但生活条件确实差了点。小儿子在外面打工，钱没挣到，还贷了差不多5万块钱的款。两口子也种了点茶叶，但是草都没除过，猪呀牛呀也养得有，等于每样都有，但整得都不精。人属于哪种？我说一点你就知道，我们村上发展茶叶产业，需大量零工，我们主动叫贫困户去做零工，多挣些钱，她不但不去做，而以工资低为托词，煽动其他贫困户也不去做零工。当看到其他贫困户做零工挣了钱时，她又眼红，就找到干部说为什么村上做零工不安排她去做？就去闹村上的干部。

贺：就是这个女的？

陈：对！她丈夫把她管不住，有次开会，她一走拢就对我说："陈书记，陈向阳，今天不把我过去的问题解决了，你们的会就别想开成！"那天我们乡上的书记、乡长、副乡长，还有驻村干部、农技员都在我们村上，我便对她说："今天你就莫闹会，我在给群众宣传政策，这是紧要关头，如果你今天要闹，就请你出去！"她一听我的话，马上就用手指指着我鼻尖说："你敢！"我一看她把手指到了我鼻尖底了，也火了，拿了在看守所管教犯人的气势对她说："你试试，看我敢不敢？"一下把她镇住了，这一次便没有在会上闹。

贺：后来她改变没有？

陈：当时没闹会，但会议结束后，她把我从中午11点脚跟脚手跟手地跟到晚上7点钟，要跟我同吃同住！我说跟着我吃可以，我吃啥你就吃啥，但跟我住绝对不行！她说我必须跟着你住！我说你要跟我住，还得问问我同意不同意吧？你说她这叫什么人？她并不是刁，是属于纯粹耍赖这种人！

贺：她这是不是也是一种弱者的武器？

陈：我说不准，但这个村特有意思，我分析过，别看村小，人也不多，但一是在外面打工发了财的多，有三四个包工头，而且这几个都搞得很不错。二是在外面当官的人多，有个从部队转业下来的干部，现在好像是正厅级。另外有一个团级干部。

贺：都是这个村的人？

陈：对！外面发财、当官的人多，像她这样胡搅蛮缠的人也多。有5户人串起的，非要把现在这个村主任整下课不可！这个村主任上一届也是村主任，这次老百姓又把他选出来了，但这5户人非要把他闹掉，一回闹不掉，下回继续闹，直到把他闹掉为止！这5个人就是这样。做工作，当时能管两天，过了就忘了。

另外就是发展产业，也很难。难在什么地方？就是缺劳动力！村里20—50岁的人基本上没有，在家的都是65—75岁这种年纪的老太婆、老大爷，平时就带带孙子。遇到村里搞点什么，能组织二三十个这样的老太婆、老大爷就不错了，你说你做什么能行？像我们现在发展了500亩茶园，要想锄一次草，得一个月左右的时间才把它整完。怎么要这么长时间？今天七八个人，明天五六个人，后天十来个人，就是这样子。到了礼拜六、礼拜天人多些，为什么？街上照顾孙子读书的那些老太太回来了，可以在村里住两天，然后星期一又走了，村里又没有人了。所以这是脱贫攻坚中最难的一个问题，没人你能干什么？大家都出去打工去了，他到外面再差也能挣200块钱一天，但在家里干活，就包括修小区，也就是集中安置点，能给你多少钱？一般100块钱，他还要从早干到晚，累得不行，所以好劳力都出去了,家里发展产业就恼火。这可是一个大问题。整体来说,脱贫攻坚这块政策确实是好样的,但中间的细节我认为还要细化。

贺:你说的情况,我在其他地方也听说过,现在中央提倡发展产业,目的也就是要让更多的优秀人才回到农村,这是一个比较艰难和漫长的过程。

陈:我也知道这不是一天两天就能解决的事,但眼前我们需要劳力。偏偏我们这儿因为山大山高,土地湿度大,草比庄稼和茶叶长得快,一年要锄四五次,前面才扯完,后面的草又长得有这么高了,你锄都锄不过来。想打除草剂,农技员又说茶园打不得农药,所以解决起来很恼火。老百姓一整疲劳了,就更不想来参加了。加上我们又同时开工了三个聚居点的建设,又要扯一部分人。即使是参加小区建设的人,也都是老弱病残这种,壮劳力就只有村上几个干部。我们去年栽茶的时候,只好请求乡上帮助,通过乡上统筹,在其他乡、村招了一些劳力来。我把公安局的警车——一辆中巴车开来,专门送他们上下班。因为上山的路很远,走一趟要一个多小时,来来去去就要耽搁三个小时左右,所以我就给局里协商,把警车给调来了。那段时间又正好天干,没有水,我又去找消防大队,说:"兄弟,贫困村你们无论如何得支持一下,我现在是踩到火石要水浇了!"消防大队的领导也确实够哥们儿,马上调了消防车免费给我往山上拉水。我只在中午整一顿饭让他们吃,工作餐,花费也不大,晚上各自回家里去吃。

我这人脸皮厚,像村上的桌子、凳子什么的,都是我从看守所搬下来的。我家属在六标工作,高速路六标段,我就通过跟她领导协商,他们工程马上就要结束,一结束就要搬走,我说你去给领导说,他们家大业大,那几个柜柜和桌子也值不了几个钱,就让他们卖一个人情,送给我们贫困村算了!她去给领导一说,领导答应了,我就去把那些柜柜和桌子拉回来。柜柜是铁皮的,还是新崭崭的,拉回来我们就用上了!反正我们是贫困村,穷就有穷打算嘛。又比如村委会办公室过去全是水泥地板,一扫一层灰,我现在全部铺成了木地板,窗户安了窗门,电视机安起,空调安起，打印机、复印机这些也全部整好了。

贺：这些资金又从哪里来？

陈：一是本单位的支持，我说要搞个什么单位都很支持。我们看守所现在这个所长，既是我在看守所一起共事的同事，也可以说得上是我的下级。他刚来的时候，我当教导员，主持全所工作，他当副所长，现在他虽说当所长了，但只要我说整个什么，他都很支持。包括每个月下来慰问走访贫困户，他们都做得很好，每次慰问单位都要花接近2万块钱，目的就是为了和老百姓拉近距离，也算是支持我的工作。布置村委会办公室，我说要资金，单位第一次就给了3万，搞电脑和搞粉刷。村委会办公室最开始只是个瓦棚棚，我们在里面开会，上面就"滴滴答答"地往下漏雨。怎么办？最后我通过组织部去要了3万，财政局去要了3万，组织部要的是党费，我把原来那个瓦顶顶掀了，重新加盖了房顶，又粉刷了墙壁，整好之后，领导来看了，觉得我们确实在做事，白虎村和我去之前，完全是两回事了！

贺：刚才那个姓谭的女人的故事，你还没给我讲完，后来那个女人怎么样了？

陈：后来又继续做工作嘛，但无论我们怎么做，她也不通。她只抱着一个信念：反正我的D级危房不改造、不搬迁，上级来检查，你就脱不到贫！她就用这种方式来和我们对抗。没办法，我想她大儿子有文化，又在社会上跑，毕竟通情达理，于是我就给她大儿子打电话，想通过他来劝说他母亲。他大儿子在库尔勒，也那么巧，我过去也在库尔勒待过，那边还有我很多战友。电话打通以后，我和他聊了一些库尔勒的事，一下拉近了感情。然后我把他妈妈的事说了，请他帮我们做一些工作。接着我又把现在精准脱贫方面的政策给他说了，她易地搬迁也行，原地改造也行，或者既不修也不改造，去投亲靠友也行，反正国家补助的钱，按政策一分不少地给她。她儿子听了我的话，说陈书记你这个建议好，我和我母亲商量一下。我们是晚上9点钟打的电话，第二天早上9点钟，上面通知我10点半到县上开会，我开起车往县城走，才从黑滩出发，谭××就给我打电话来了，说我在撵她走，不要她在白虎村住了，还要搞得她家败人亡，挑拨她儿子不认她了……一直打到我下高速，她都不挂电话，只有她说的，没有我说的！就是这样一个人，有什么办法？现在她的问题，我正在一个一个地消化……

贺：有些什么具体问题？

陈：都是一些历史遗留问题。比如在好多年前，为土地纠纷，她和邻居打了一架，可能是她受了伤，当时的村干部给她裁决了800块医疗费，但那一家人不给，后来就外出打工，人一直没在家。但现在这人回来了，得了肺气肿，一副病恹恹的样子，走路都很困难。他也没评上贫困户，因为他儿子在巴中有一套房子，没办法。但是他户口还在村上，这个时候你喊他拿800块钱出来付他当年打架的医疗费，无异于是要人家的老命，何况又这么多年过去了。但她逼着人家要，村上有个老干部，已经退休好久了，愿意出300块钱，喊我们村上几个干部一人出100块钱，把这个事情了了。这个老干部把钱都给了，我一看，喊他们把钱退了，说我的日子毕竟比你们好过点，这800块钱就用我的工作经费来解决。然后把800块钱送过去了，喊她打个收条，她不打。她男人要打，她说："你打，你打我就把你手宰了！"她男人就不敢打了。最后我又和她男人聊了一会儿天，她男人还是打了一个收条，我就把800块钱当面交给了她。以为这样把这件多年的矛盾给化解了，没想到过了三天，她就不认账了，说这钱不该陈大海赔，意思说我赔的那个不算数，还得让这家人掏800块钱才算数。她就是这种。现在她到新疆去了，因为她儿媳妇又生了孩子，她去带孩子了。她两个儿子都在新疆，大儿子还在新疆买了房子的，我分析她是不是要搬到那边去？她走的那天，把村上的书记堵在办公室，一下提了20多个问题要给她解决。有很多问题都与她无关，是别人的一些事或过去集体的一些问题，她也要干部给她解决。时间隔了二三十年，支书都换了九届，并且又没有任何证据，你说怎么解决？但是通过这两年的教育，我发觉她比过去好多了。即使她年底回来，该慢慢开导和感化，就慢慢开导和感化嘛，毕竟这样的人是少数，我相信她总有一天还是会转变。所以我前面说扶志的问题，希望上面能引起高度重视。

贺：确实是，心病还需心药医，她心里可能积怨了很深很深的东西。

陈：对，得慢慢来！

贺：现在的白虎村变化很大？

陈：对，到现在为止，我认为白虎村起色很大，变化很大，这不是我的感觉，而是老百姓的感觉。我2015年去的时候，全村只有六栋砖房，墙壁都没有粉刷，现在通过我们的易地扶贫搬迁，整个村的面貌真可以说是焕然一新。3月份我们整治了公路的废水沟，在道路两旁栽了树，人家无偿支持给我们的桂花树，把会车道也搞了。尤其是聚居点建设一完工，你到8月底来看，整个村里的面貌会更好。9月份我们还要继续建一批茶园，到今年年底，整个村的公路、小区、产业什么的，效果就更明显了，应该能够达到国家规定的脱贫村巩固的标准。

贺：陈书记你讲了很好的故事，不到农村还真的感受不到。

陈：小时候我也在农村待过，还当过一年村会计，然后就当兵走了。确实是，不到农村来，你感受不到这些。我们现在这届班子，书记才30岁，是我去年发展出来的。他也当了几年兵，我看这小伙子的工作能力、为人等方面都还不错，便把他推出来了。现在只是工作方法还欠缺了一点，慢慢来嘛，毕竟人还那么年轻，只要有了一个好带头人，农村就不愁发展不起来。我相信白虎村只会越来越好！

我的扶贫经历

——南江县南江镇三溪村第一书记杨雪梅访谈

杨雪梅，女，巴中市恩阳区下八庙镇人，1987年11月生，2008年7月毕业于四川文理学院小学教育专业，2008年9月考入南江县双流乡九年义务教育学校，2012年8月调入南江县委农村工作委员会，任新农村建设办公室副主任。2015年8月选派到南江镇三溪村担任第一书记。2015年度被评为南江县"优秀第一书记"，2017年被南江县委、县政府记三等功一次。

贺享雍（以下简称"贺"）：小杨，你是从镇上选派到三溪村做第一书记的？

杨雪梅（以下简称"杨"）：不是，我是从南江县农工委选派下去的。

贺：是公务员？

杨：最初不是，是南江县农工委一个事业干部，2015年的8月农工委把我选派到南江镇三溪村做第一书记。去年参加公务员考试，考上了，分配到南江镇镇政府。我现在是镇政府的公务员，但选派我到三溪村做第一书记，是由县农工委选派的。

贺：还有点儿复杂。

杨：是！昨天你到镇上采访我们镇党委书记和到金碑村去，我就听说了你。接到你要采访我的电话，我心里十分忐忑，不知该说什么。现在见到你，觉得你非常具有亲和力。

贺：没什么，小杨，就随便聊聊你平时工作和生活中的感受！三溪村是个什么情况，比如人口、环境什么的？

杨：我们南江县的地理环境，分为上五区和下五区。这两个区的区别就是，上五区是高寒山区，海拔高，人口较少，生存环境十分恶劣。下五区相对来说户数要集中一些，人口要多一些，因为它的地势要相对平坦一些。三溪村就属于上五区，全村平均海拔有1050米，是高寒山区。全村有9个村民小组，252户，1029人，在高寒山区算是人口比较多的。但由于受地理环境的限制，稍微有点经济能力的就到巴中市或南江县城买房居住了，再差一点就举家外出务工，真正留在农村的，不是老弱病残就是相对来说比较贫穷的那一块。整个村9个村民小组，13条道路，17.6公里，没有一寸水泥路，全是土路。

贺：现在还是？

杨：对！老百姓住得比较分散，有些地方根本没有路。我走得最远那一户，走了三个小时。即使是村上其他男同志，也要走两个多小时。交通就是这样一个状况，是制约全村发展最严重的一个瓶颈。看起来它距离县城只有10公里，老百姓也有种蔬菜的习惯，但真正把蔬菜变成钱却不是那么容易。老百姓要去卖点菜，早上三四点就得起床，到了城里可能就是11点左右，为什么？因为从山上走下来，他要走两三个小时，等到了主公路时，就是六七点了。从关门到南江县的客运车不是常见的大巴或中巴车，而是最多只能载7个人或是9个人的小型客运车，出发时大多数时候都坐满了，半路搭车基本不载，又尤其是看见你背上背一背、肩上挑一担这样的人。好不容易搭车下来就是十一二点了，再好的菜这时都卖不上好价钱了！所以我下去的时候，老百姓就喊到我说："杨书记，你能不能帮我们把村上的路弄通？"老百姓不知道我这个第一书记只是县级部门一个普通干部，也不知道弄条路得有项目和指标，反正就是对我寄予一种很大的期望，我觉得很惭愧。

贺：全村一共有多少贫困户？

杨：2014年识别的时候有47户，191人。当年脱贫了1户，通过2015、2016年的项目帮扶以及惠民政策的实施，截至2016年底还有26户。

贺：最贫困的家庭是种什么状况？

杨：有个叫李宗明的，70多岁了，家里就他和他儿子两个人。儿子李勇患了传染性肺结核，这是导致他们家贫困的一个主要原因。对我们来说完全只能靠国家的政策兜底，才能保障他们父子俩最低的生活保障。这户还有一点儿故事。有次李叔给我打电话，语气很急，直接对我说："杨书记，我儿子又吐血了，你们快点来救救他吧！如果他没命了，我也不活了！"就是这种话，一种走投无路的感觉。我马上给我们农工委赵主任汇报了。赵主任就带着我们扶贫队长,还有他的帮扶干部加上我一起到他们家里面去。我们去看到李勇躺在里面床上,那个屋子里的灯又不太亮,我真是很难想象,现在还有这样的老百姓。李勇怎么看都不像一个20多岁的年轻人。他就躺在床上,盖的是一床很厚的棉絮。那个时候也不算冷,我们去和他说话,他气若游丝,真是像要断气的那种感觉。他父亲看到我们去了过后,好像有一肚子的话想给我们说,却又不知该怎样表达。说了很多很多,主要的意思就是看我们能不能帮他一把。他说他们也去过医院,但医院不给治,因为没钱。那个时候贫困户的医疗政策还不像现在,一样需要先交钱,后入院,他没有钱,所以也住不了院。这个病也不是一天两天的事情,自己没有经济来源,只能向亲戚朋友借,借的次数多了,亲戚朋友便不借了。当时我们去看了很觉得心酸。我们现场就捐钱,每个人200、300的,把身上带的钱都全部掏出来了。我们几个人加起来大概是1800块钱,喊他先去入院。

贺:流泪没有?

杨:不好意思,贺老师,当时真流泪了。后来我在写演讲稿和演讲的时候,也禁不住流泪了。当时我们领导把1800块钱交给他的时候,他就像看到希望那种,拉着我们每一个人的手久久不放。我们队长也是一个女孩子,我也是一个女孩子,还有一个叫叶蓉的,也是我们办公室的一个女孩子。我们三个女孩子在那里看到这种情况,都觉得很难接受这样的现实。后来我们农委的领导觉得区区1800块钱也解决不了他们多大问题,便亲自去找民政。我又和驻村干部一起到镇上,从各个方面为他们寻求救助。后来民政给他们解决了大概7000多块钱。那个时候李勇还不知道他得的是什么病,就是这次到医院检查,才查出他是肺结核。有了那几千块钱,他顺利入院了,后来医疗扶贫的政策下来了,他入院治疗,个人只需负担总费用的10%。他经过治疗,病情就稳定下来了。去年下半年他出院以后,还能干一些简单、轻松的活儿,我们又从政策兜底给他们生活予以保障,所以他们家现在的情况就好多了。

贺：你一个女孩子，第一次到农村去，有没有什么担心的？怕不怕狗？

杨：我从小就有"三怕"，第一就是怕狗，第二是怕蛇，第三是怕牛。

贺：为什么会怕牛？

杨：因为我小时候被牛顶过，后来一看见牛我就有些害怕。

贺：被狗咬过吗？

杨：没有，狗来了我就跑！

贺：你能跑过狗吗？

杨：我们支部书记也这样说我："傻丫头，你两条腿跑得过四条腿吗？"我觉得那是一种本能。有次我和我们农工委张主任到一个叫王家庆的家里去，他家里养了两条狗，一条大的，一条小的，那小狗可能是大狗生的。主人先把狗赶开，我们都坐下了解他家的情况，他旁边还有一户人，他家情况了解得差不多的时候，我就出来准备到那户人家看看，可这时"汪"的一声，那条大狗从旁边一下子蹿了出来。我想也没想，转过身就跑！幸好现场人多，很快把狗吆喝住了。

贺：吓住没有？

杨：当然吓住了。过后很久心里还"咚咚"地跳！后来支部书记对我说："你如果看到狗就跑的话，肯定有一天会被狗咬！"

贺：后来怎么办？

杨：支部书记教我一个办法，叫我随时拿根棍子，狗来的话就可以做防范。现在我已经习惯了，就是走到哪家的屋门口，我就高声喊："张嫂子、李嫂子，在屋里没有？"她们听到喊声，就出来把狗唤住。

贺：你一个人在山里走路，遇到天黑了或天即将黑了，怕不怕？

杨：哎呀，我是最怕农村人说的"鬼"了！如果我一个人在家，晚上睡觉时，我都要把灯通宵开着，我就是那种被称作"胆小鬼"的人。在村上，我们有一个活动室，挨着公路。活动室旁边虽然有农户，但是整个活动室是单独的。很多第一书记都是住在村活动室里面的，可我不敢。如果要我住在村活动室，我肯定通宵都不能睡觉。我本身就害怕你说的那些"牛鬼蛇神"的东西，作为一个女孩子从自身安全出发，我也不敢一个人住在村活动室里。我是住在农户家里面的，包括吃饭睡觉，都和农户在一起。

贺：这样很好，作为一个女孩，除了你谈的方便和安全外，还可以帮房东干点事或聊聊天，打发掉一些寂寞。我采访过一些小伙子，他们都谈到一个人住在村活动室里，有时感到非常寂寞。晚上睡不着觉的时候，要么就起来给老婆打电话，要么就和朋友在电话里聊天。

杨：我们南江县一共有156个第一书记，我们组建了一个QQ群，包括你采访过的吴杰、谭真理等人，他们都在这个群里面。我们有什么就经常与大家分享。其中有个第一书记，他就是你说的那种情况。

贺：也是一个女孩子？

杨：不，是个男孩。很胖，体重最重时超过200斤。到了夏天，他们村活动室也没有空调，他经常在网上晒一些他的图片，是那种把上衣脱了，汗水一大颗一大颗流的图片。晚上无聊的时候，大家就在网上聊些闲话，比如自己刚才煮的面条呀、泡的方便面呀等，反正就是讲述一些日常的生活状态。我觉得有很多第一书记比我的生活条件还要艰苦，至少说我回家还很方便，有的第一书记回次家，得要一两个小时的车程，有时甚至根本拦不到车。

贺：你先生是干什么的？听说你和他闹过矛盾，是不是真的？

杨：他也是一个乡干部，乡纪委书记，2015年他在县农业局上班，没过多久，他被上派到成都青白江去挂职锻炼半年。那个时候我们第一书记的文件也出来了，他就跟我谈：因为我要到青白江去，娃娃也没人带，你就不要去做这第一书记了。当时我就想，我们都在政府部门上班，都得服从领导、服从组织的安排，怎么文件刚刚出来，我又不去呢？所以没答应，我们两人便闹起了矛盾。

贺：那时孩子多大？

杨：刚满2岁，是个女孩子。那时孩子确实没人管，还有一个，这个孩子从来就非常亲我，一直要跟着我睡。我到村上去了，她就晚上不睡觉，要妈妈，要么就给我打电话，打电话也不挂，就一直聊，一直聊，我怎么也哄不住；要么就是喊我回去陪她睡；要么就是给她爸爸打电话，就是这种！她爸爸这么远，自然不能回去陪她睡觉，我住在村上，也经常不在家里面，感觉孩子成了留守儿童一样。一来二去，我们就闹得比较严重了。

贺：怎么闹的？

杨：我原先是教书的，和他谈朋友的时候，我是双流乡一个老师，他那时在双流乡当大学生村干部，我们就这样认识了。他有点大男子主义，当时他就认为找个女教师做妻子最理想，今后对于家庭，对于孩子很有好处。后来他进了城，我们过了一段两地分居的日子后，我也好不容易调到了城里。后来又有了孩子，但两个都在城里工作，互相照顾，有了孩子也觉得无所谓。但我一走，他一走，孩子就没有人管了。这时他的大男子主义就冒出来了，说原来喊你当教师，你一定要进城，进城来又没有办法只好进事业单位。本来当一个教师职业安定，对家庭对孩子都能照顾到，没想到现在你不当教师了。在我不当教师问题上，他就很生气了，现在我要去驻村，把孩子扔下没人管，他就气上加气，说你一天只为了工作，把自己看得这么重，让孩子成为留守儿童，你图什么？在他的意识中，好像我就是想在仕途上做出什么成绩这种感觉。他认为在一个家庭中，有一个人往仕途上去奋斗、去发展就行了，而这人就只能是男人，女孩子你去追求这些干什么？还有一点，因为在我们这支第一书记队伍中，女孩子相对较少，平常在一起交流、学习，偶尔聚一下会，都是男同志多，久而久之，他就好像不放心……

贺：他担心你。

杨：现在好了，因为他知道我这个性格。当时他确实有这种担心！但我却认为他是不信任我。说实话，对孩子我也很愧疚。但我们两个人在感情上，对对方绝对是忠诚的。我们两个虽然是夫妻，但都是一个独立的个体，我们各自有各自的事情、各自的想法，还是想证明人生一些基本的东西。如果你是用那种想法来忖度我的话，我心里肯定不舒服。我这个工作还是非常辛苦,不说其他的你应该理解一下,你至少应该感受或体谅一下我的辛苦,彼此尊重一点。我们在电话里就吵起来了,当时我妈就在客厅里,平常我们两个人从来不在父母和孩子面前吵架,要吵也是关着门吵。但那天我给他打电话,就直接吵起来了。我妈就觉得事情有点严重了,后来我妈就给他打电话,说我一天加班的时间很多,周末还要经常去开会或者去村上,挺辛苦的。我妈给他做工作。后来他也看出了我工作的辛苦,也看出了尽管我的工作环境变了,但我这个人还是原来的样子,对孩子、对家庭也是比较负责的,也没发生他所想象的那些事情,现在我们就没什么了。

贺:当时下去的时候,想没想到工作会这么繁重?

杨:没想到!很多第一书记开初恐怕都没有想到这精准扶贫有那么多的事情要做,会付出那么多的汗水和辛劳,还会遭到老百姓的抱怨和不理解。遇到这种时候,有时会产生出一种许多付出都不值得的感觉。

贺:但这也是考验你们的时候,我想这种委屈感也是暂时的,你能不能给我讲一两个这方面的故事?

杨:确实是这样。过后想想便觉得没什么了。比如有个叫王××的,他们家一共7口人,2个老的、他们两夫妻再加3个孩子。

贺:也是贫困户?

杨:对!他误会和不理解我们的原因是什么呢?原来他家里养得有80多只黄羊,南江镇畜牧站叫报一个新发展的养殖户的表,他家是老养殖户,不属于那次报表的范围。这只是畜牧站一次普通的统计,也没有补助什么的。我们就把表填好报上去了。后来他听说了这件事,就去问村支书,怎么表上没有他?问完村支书又去问村主任,还是那么一句话:怎么没有报他的名字?

贺:他认为这中间会有利益?

杨:村支书和村主任都给他解释了,说那只是一个统计表,只报新增的家庭,没有其他的利益。可是他不相信,因为我们村主任的一户亲戚，他也养了黄羊，但他是新增的，所以报上去了。他以为这中间一定有什么利益，要不村主任为什么报他亲戚不报他？那天晚上是周末，我们家里有客，吃过晚饭8点多钟，他就给我打电话，我一听说话，便知道他喝了酒。有一次因为卖牛，他和村主任闹了矛盾，也给我打过电话的，一说就是一个半个小时。这一次他又喝了酒，所以一上来就没有好口气，相当于怒气冲冲地质问我村上为什么没有报他。我仍然给他解释文件是怎么要求的，只是一个统计，没有什么补助等。但他根本不听，只一个劲质问我为什么没报他。反正就是喝酒过后说的那些话，然后就说我们干部都是穿的连裆裤，优亲厚友什么什么的，越说越难听了。我当时想，我大老远的到你这个三溪村来，跟你没有任何关系，跟村里其他人也没有任何关系，不认识任何人，我怎么优亲厚友？就像你所说的那样，即使是村主任的亲戚，又关我什么事？我为什么要优厚他？但是我反正解释不通，电话打了接近一个小时，他仍是反复说这个事情。村上任何老百姓给我打电话，我都不会主动挂，何况他是贫困户。他在山上信号有时不好，说着说着我就听不见了，但我仍然没挂他的电话。后来说着说着就断线了。断线以后我家还有客人，我就没有主动给他回，这下就捅马蜂窝了。没一会儿他又把电话打来了，我接了以后又听不见他说什么话，他可能听不到我说话还是怎么样，反正说了一阵电话又断了线。断了过后也就算了。第二早上一大早，挂联他那一户的帮扶责任人就把电话打来了，是我们镇民政所，我喊她龙姐。她说雪梅关于那个王××家里面羊是怎么回事？我一听就蒙了，说："羊什么事情？"她说昨天晚上王××给她打了几个电话，都是说好以后，隔一会儿又打，至少打了三四个电话。我就对龙姐把情况说了，龙姐才没说什么。吃过早饭去下村，村支部书记和村主任就给我说，昨天晚上王××跟他们打了无数个电话。支部书记说开始他还接他的电话，后来知道他喝了酒，一看到他的电话就直接挂了。上午他继续给我打，我给他解释，他不听任何解释，他说你当个什么第一书记？我要把你牌子给你砸了！我们每个第一书记，不是都有个公示牌吗？他说我要到村活动室来把你们牌子都砸了！我当时也气着了，说："你来砸嘛，我们等着你！"说是这么说，可我还是怕他来胡搅蛮缠耽误时间。说完过后，我就和村支书、村主任一起走访其他贫困户去了。一路上他又给我们村文书打电话，起码又和文书讲了接近两个小时。文书约他下午两点半到村活动室，他说他不找文书，一定要找杨雪梅！我说可以，请他来当面说清楚。文书说他恐怕不是这个意思。我说他是什么意思？文书说他气势汹汹的，喊你下午两点半村活动室等他，他要来砸你的牌子！我一听这话，非常委屈，真的，我一个女孩子，对任何人都没有说过重话，他怎么就揪着我不放？我也横下了一条心，你要砸我牌子就砸吧，牌子砸了还有人在，怕什么？我就对支部书记说："下午你们该干什么就干什么，我在活动室等他！"我们支部书记也急了，因为上午我就哭了一场，支部书记还劝我："为这个事情哭一场，你真的不值得！"他们大概见多了这种事情，所以不以为然了，可对我来说，却觉得委屈。下午我果然在活动室等他，支部书记和村主任不放心，也在活动室陪着我。等到两点半他没有来，村支书他们就打电话问他来不来，结果他说他有事情来不了。然后我们该干什么就干什么，后来他就再没有给我打过电话，有一次我们去他家里，他看见我后还有些不好意思，我呢，就当什么事情都没有发生一样，对他还像以前一样。上一次我们农工委掏钱，给贫困户买了一批肥料，发肥料的时候，他又主动给我打招呼，我就觉得没什么了。

贺：在我访谈的第一书记中，大多数都和你有同样的经历。

杨：他可能看我是一个女孩子。

贺：不光是女孩子的问题，因为你没在农村生活过，农村确实有这样一种人。他们这种性格，是在长期的生活中被扭曲形成的，叫作偏执型性格，俗称"扯筋客"，有理无理都要搅上三分。

杨：你到了这种时候，除了着急以外，真的不知道应该说什么。你讲道理，他不讲，秀才遇到兵，有理说不清，真没办法！不过大多数群众还是通情达理的，尤其是在女孩面前。

贺：在两年的脱贫攻坚实践中，你觉得农村哪方面最难做？

杨：我觉得最难的是人与人之间的沟通。如果遇到前面说的这个王××这样的人，和他沟通起来就非常难。还有一种人，是因为家庭矛盾，处理起来也非常难。清官难断家务事嘛！我们三溪村那里有一个聚居点，总共有30多户，还是比较大的。建聚居点的工作去年就开始做了，在规划、筹建这个聚居点时，就遇到了一家人，父母和3个儿子，3个儿子都和父母分了家，各自另立了户头，但不管怎么说，都还是一家人呀。4户人中有2户纳入了贫困户。我前面说了，我们那儿是高寒山区，修聚居点很不好选址，只有高家坝那儿是一块平地，我们就确定村上的聚居点修在那儿。这就涉及他们这一家子的老房子要拆迁，要占土地。这个事情弄下来，那真是太难太难了！

贺：一家子分成了4户，4户人中又只有2户是贫困户，是因为这个难吗？

杨：不是，这一家子4户人中，老大和老二是贫困户。老大的妻子有病，2014年的时候又有3个孩子在读书，一个还在上大专，花费也比较大，妻子常年患病也没有办法做什么，所以被评定为贫困户。老二户口上只有他一个人，他有一只眼睛是坏的，属于二级残疾，所以也纳入了贫困户。

贺：老两口没有纳入？

杨：老夫妻俩没有纳入，虽说他们年龄稍微大一点，但身体都还行，老两口也很勤劳，平时种点菜、磨点油上街去卖，收入也可以，在村里评定贫困户时，便没有评上。这两个老人还是很不错的，没想到的就是因为占他们的地和房子，把他们家庭内部的矛盾以及他们家跟整个村子的矛盾完全激化、凸现出来了！我真的很是领教他们这种，怎么说呢？就是你刚才所说的破口大骂这种，弟兄之间、父子之间，不但完全没有了亲情那种，而且都恨不得一口把对方吃了。

贺：因为家庭矛盾？

杨：对！他们家庭是这样子的：3个儿子，老大结婚过后，出来修了一个土房子，没和他父母修在一起，而是修在了山上面。分家时他父母分给他的那一点老房子，一间他二弟在住，一间他父母住，反正没有拆，一直都在那里。这一个矛盾要小一点。最大的矛盾在于老二，就是我说的眼睛残疾那一个。他认为父母亲有私心，偏向了老三，老三家里面条件又好一些。这个二儿子是个什么样的人呢？在城里就叫作不学无术，混日子那种，在农村就叫作蛮不讲理，反正村里没有多少人愿意和他打交道。他自己认为不是他父母亲生的，反过来他父亲听见这话，也说你不是我生的，我没有生你，你去找你的亲老汉这种。父子俩一顶起来，就是互相用这种脏话来你攻击我、我攻击你，非常难听。他父母究竟有没有偏心呢？依我看多少有那么一点，至少不像喜欢大儿子和三儿子那样喜欢他。再说，源于老二自身的一些情况，也没像大哥和三弟那样有一个完整的家。

贺：老二一直没有结过婚？

杨：没结过，但他现在又有一个妻子和一个孩子。这个妻子并没有和他办理结婚证，孩子也不是他的，是这个女人带来的。这个女人姓张，也是另外一个贫困户的家属，也不知什么原因，反正这个赵老二通过连哄带骗加威胁等方式，把这个女人带到家里和她过起夫妻生活来了。总之，就像你刚才说的，他长期在一种自卑低贱的环境中生活，或者有种，怎么说呢？

贺：性格扭曲。

杨：对，心态上确实有些不平衡或者说是性格变态！拆房子的时候，父子俩反正就是打。我们也可怜他们，真的，可是又没有办法，父子之间的恩恩怨怨，谁能给他们理清楚？我们就只有反反复复给他们讲政策，尽我们最大的努力，在不超过政策范围内给他们进行一些优惠、补偿，我们只能这么做了。

贺：具体采取了哪些办法？

杨：比如他们的老屋拆掉以后，按贫困户易地搬迁政策，老二户口上只有他一个人，只能享受25平方米的新房面积。但考虑到他的实际情况，你给他修25平方米，他一家3口确实没法住。我们就换一种政策，用土地增减挂钩的方法，给他享受50平方米这种，至少房子扩大了一倍嘛！对我们来讲，我们已经是在冒着风险给他提供照顾了，可是他还是不理解。

贺：后来这个矛盾怎么化解的？

杨：还有比如说他的这个树、庄稼什么的，我们都是按最大、最优惠的政策给他算，使他得到的利益最大化，相当于用另一种方式解决他的基本生活困境。第二个就是让他在心理上觉得我们对他还是在进行关照的，使他知道感恩。我们后来还给他在村上安排了一个公益性岗位，就是打扫一下村上的公共环境、道路这些，一年6000块钱。这个是长期的，不是干一年半载就不干了。还有他的低保，本身也是纳进去了的。在产业上，我们又帮助他发展养羊。

贺：你们能够想到的，都给他解决了？

杨：嗯，包括住房面积最大化。

贺：还是50个平方米？

杨：不，变成了70多个平方米。这个是镇上开了特例的，镇上又请示上级部门，专门开了口子，把他们3口人一起纳入享受土地增减挂钩项目的政策。应当说他们算是基本满意了，可是选房子时又出了新问题。我们这个聚居点涉及30多户人，我们最开始想按照缴款的顺序来抓阄。但这个赵老二他既不愿意和父母的房屋挨到一起，也不愿意和他三弟的房子挨在一起，因为抓阄，他就有可能和他父母或者三弟抓到一起。当时我们也想尽力化解他们家庭矛盾，便对他说："你可以先选一个位置，但千万不要到外面去说，要是其他贫困户知道了，我们的工作就没法开展了！"然后他就先选了一套房。我觉得我们能够想到的全给他想到了，他已经是利益最大化了。可拆房子时，他又因为一个鸡圈和猪圈与父母吵起来了。他先是说鸡圈是他的，他父母说不是，扯了半天没扯清楚，然后他又说分家的时候说好了的，猪圈有一半是他的，可父亲说猪圈都是我修的，哪有一半是你的？扯来扯去，一直扯到下午6点多钟，那个闹呀，我真的没法说清楚。现在想起来，这人呀，到底是穷了才变成这个样子的，还是因为这个样子才变穷了的？但愿他们父子也好，兄弟也好，以后能够变得和睦一些！

贺：你是一个善良的女孩，但愿你的愿望能够实现！前面你说了女儿晚上要和你睡，你不在时她就给你打电话，我想问问作为一个母亲，当听到女儿的话时你心里是一种什么感觉？

杨：心里确实很不是滋味，有时说着说着我就流泪了。现在只要我一回到家里，她就一定要和我睡。她奶奶都有一点儿嫉妒了，说我天天带你，还不如你妈几天回来一次。

贺：天生的血缘！

杨：孩子很小的时候，和父母没有什么交流，后来渐渐长大，会说话了，又慢慢地懂得和父母交流了，这时就经常给你说："妈妈，我想你！""妈妈，你在哪里？我爱你！""妈妈，给我讲个故事好不好？"这时才感觉到孩子和你连着心！孩子已经上幼儿园小班，她的很多亲子活动我一次都没有参加过，包括第一个六一儿童节，我也没有参加。老师就给我发信息……

贺：什么内容？

杨：孩子有两个老师，一个是班主任王老师，还有一个魏老师，都给我发过QQ信息和微信信息，说梦琪在学校里面个性有些独立，希望你有时间了，还是要多陪一下她，毕竟妈妈在孩子心目中有不可替代的位置。还有孩子的性格有些像男孩子，这么小就和男孩子打架，一会儿说她把哪个男孩子打了，人家家长找来了，一会儿说她又把另一个男孩子打了，人家家长也找来了，说在这些方面我们也要多关注、关心一下孩子，反正就是这些。我当时看到短信就突然觉得对孩子关心和了解确实很少，不知道她每天在学校里面学的什么，老师又教的什么，偶然听到她的一句话，完全是大人的口吻，这才突然觉得孩子长大了。对于孩子，我和她爸爸都觉得欠了她什么。我们真正陪孩子的时间很少，平时都是她奶奶参加学校的亲子活动，但作为老年人，还是用很传统的那种方式去带孩子，毕竟还是有缺陷的。

贺：好，雪梅，感谢你给我讲的故事！

莫道桑榆晚，为霞尚满天

——南江县杨坝镇田垭村第一书记谭真理访谈

谭真理，男，1962年8月生，1980年12月参加教育工作，四川师范学院汉语言文学专业函授毕业，南江县广播电视台总编室主任。2015年8月，到南江县杨坝镇田垭村任第一书记。2017年4月被中共四川省委、省人民政府表彰为"优秀第一书记"。

贺享雍（以下简称"贺"）：谭书记，非常感谢你接受我的访谈。电话上我们已经交流过了，但见面还是有些令我意外，你的外貌比你的实际年龄好像要苍老一些，是不是跟这两年多在村上做第一书记有关？

谭真理（以下简称"谭"）：是的，贺老师！我是南江县广播电视台派驻到杨坝镇田垭村的第一书记，2015年8月17号县委组织部出的文件，8月19号就去报到，报到回来之后就感到压力非常重。因为我是农民的儿子，对农村工作我非常熟悉。在这两年过程当中，得到过很多荣誉，也吃了很多苦，受了很多累。我这个年龄在南江县做第一书记的不多，我知道的只有四五个人，我都非常了解。在这两年的驻村工作中，我所做的事没有惊天动地的地方，只是沉下心来在为老百姓办事，让他们感受到在脱贫攻坚中，还有这样的书记在他们身边。我们田垭村最高海拔1800米，最低海拔600米，落差非常大。1社就在南江到杨坝的大路边上，两边都是平房，看起房子修好了，但是家里都很穷。2、3、4社地处深山老林，整个村6.7平方公里，108户、408人。贫困户是33户、99人，2014年脱贫4户、13人，2015年没有脱贫，2016年脱贫10户、40人，现在还剩下19户、46人。这33户贫困户分别住在什么地方，家里有几口人，每个人的情况我都了如指掌。2、3、4社地处高山，现在3、4社没有公路，老百姓的生活近似于原始社会那种，全是住的穿斗房，就是木架子房子，堂穿壁漏，有的楼下就喂猪、喂牛，楼上住人。没有产业，就靠传统的生产方式，而且没有水稻，就是种点玉米和小菜。

贺：主粮就是洋芋、苞谷？

谭：对，就是苞谷、洋芋。还有几户人住在万丈深渊的悬崖边上，你看到就会非常揪心！从村委会办公室到3、4社要走五六个小时，才爬得到山上去，而且这个山上只住了几户人……

贺：几户？

谭：3社只有7户，其他的该走的走了，该搬的也搬了。

贺：7户总人口多少？

谭：总人口只有11个人，全是老人在家。更典型的是4社，4社现在是6户共8个人住在那里，也全是老人。我去了之后就找县上、乡镇和村两委商量，第一步就解决路。3、4社一时没法搞通，就搞2社，2社一共有5公里路，但不管县上也好，还是镇上也好，都说要把那5公里路弄出来，花费太大，只同意弄2公里，到那个梁为止，剩下的就不管了。当时我就和村两委干部商量，不管那么多，有理无理我们先搞一个捐款大会……

贺：老百姓捐？

谭：老百姓当然也要捐，更多的我们想用这种方式动员田垭村那些在外的老板捐。我们搞得很隆重，拉了一个大会标，把生活办起，这个村上只有几个人在外面当老板，一个叫袁伟的，他在达州工作，一个叫吴志坚，在成都当包工头，还有一个人我一时记不得他的名字了，是河南一家金矿的小老板。这三个人，袁伟捐了1万块，吴志坚捐了2万块，河南那个金矿小老板捐了1万块。老百姓尽管没有钱，但一听说修路，都非常踊跃，300、500甚至1000、2000地掏，积少成多，我当时在那个会上是流下了眼泪。我第一次看到这样的大会，老百姓那个踊跃和期盼，这些都有图片。我自己也就捐了500块钱，那天一共收到了将近8万元的捐款。对于修路来说，区区8万块钱尽管微不足道，却可以看出群众的热情。后来我又和村两委商量，管他三七二十一，我们先把路挖平，把路底子弄起来再说。路底子弄起来后，镇上帮我们引进了一个老板来，让他先垫资修，这个老板后来一共给我们弄了4.8公里的路，2社基本上算是把公路弄通了，但现在我们还欠这个老板的钱。

弄这个路也很艰难，你知道我们山上，村道路坡弯陡急，那些施工车我都不敢坐，就凭两条腿上上下下地走路，肩膀上背一个口袋，因为我有高血压，第一是要背药，第二是因为我胃不好，没法喝冷水。

贺：所以就要把开水背上？

谭：对，随时都要把开水背上。所以不管是天晴下雨，我都靠两条腿走。一是你要看哪些地方该改，二是要监督质量。2015年10月22号开始硬化路面，我们电视台来专门做了新闻，那么大的山，弄一条路实在不容易呀！但硬化路面时天公不作美，后来一直下雨，本来一个月就能够完成的，给拖到2016年1月16号才正式通车。当最后一车水泥倒下去的时候，我都止不住激动得热泪盈眶了，它标志着4.8公里村道路正式开通了呀！

贺：对于山区的老百姓来说，可以想象，这4.8公里的路就等于打通了与外界的联系！

谭：对，那天县电视台又来进行了报道。在修路的时候，上面又有一个对贫困户的精准识别。公路是2015年10月22日开始硬化，2016年1月16日结束，对贫困户的精准识别，巴中市是2015年12月7号开的视频大会，我们8号就到1社开会，9号我又到公路上去，那里路硬化到了一半。我刚走到山上去，县委督查组就打电话来了，说他们要到村里来督查贫困户精准识别的事。我一听这话就说："领导，实在对不起，不是我态度不端正，因为我走了3个多小时，才走到山上来！我今晚上还要在山上开会，村民都通知了，实在回来不到！"当时我心里想："得罪就得罪了呗，把我这第一书记撸了才好呢！"但后来他们也没说什么，所以还是理解我的。公路硬化完后的第二天还是第三天，也就是1月17号还是18号，他们专门到村上考评我的工作，老百姓是全程参与、全程评述，会议开到凌晨1点过后，最后老百姓是全票通过我，所以我是当年全县22个优秀第一书记中的一个。

贺：听说村民给你起了一个外号，叫"口袋书记"，这个外号是怎么来的？

谭："口袋书记"的来历是这么回事：前面我不是给你讲过，我们那儿都是大山，我到山上的2、3、4社时都要爬山的，特别是3、4社要走五六个小时，山上的气候又多变，有时候我要背衣服，有时候又要背水鞋，要背雨伞。还有脱贫攻坚的许多政策，说实话我都55岁了，光靠脑袋记，怎么记得完？比如说医疗方面的它就有很多种，教育方面的，小学、高中、大学，哪类学校补助好多钱，又各有不同，例如有个叫白仲宝的村民，他的大女儿在郑州上大学，二女儿在南江读高中，三女儿在杨坝读小学，三个孩子的补助标准都不相同，你说喊我给你背，我肯定给背不全，如果我给群众解释错了，就会给群众带来许多麻烦，影响党和政府的形象。我就在扶贫局、农业局要了许多政策条文的一些宣传单子，也装在口袋里，老百姓问到我什么政策了，我就从口袋里把宣传单子找出来，让他自己看。这样一来，老百姓对我的认可度就比较高。因为我经常背着一个口袋走村串户，久而久之，村民们就给我取了"口袋书记"这个外号。说实话，下乡两年多，我已经背破了4个口袋。2015年12月9号的晚上在2社开会，我们电视台台长带了两个年轻学生来做节目，其中一个娃娃说："谭老师，你这个包都烂了，我给你买个新的！"我说："还没有坏，背烂了再说！"可隔了两天，他就在网上给我买了一个发过来。去年6月份，一个叫江莱的娃娃，在我们电视台广播部工作，看到我背的那个包前面又烂了，她说："谭老师，你背包好费！"我说："不费，这才第3个！"她回去也给我买了一个。这一个就是第四个了。去年12月，全省抓农民夜校，我回去给台长说："夜校开张，我们一定要整好！老百姓是第一次到夜校来学习，我们单位得出点血，给老百姓一点鼓励！"单位领导很支持，说："行，你说怎么整？"我说："凡是今晚上来参加夜校学习的，就一人发一个盆子和一条毛巾，盆子三十几块，不锈钢的，毛巾10多块，一共加起来不到50元！"领导同意了，但那天晚上3、4社那些群众来不到，只有1、2社来的人比较多，就买了43个人的，没发够，后面又补了8个，我就把农民夜校办起了。

贺：村上的产业发展如何？

谭：说起产业，这是最令我伤脑筋的事。这个村除了在坡耕地上种点玉米、洋芋外，在养殖业上也十分传统，就是养点牛、羊，鸡都养得很少，每个家里最多三五只。我2015年去了以后，除了抓修路和整精准扶贫那些考核、检查的资料外，2016年就重点研究发展产业。因为我们有个党员示范工程，但它没法发展，特别是3、4社就没法整，1社虽然可以整，但这个社人平土地面积还不到1亩，又搞了一些退耕还林，土地就更紧张了。我没去之前，大概是2014年，村上和镇上也搞了一次产业发展，给每个农户家庭发了20至30只不等的鸡苗，但2015年全部喂死了。昨年我们又说发展养鸡，但老百姓谈鸡色变，说不得养，就是鸡苗全部白送也不得养，如何如何！为了打消老百姓这种"一朝被蛇咬，十年怕井绳"的顾虑，我回台里商量，由我们电视台租一辆中巴车，外加三辆小车，愿意去的老百姓都和我们一起到八庙、燕山、高塔、赤溪、沙河等乡镇参观，看看人家是怎么发展产业的。那天去了30多个人，时间我都记得是3月17号，光生活费和租车费就花了好几千块钱。大家看了果然热血沸腾，信心满满。参观回来之后，我们就去找张雪莲。张雪莲是我们南江县著名的爱心企业家，她凭300块钱起家，靠拉板板车收废品、代理雪花啤酒这样一步步发展到现在的亿万富翁。这个人非常热心公益事业，她曾经帮助一个逃婚逃到我们这儿的彝族妇女代云花发展养鸡业，我们那天去参观时也去她那儿看了，几匹山梁都是她养的土鸡，看了好不叫人激动。我们去找到张雪莲，她也很热心，说："行，我帮你们发展养鸡业，鸡苗、网子我都免费支持你们！"我非常高兴，回去和老百姓一说，大家一听有大老板帮助我们，积极性又高了，都纷纷报名。5月12号张雪莲就拉了100筒网子来，每筒网子200块，光网子费就是2万块，人家是免费送的。5月17号，张雪莲又送来了2500只鸡苗。后来我们又联系了一个在山东创业成功的南江人王廷斌，他办了一个什么"亿纯牧业有限公司"，2015年南江县搞"南江好人"评选，他是"南江好人"之一。他听说我们电视台在搞产业扶贫，也就参加进来了。

贺：养成功了？

谭：鸡苗开始长势好得不得了，但后来几场大雨，8月份就死完了。

贺：怎么回事？

谭：淋大雨！贺老师你不知道，这山上的暴雨下起来了，人都淋得死，别说鸡了！这是真的，曾经淋死过一个人，他在山坡上耕田，暴雨来了没处躲，被淋死了。这些死鸡，也真的好蠢，用网子圈的几匹山，大雨来了它动都不动，就让雨淋，那还有个不被淋死的？当然，这也不能怪那些鸡，它们就是用机器孵出来的，它们的鸡妈妈鸡爸爸甚至鸡爷爷鸡奶奶们，都是被笼子关着饲养的，早失去了鸡的许多正常功能。比如我们家里平时养的那些土鸡吧，大雨来了，它知道找地方躲雨，可这些在温室里长出的鸡，它不知道，只能坐以待毙。

贺：鸡被雨淋死，我还是第一次听说，太可惜了！

谭：是呀，我们也非常痛心。后来我们又动员老百姓养羊子，现在这个羊子又死了4只……

贺：知道是什么原因死亡吗？

谭：养羊子是几家专业户，他们都懂得一些养羊的技术，一些病他们也知道怎么治疗，死了4只不是太严重。现在这几家专业户一共还有700多只羊……

贺：这几家专业户叫什么名字？

谭：有黄继超、宋世贵、张辉、岳良伟、虎维全，还有村主任黄明春，就是这6户人。我挂联的那户，他养了4头黄牛。除了养羊、养牛外，现在家家户户都喂黑猪、土猪，一般的家庭一年喂两头黑猪，卖一头，吃一头。这个黑猪很大，一头有300多斤重，一般要喂一年才能出栏，这是当地的传统养殖业，风险低，但仔猪很贵，一般买满双月的仔猪要1000块钱左右，五六十斤的样子。除了这些以外，前些年我们种植过万寿菊，但那个价钱很低，产量也不是很高，一公斤才0.83元钱，今年就没有整了。今年镇上又在替我们规划，叫我们种山桐子，全村就栽了960亩山桐子。

贺：山桐子？

谭：对，就是一些地方说的桐子树。产业这一块就是这样，没法发展。去搞其他的，地理环境决定了，要么是山脚的水泡地，要么是山上的坡耕地，山峭地陡，没法搞什么。所以这个村，真正要摆脱贫困，走上小康之路，还是有一定困难的。

贺：能谈一谈你和村民，特别是和那些贫困户的感情吗？

谭：怎么说呢？这么给你说吧，我不是2015年8月19号到村上去的吗？没工作几个月，就到农历腊月里了。你知道一到过年时间，老百姓家里都兴杀年猪。杀年猪有个风俗，贺老师知道不知道？

贺：请客是不是？

谭：杀年猪老百姓都兴请客。尤其是山里人好客，更要请，请了你如果不去，那就是看不起人家。我记得是2015年大约是12月20多号，2社社长家里杀年猪，把我喊上去……

贺：你走了多长时间？

谭：至少走两个小时才走得拢。因为那里的路不通，到3、4社仍然要走路。就是摩托车开到2社这里，实际上2社只通了半边，河那边仍然没通。2社又是一条狭沟，走出头的话，要走三四个小时才走得出头。不但如此，上面半截沟全部搞了退耕还林，栽的核桃树、山桐子这些树，就不通路了。山的那边就是桥亭，你想这路有多长？那天上午镇上开会，开到12点半，在镇上吃了一点饭我就往他那儿赶，走到下午3点多钟才到他家里。我问炸的酥肉有没有，他说没有。我说炖的萝卜总有？吃一碗！他说也没有！这就没办法了。你知道农村人没个时间观念，拖到4点多才吃饭。冬天的天黑得早，吃了饭我就要往山下走，他说不准走，晚上我还请了好多客要陪你喝酒！我说你莫搞，要请你把村社干部全部都请来！他说是，只要你不走，我就把能来的都请来！说完他又说：中午比较累，没有喝酒，晚上好好喝几盅！我答应了。晚上他果然又请了一些人来，其中有个老太爷，年龄大概60多了，比我大些。12月9号晚上开评议会的时候，他就坐在门槛上,大家都举手了他就不举手,我当时心里就有些怀疑,所以我一直在注意他。

贺:他是什么原因不举手?

谭:后来我问他怎么不举手呢,他说他耳朵听不到。我说听不到你还能够来开个会?他当时没答复我。好,这天晚上吃年猪肉他也来了。农村人敬酒都要互相斟酒哟,轮到他时,他要站起来给我斟,我忙说:坐着坐着,你年龄大,不要站起来!他说不,我一定要站起来!我本身不喝酒,但今晚上我得给你斟三杯酒!我说你不喝就不要斟,整一点意思意思就行了,为什么一定要斟三杯?他说谭书记,明给你说,今晚上当到这么多老百姓,我想要考一下你!我说:好,你想怎么考就考,你斟几杯我就喝几杯!他果然连续给我斟了三杯,我都喝了。吃完饭,我们坐在火笼边上去,对他说:好,老哥子,我就让你来考我,你今晚上不把我考倒还不行。于是我就给他们讲扶贫的来历,过去怎么扶,现在怎么扶,国际上又怎么扶,精准扶贫又精准在哪些地方。讲完大政策又讲我们县的小政策,然后又讲到我们村怎么样。你知道我是干新闻的,不说对这些政策完全精通,但至少能理解个八九不离十。我说完以后,他又说:我看你的样子,耍嘴皮子行,但耕田耙地肯定不如我!我说:那不一定!什么样的田先打横耙,什么样的田先打竖耙,告诉你,我是一清二楚。然后我给他背二十四节气:立春、雨水、惊蛰、春分、清明、谷雨、立夏、小满……我还背了很多农家谚语,什么"小满不满干断田坎""立夏不下犁头高挂""胡豆点在寒露口,一升打一斗"等。还有收水,前头三犁该怎么耕,田埂该怎么加,田埂角子该怎么撸,田埂加几次……我一说完,他简直佩服得五体投地了!说是难得,难得!一直说到晚上3点多钟,那么多老百姓都没有走,他老婆都吼了他几次,他说莫法,我还要听!这都是事实,贺老师,不是我编的,我还找得到证人。最后他拉着我的手说:谭书记,我服你,你是一位好书记,现在我不得给你说那么多,春节我儿子回来,你必须到我家里来做客,啊!我说:行!2015年的腊月只有29天,

27那天他儿子就回来了。他儿子一回来，他就给我打电话，说：谭书记，我儿子回来了，请你全家人都要来我家里做客！可那个时候我已经回县城了，你想嘛，还有两天就过年了，再忙也得回家陪老婆孩子过个年呗！我就说：算了，都这几天了，大家都很忙！

贺：没有去？

谭：白天我答复他说去不了，晚上他儿子又给我打电话来，电话里非常热情，我见他们父子俩都是真心请我，我不去不好，就回答他说：行，我来，但只有一个人来！他说我明天早上来接你，我说用不着，你在村道路那个路口等我就行了，上面那个路走起确实恼火！说完我又说：你把村社干部都喊到场，我们当团个年！他说：行！很高兴的样子。第二天我就去了，一看到我，果然热情得不得了，这样那样的。

贺：有多远的路？

谭：到他那儿去的话，现在坐车把村道走完，只需30分钟，但那是山路，不好走。那天他儿子媳妇都回来了，这老头不抽烟，不喝酒，但知道我要去，早就跑去把烟买起了。

贺：老头叫什么名字？

谭：老头叫吴成勇，儿子叫吴志坚。

贺：吴志坚在哪儿打工？

谭：成都。他一看到我，就跟我摆龙门阵，说他什么时候走，在外面打工如何如何。我看这个小伙子说话行事都不错，有礼貌又有文化，我便对他说：我们家里兄弟姊妹也多，老二在达州，妹妹在巴中，老四、老五都在杭州打工，正月初二有个聚会，你也到我家里来看一看，我今天就请了你！他一听非常高兴，说我一定来！正月初二果然来了，我把他当作家人和贵宾看待，他高兴得不得了！人呀，以真心换真心，就是这样的。

贺：吴成勇老头请你到他家里吃饭，你带什么礼物没有？

谭：没有带礼物。但我去了以后，看见他孙女有五六岁了，就给了小女孩200块压岁钱。她爷爷和她爸爸看见后，叫小女孩不要收，我说怎么不收,这是风俗呢!小女孩这才收了。

贺:吴志坚到你家里吃饭也没有带什么礼物?

谭:怎么没有!给我提了很大一根猪脚,你知道的,那猪是他们自己养的土猪,用烟熏了的腊猪脚。我再三叫他拿回去,可他说我拿来了,怎么会拿回去呢?

贺:很好,谭书记,中国的老百姓很善良,他们的要求真的不高,你刚才说得好,以真心换真心,只要做干部的对他们关心一点,他们就会非常拥护你、感激你。

谭:确实是这样。

贺:谭书记,前面你谈了整个田垭村的生存环境十分恶劣,特别是山上的3、4社,现在整个田垭村的易地扶贫搬迁进行得如何?

谭:这一块在我们杨坝镇来说,我们不是实施得很好。因为就像我刚才所说的,贫困户太穷,哪怕自己只掏几千块钱,也掏不出来。33户贫困户家里的情况,我背都背得出来。2014年脱贫的那4户,尽管他们现在日子并不好,但他们都不愿意搬出大山居住。剩下29户,有3户人自己把房子维修好了,有2户投亲靠友,一户到了他哥哥那里,一户到了他女儿那里,我们喊他们交5000块钱,就在村里修房子,但他们没有钱,老家也就不要房子了。剩下的这26户分别在镇上和村委会这儿统一建了两个聚居点,镇上那个已经住人了。村委会这个正在建,目前周安琼、郭书文、雷明志、虎通贵这4户人已经搬进去了,还有几户人建好后就搬。3社的7户人,基本上都搬下来了。现在严重的就是4社,有2户人不同意搬,一个过去还当过社长,叫黄先忠,他说我在上面生活得很好,看你们怎么说我都不得搬!这个黄先忠有3个女儿,都嫁出去了。他住在4社的大山深处,家里就只他和老伴。他老婆叫宋维才,瘫痪了的,他们老两口每个月有400块钱的低保,老太婆又有残疾人补助,黄先忠每个月还有90块钱的老兵补助,他是当过兵的。除了这些,还有退耕还林、粮食直补等杂七杂八的补助,加起来昨年是7900多块,一笔一笔给他算的,他去年就脱贫了。但是他家庭状况只有两间房子，一年他喂两头猪，他堂屋里用农村里常见的大薄膜塑料口袋，囤了三口袋大约6000多斤苞谷，一个口袋装2000多斤，那么多苞谷囤到那儿做什么？没办法，运不出来！从他山上运一斤苞谷到杨坝镇卖，每斤运费大约要1.2元，而苞谷只卖1块钱一斤，他还倒贴2毛钱，你说他不囤到那儿怎么办？他做饭还是用吊罐煮，一个火笼上面就挂四五个铁罐，旁边一只非常小的锅，炒一两样菜，其余全部是炖菜，一锅烩。就是这么个生存条件，我们动员他搬，他不搬，说：我往哪里搬呢？哪里都不得去！到现在都没做通他的工作，还得继续做。

贺：问题是像你刚才说的，下面的土地那么紧张，搬下来了他又没有地，产业也发展不起来。再说，他们都80多岁了，即使能够发展产业，他们也做不了什么。

谭：你说的我们也在思考，即使2020年全国如期脱贫，可新的贫困户还是会产生，所以说扶贫的路还非常遥远。至于下一步又该如何走，我相信中央也一定会有考虑。

面对脱贫攻坚的艰巨任务，作为第一书记，我有义务也有责任帮助村民脱贫致富，用自己的行动为老百姓把实事办好，把好事办实，尽快让老百姓的口袋鼓起来，全面完成田垭村脱贫攻坚任务，确保贫困人口如期脱贫，以优异的成绩，迎接党的十九大胜利召开。

组织的肯定就是最大的鞭策

——通江县火炬镇苟家坝村第一书记丁强访谈

丁强，男，1974年3月生，毕业于沈阳军区大连陆军学院政治工作管理专业。1993年12月参加工作，任县群众接待中心副主任、信访局机关工会主席。2015年7月任通江县火炬镇苟家坝村第一书记。2017年4月被中共四川省委、省人民政府表彰为"优秀第一书记"。

贺享雍（以下简称"贺"）：丁书记，你是从大学毕业就参加工作的吗？

丁强（以下简称"丁"）：不，我是从部队退伍回来参加工作的。我1993年入伍，1997年12月退伍，在部队服役4年。第一年被评为优秀士兵，第二年入党，第三年被评为优秀共产党员，连续3年获得三个三等功。1997年退伍时，正好遇上国家对城镇义务兵退伍安排实行改革，我们是最后一批可以安置的城镇义务兵，但必须要经过统一考试后才能分配，主要是到乡镇。我有三个三等功，每一个三等功3分，可以加9分，157个人参考，我考到了第3名，就分到了瓦室区兴隆乡计生站。在到县委群工部工作以前，我先后走了4个乡镇，都是从事计划生育工作。2012年7月正式调到中共通江县委群众工作部（县信访局），在这以前又有两年被借调到县信访局工作的经历。在县委群工部最开始在督查股，工作了1年多以后，就任接访股股长。老百姓上访的第一个关口就要经过我们接访股，我们那儿相当于是一个窗口，天天与老百姓打交道。2015年3月，上面要求干部下基层，到贫困村去，我们当时的李志强局长动员我下去，2015年4月开了动员会后，我就下去了。那时叫"万名干部下基层"，不叫"第一书记"，真正叫"第一书记"的时候，是2015年的7月份。我们也是首批到贫困村做"第一书记"的。实话实说，最初下去的时候，包括县上，包括我们单位和我自己，都不是非常重视这个工作。因为过去也派过这样的干部去联系这个村，联系那个村，实际上到村上去的时候是三天打鱼两天晒网。我虽然下去了，还是"第一书记"，但单位的事情并没有减少。县上同样是派这样、派那样，或者镇上一会儿安排这个活计，一会儿安排那个活计，村上"第一书记"只是挂个名，没有真正负起责任来。我当时隔三岔五去一下，单位有车子，就去，没车子就不去。那个时候车子只能开到火炬镇，村上的路没有通，到了镇上我们就只有坐摩托车到村上去。

贺：从镇上到村上还有多少路？

丁：还有6公里的路。后来我就想，领导为什么派我去做第一书记呢？第一，我有16年基层工作经验，一直跟老百姓打交道；第二我当过兵，能吃苦。所以就把我派下去了。但从2015年的7月开始，上面的要求就严了，要求第一书记必须完全脱离单位的工作，住到村上去。

贺：我想听一听，你到村上去是怎样开展工作的，遇到了什么困难，老百姓对你又是一种什么态度，这些方面你能给我讲一讲吗？

丁：行！刚下去的时候还是信心满满的。记得第一次召开村民大会，我在会上讲如何如何要把这个村建设好，如何如何帮大家发展产业，如何如何改变村里的基础设施、完善村里的公共服务体系等。前面说过我在农村工作了16年，又在县委群工部当过信访股股长，自认为口才还不错，讲得慷慨激昂。但还没等我讲完，就被老百姓打断了。

贺：怎么打断了？

丁：我正讲得兴奋，没想到一个村民站起来，大声叫着说："丁书记，你不要说那么多，我过去也当过基层干部，上面派的干部，见得多了，一个个开会说得白泡子翻，厉害得不得了，但是后面都是像蜻蜓点水一样，点一下就走了！你如果确确实实想帮我们干点事，别的不说，只要能把我们村的道路给硬化了，那就说明你是真心在帮助我们。别的什么都是小事！"他一说完，下面群众就叫起来了，说："是呀，丁书记，我们不管这领导那领导，只要把路给我们修了就是好领导！"后来我才知道打断我话的人叫苟国成，是8社的。他曾经当过村上的村主任，所以他有发言权。也是后来我才知道整个火炬镇11个行政村中，唯有我们苟家坝村的公路没有硬化一寸，还是过去的机耕道，很深的坑，下一场雨过后，十天半个月都干不了。不但如此，这个村从2000年到我去的2015年15年中，没有得到过国家任何一个项目扶持，所以老百姓的意见非常大，真可以说得上是怨声载道。所以老村委会主任这一挑头，会场上就闹了起来。这一闹，就弄得我下不了台。我表态不行，不表态也不行，大家都在看我。当时我想，这么多群众向我发难，说的都是路，说明这条路在他们心中最重！老百姓越期盼的东西，这也就是我们工作的切入点，也是我们取得群众认可的一个地方。当时我心里也是非常激动。

贺：你就在会上表了态？

丁：我就表了态！我说："你们放心，3个月之后，我把这条路全部给你们硬化了！"

贺：3个月，你当时心里就那么有把握？

丁：哪有把握，一点儿把握也没有！因为我才去，那么长一条路，该怎么硬化，资金从哪儿来，我心里一点儿谱也没有。说没有把握，又似乎有一点儿底气！

贺：什么底气？

丁：就是这个脱贫攻坚呀！我当时想，这个脱贫攻坚是习总书记发出的号召，我们把它叫作是政治工程，既然国家下这么大力气来抓，派这么浩浩荡荡的干部下来，肯定是有一些项目来支撑的。

贺：这就是你心里的底气？

丁：对。还有，虽然是我一个人在这里做第一书记，但我背后还有组织，有单位，县委群工部是苟家坝村的挂联单位，群工部虽然不管资金，不管项目，但我们是一个综合协调部门，其他单位多少还要买我们三分薄面。第三，我当时下来的时候，领导曾经给我表过态，叫我在下面去好好干，单位给我全力支持！我有了这三个方面的底气，所以我就表了态，说请乡亲们放心，3个月之内把路硬化不好，你们不仅可以当面吐我的口水，打我骂我都行！我这么一说，当时大家都说我是在说空话，连苟国成也说："丁书记，莫说3个月，你在今年年底把路给我们硬化了，我们就非常感谢你了！3个月不行，接近5公里路，这不是个小数字，年底弄通就很不错了！"听了他的话，我心里又打起鼓来了。心想3个月，是不是时间真的短了点？或者半年还差不多！但又一想我吼都吼出去了，老百姓都在看着我，于是我又说："3个月，我一定要把路给大家弄通，不信你们看！"我说这话等于是有些冲壳子了，说完心里还是有些七上八下的。然后我就回来给单位的领导做了专题汇报，我也表了态了，我说："这个事情我把话都说出去了，既然你们把我放在了这个地方，我丢了脸，也是县委群工部丢了脸，怎么办？如果在这件事情上领导不支持我的话，那么苟家坝以后要发展什么就更难了，因为群众不会再相信我们了！"领导说："我们怎么不支持你？我们一定全力支持！"然后领导亲自去找挂联我们这块的领导岳副县长，现在岳副县长已经到市农业局当局长去了。岳副县长这个人非常实在，他走一个地方就爱抓典型创新。我们给他做了专题汇报，我汇报完了后岳副县长笑了一笑对我说："你的胆子也真够大，敢在会上表这样的态！"我说："当时我下不了台，不表态不行呀！"说完我也笑着说，"我敢表态是因为底气！这底气就因为你是我们的挂联领导，我有一个常务副县长做后盾，也就敢说硬话了！"这么说了过后，岳副县长就喊我们回去叫镇政府向县上打个报告，让镇长把字签了后送到县政府。

贺：资金是什么时候解决的？

丁：大约一个多月时间，资金就下来了。

贺：多少？

丁：180万！

贺：180万够吗？

丁：是这样的，当时水务局有个水利工程要经过我们这儿，也必须修一条路过去，而水利也恰好是岳副县长分管，就把那个工程的配套资金加到我们一起，两处资金加起来接近400万。这样我们的资金就不愁了，我们就开始硬化这条路。我记得是5月27号动的工，8月17号硬化结束，一共干了81天，这个时间我记得非常清楚。我提前9天实现了自己的诺言。

贺：老百姓高兴了？

丁：那是自然！通路那天，老百姓自发地买了烟花爆竹来放，很热闹。路通了之后，老百姓非常认可我，说这一次上面派的"第一书记"才是真正为老百姓办事，我们服了！过去我们苟家坝村到通江县城，先要到火炬镇，然后从火炬到杨柏，再从杨柏到通江县城，一共40多公里路。现在我们苟家坝村到县城一条直线，只有18公里。从原来的40多公里缩短到18公里，你说是不是从区位劣势变成区位优势了？

贺：是，交通好了，区位优势也突显出来了，为下一步工作就创造了良好的条件。

丁：完全是这样！一个贫困村，如果没有龙头企业入驻，想要根本摆脱贫困是不行的。路打通过后，我们引进的第一个企业是四川犁夫生态牧业有限公司，老总叫赵阳初，就是我们火炬镇5社的人。他在我们那儿办了一个养牛厂，养了200多头牛。更重要的是，他在我们那里建了一个巴中市最大的屠宰分割冷链加工厂。

贺：屠宰？

丁：屠宰分割冷链为一体的一个综合加工厂，主要是屠宰牛，一年的屠宰能力可以达到30000头。过去老百姓养一头牛，只能靠牛贩子来收，不敢大规模养，养了怕没销路。现在这个赵总把屠宰加工厂建起来了，就解决了老百姓规模养牛的问题，可以带动老百姓发展养殖业。另外，这个村还有一个企业家叫贾知华，他搞了一个乡村旅游、康养综合体，投入了近两个亿。我们那条路的基础，全是他无偿搞的，有了他那个基础，我们才能够硬化路面，所以他对这个村的贡献是很大的。他也回村来发展了，成立了一个科技公司，在我们村上流转了270亩土地做苗圃基地，发展花卉树木等。第三个，我们有一个成都中科院的硕士毕业生叫刘丽娟，也是我们这个村4社的，她也回来了，在我们那儿搞了一个健之源生态农庄，自己栽的一种水果，以后发展生态养殖，养猪、养鸡等。

贺：她现在干得如何？

丁：农业投入周期较长，她去年栽的桃树，长有这么高了。一般在3年之后才有成效，但目前长得很好。

贺：村上还有什么变化？

丁：村上还有一个最大的变化就是村委会办公室。我下去的时候，村委会办公室是个危房，不能在里面办公，我们只能去租一间民房来办公，在4社上面。我记得我在那里开群众大会的时候，正是冬天，我在里面讲，外面天气冷，老百姓就在地上烧起一堆火来烤，弄得乌烟瘴气的，哪像开会的场面？我当时就想：一个村一个阵地都没有，像什么话？当时脑海里就浮现出了一个念头，一方面是要修路，另一方面要把村委会阵地建设起来。有了这个想法过后，我又回去给我们单位领导和岳副县长汇报，我对岳副县长说能不能结合新农村建设，把村委会办公室搬迁到下面来。然后我谈了自己的详细意见，过了几天，岳副县长就专门来村里考察了。看到村办公室那个样子，确实无法正常开展工作，而且上面的地势条件也不行，最后拍板从上面搬下来，结合新农村聚居点建设，重新建一个村委会办公室。

贺：新的村委会办公室有多大？

丁：600多个平方米！完全是按照标准化的要求来修建的。我们大会议室可以坐100个人，而且里面的桌椅板凳都是配置好了的，主席台也布置得很好。完全可以这样说，有些乡镇的会议室还可能没我们村上的会议室好。过去开会，干部在里面屋子里讲，外面村民就坐在地上，聊天的聊天，烤火的烤火，现在就不一样，大家在会议室里坐得整整齐齐。除此以外，结合党建这一块的远程教育，我们的音响设备、投影仪这些，也是全部都配好了的。除了大会议室，我们还有小会议室，平常开个村社干部会、党员会什么，就可以在小会议室里面开。还有按上面的要求，我们还有一个脱贫攻坚办公室，我这个第一书记也有专用的办公室，我们还有一个金融代办点。村卫生室也是按照国家的标准修建的，是全县第一个达标的村卫生室，修好以后，全县乡村医生的现场会就在我们那里召开。还有一个文化室、图书阅览室,也是按照文广新局的要求修建的。过去开会都是一个一个地通知,现在开会,我们就通过"村村响",直接在喇叭里一通知,人员到得又快又齐。所以我们现在不但是阵地有了,而且我们苟家坝村还被国家列为首批乡村旅游示范村。我记得第一次在村委会办公室开会的时候,老百姓那个鼓掌欢迎,说感谢我!我说你们不要感谢我,如果没有各级组织和领导的关怀,没有脱贫攻坚的各项好政策,我们怎么会有这样舒适气派的村委会办公室?

贺:村委会办公室建好了,贫困户的住房如何呢?

丁:现在我就来说说贫困户的情况。我们村幅员是6.8平方公里,541户,1892人,耕地面积是1184亩。全村贫困户95户,328人。原来是101户,350人。后来精准识别时,又剔除出去了几户。2014年我们脱贫了16户,56人;2015年我们脱贫了18户,66人;2016年我们又脱贫了47户,154人。目前我们还有14户、52人没有脱贫。剩下这14户、52人计划是在2018年脱贫。

贺:你第一次下去,看到的最贫困的人家是什么样子?

丁:我刚下去的时候,就是在我们新村聚居点不远的地方有一个叫王永林的,70多岁了,家里4口人。他有个儿子都四十一二岁了还没结婚,王永林也经常生病。他们家的房子是一个土墙房,房顶上的瓦跑了,下雨的时候把土墙淋垮了一多半,剩下一点看起来也摇摇欲坠。我第一次到他家里面去,看见家里面的情况这样糟糕,就对他说:"你这个房子上面是不是弄一个什么东西,不要让它继续漏水了。如果继续漏,整个房子都要垮!"他儿子在外面打工,他又有病,连上房顶处理一下漏的能力都没有。最后我给村上说了,由村上拿了一点钱,买了一些铁皮子来盖到房顶上,才把漏给堵住。后来修新村的时候,我动员他搬到聚居点去,他又说没钱,我说现在不说钱的话,要先解决安全,国家以后有什么补助的话,就先把你纳进来。后来国家补助政策下来了,他基本上没拿什么钱就搬进了新房子。他后来非常感激我们,说如果不是这么好的政策,不是有这么多好心人帮助他,他做梦都想不到会住上这么好的房子!他现在就住在我们村委会旁边。

还有一位叫王炳昌。这个王炳昌单看他的房子,没人相信他是贫困户。他的房子修得比较好,但为什么他又是一个贫困户呢?因为他老伴得了癌症,做了几次手术花了20多万元,原本比较过得去的家庭便因病致贫了。还有一个原因,他女儿嫁出去后,女婿在陕西那边出车祸死了,又给他们老两口留下了两个外孙子,那个大外孙子后来也生病死了,所以当时家里看起来很惨。评定贫困户的时候,村里所有人都举了手。我们村委会办公室没重修的时候,就在他家里租的房子办公,一是因为他这个房子比较宽敞,第二个原因就是想帮助他们一下。这个王炳昌的帮扶责任人就是我们原来的常务副县长岳县长。岳副县长当时看了他家的情况后,就说我来做你们的帮扶责任人,具体帮扶你们,有什么困难就找我。

修村委会旁边那个聚居点的时候,有8户贫困户易地搬迁到了这个点上来。这8户贫困户要么是因为家里原来的房子是危房,要么是住得很远,路没法给他们修通。还有的是因为生态十分脆弱,搬迁后原来住的地方要么退耕还林,要么退耕还草,既改变了生态,也改变了他们的居住环境,更改变了一种生活方式。刚开始修的时候,老百姓都不知道聚居点是什么,新农村是什么也不知道。我们2015年10月27日动的工。当机器轰鸣着开进工地的时候,村民是第一次看见大型挖土机、推土机等庞然大物,大家都不约而同地跑去买火炮、买礼花放。老百姓原来以为我们只是说说而已,没想到现在机器开进来了,不是说着玩的了,所以才高兴得就像是过年一样。我们这个聚居点2015年10月27日动工,2016年5月20日就结束了,只花了半年多时间。现在我们易地扶贫搬迁解决了35户贫困户的集中住房问题,贫困户自己掏钱最多不超过1万块,一般的5000、6000块钱。还有我们通过在县上水务局争取小型水利建设资金100多万,把全村的塘、湖、堰、池差不多都改善了,剩下没改善的部分我们还在努力向上面争取资金,按计划逐步改善。

贺：丁书记，你能不能具体地给我讲一下自己是如何帮助贫困户的？

丁：我们村上有个年轻人叫刘清平，他原来在内蒙古那边务工，还是一个小包工头，手下有几十个工人，专门从大包工头那儿包活儿来做。没想到大包工头没把承包费给他兑现，他又欠了手下民工100多万工资。他天天去找老板要钱，手下的民工又天天跑去向他要钱。走投无路的时候，他就悄悄跑到青岛去藏了起来。刚开始的时候电话还没有换，还可以和他联系上，后来找他要工资的民工把他缠烦了，就把电话换了。这边民工找不着他，打电话又打不通，没有办法就邀约起到县上上访。县上分管信访的领导是副县长、公安局局长。公安局给他打电话也打不通，便认为他是恶意拖欠农民工工资，便到青岛那边把他抓回来了，然后判了他两年半的刑。在监狱里的时候，他就来学孵化小鸡和养鸡。他爱学习，天天看书，喂的鸡、种的蔬菜也很好，后来监狱长下来视察，了解到他的情况，说他又不是坏人，也不是故意拖欠农民工工资，最后监狱通过研究，向上面打报告，减了他半年的刑，所以他只坐了两年牢就回来了。回来之后，妻子也和他离婚了，想做点什么又没钱。当时非常悲观、失望。最后他看见寨梁上有八九十亩荒山，便到上面去养鸡，还弄了一个大棚来种蔬菜。

贺：就他一个人？

丁：就一个人。我到村上去的时候，村主任就给我介绍说："丁书记，我们这里有一个刘清平，他在养鸡这一块很在行，你可以上去看一下！"我说："要得，你带路！"村主任就骑一辆摩托送我上去。当时是8月份，非常热。我给村主任说我们不要打招呼，我的目的就是看是不是在真正地搞产业。结果我上去一看，果真满山上都是养的鸡，黑压压的一片。这个刘清平正在一旁耕地，光着上身，满头大汗，他打算把地耕过来种玉米。我看了很感动，便和他交谈。他把情况说了后，我问他有什么困难。他说主要是缺进一步发展的资金，他蹲过监狱，又欠着民工的钱，银行也不肯贷款给他。我听了后，说："钱不是问题，我来帮你想办法！"回来以后，我就给他搞了5万块钱的小额扶贫贷款，帮助他搞发展。但后来他说这个资金还是有问题，还是不行。最后我通过一些关系又给他贷了10万块钱的款，然后又出面请求政府给他解决了5000块钱。2015年的春节前后，他的资金又短缺了，他当时养了3500多只鸡，每只鸡都是2斤多到3斤大了，光每天消耗饲料就是一笔不小的开支。他又给我打电话，发短信，说："丁书记，你能不能再给我想一点儿办法？就是钱的问题，我还差一点儿钱，实在没办法了！"我说："你下来，我在办公室等你！"他很快就下来了，给我说他差2万块钱去买饲料，如果买不回来饲料，他要么就看着鸡死，要么把鸡送人，然后他又出去打工。我当时听到也很着急，我想他找我是对我的信任，作为第一书记，我也有责任去帮助他。当时我没有表态，只说我再想想办法吧！然后我又去找信用社，信用社说不行，他已经贷了10多万，我们不可能再对他放贷了，况且他没有任何担保抵押！贷款贷不了，怎么办呢？想了半天，我只有私人借给他2万块钱。我回来和村上的同志一商量，但大家都不同意。说他家里经济条件就那个样子，基本上没有偿还能力，况且他还有10多万块钱的贷款，借给他钱就等于打水漂！可我不借他又怎么办？他从牢房出来才看到一点儿曙光，想通过自身努力来改变现状，此时不支持他，难道又眼睁睁看着他对生活、对未来丧尽信心？我想了想，最后还是拿出2万块钱来给他。

贺：你借给他的？

丁：我自己借给他的。他当时很诧异，像是没想到的样子。他说："丁书记，你借2万块钱给我，放心吗？"我说："你给我把票据立起！"我这样说的原因，是因为想给他增加一点儿压力。他说："我肯定要给你打借条！你放心，丁书记，我一定会还你！"然后他拿2万块钱去买了饲料。

贺：后来他鸡发展得怎么样？

丁：发展还是比较可以的，当年就卖了接近20万元嘛。

贺：贷款还了？

丁：贷款还了，包括我的2万元钱也还了。但是今年过年前，他给我打电话，说他不想养鸡了，因为他欠民工的工资太多，民工老是来要钱，只要他卖一批鸡，要钱的民工就来了，弄得他心里很烦。但民工的账又不能不还，像这样光在家里搞养殖，每年挣个十多二十万的，还不知拖到哪年才能把账还得清？

贺：目前他还差多少账？

丁：还差几十万元。我问他不养鸡了到外面去又做什么。他说上海那边又有朋友介绍他去干活，收入可能比家里养鸡要高一点。我问他具体做什么，他没说，现在才知道他又做了小包工头。他想通过几年努力，把欠民工的钱还了。这一段时间给我打电话，说他在上海发展得还可以。

贺：下乡两年多了，你有没有觉得还是有什么事情没做好，让你心里留下了遗憾？

丁：要说有什么遗憾的话，最大的遗憾就是我父亲去世时，我没有在他身边。

贺：是什么时候的事？

丁：去年4月15号的事。那天我们镇党委张书记给我打电话，说省、市金融办要到我们村来调研"5+1"小额扶贫信贷的事，当时我父亲在县医院，他很早以前就瘫痪了，头一天晚上我还在他病床前服侍他。

贺：父亲多大年纪了？

丁：83岁，他是县物资局的退休干部，因为脑梗造成的瘫痪。头一天晚上医生来检查，说没有多大的问题。第二天早上张书记给我打来电话后，因为我们苟家坝村的小额扶贫信贷和股权量化的事一直都是我在搞，只有我才解释得清楚，县领导喊我必须要到场。早上7点多钟我就到村上去了。我走的时候，我妈妈和大姐来了，我见爸爸睡得很安详，想让他多睡一会儿，就没有喊他。没想到这一走就成了永别。到了村上后，陪领导走村串户了解情况，有一些地方没有手机信号。11点50的时候，我的电话突然响了，我一看不是家里人的电话，而是医院院长的电话。院长问我在哪里，打了这么久的电话都打不通。我说我在村上。他说你爸爸不行了，可能要转院！马上要吃饭了，我听后饭都没有顾上吃，立即就走，可当时又没有车。还是前面我给你说的那个成都中科院毕业的硕士刘丽娟，她弟弟有车，她喊她弟弟来送我回县城。我们出了村，还没有开到大公路上，电话又响了，这次是我老婆打过来的。打来后还没有说话，我就听到里面哭声一片。我心里想肯定不妙了，当时也没有任何言语，只问在哪里。她说在县医院，我就把电话挂了。我让刘丽娟的弟弟直接把我送到县医院，到医院里面一看，爸爸已经走了。我只看了爸爸最后一眼。如果我早知道爸爸这天要走的话，我请假领导也肯定要同意的。为这事，县委书记过后还亲自给我打电话道歉。我说这个不存在，这都是我的工作。但是心里还是留下了一点儿遗憾。但在这两年中，我连续被县委表彰为"挂包帮扶先进个人"。今年4月22号我又被省委省政府表彰为"优秀第一书记"。同时，被省委宣传部表彰为"敬业标兵"。《新闻联播》《经济半小时》《人民日报》《四川日报》等30余家主流媒体相继报道。虽然我做了一点儿工作，但是都得到了领导的肯定，这也是对我的最大的鞭策。

为老百姓做事是一种幸福

——通江县空山乡青龙村第一书记刘泽训访谈

刘泽训，男，1975年2月生，2005年4月在空山综合林场参加工作，先后任林场技术员、副场长兼副书记。2015年4月派驻空山乡青龙村任第一书记。2016年3月被巴中市委组织部表彰为巴中市"最美第一书记"。

贺享雍（以下简称"贺"）：刘书记，在到青龙村做第一书记以前，你在哪个单位工作？

刘泽训（以下简称"刘"）：林场。

贺：林场？

刘：对！

贺：这么说来，你在没破格提拔为空山乡政府副乡长以前，你的身份还是一个林场职工？

刘：对！

贺：林场也有扶贫任务？

刘：我们是国有林场。空山有两个林场，一个叫空山坝林场，一个叫空山综合林场，我是空山综合林场的一名职工。综合林场过去是一个森工采伐企业，主要是以砍伐树木为主。我岳父就是空山综合林场一位老职工。2005年以后，国家不准大量砍伐森林了，林场就来搞多种经营，种大黄、种天麻等。我岳父就承包了一块，我就去协助他。由于我肯干，人又年轻，被林场领导看上了，就把我招为林场工人。先是临时工，后来转为正式工。林场不准砍伐树木后，主要的经济来源便是靠发展多种经营，比如种植、养殖来解决你的收入问题。国家也给，但毕竟给得很少，人均6400块，相当于补助性质。后来我就在这个地方苦干，2010年就担任了副场长。2015年脱贫攻坚一开始，便把我派到了青龙村做第一书记。

贺：是林业局选派的？

刘：是空山综合林场直接派的。林场也是一个贫困企业，我也不知道上面为什么也要把我们派出去扶贫。但我知道林场没有钱，过去在采伐、卖料，这几年料不卖了，自己的生存都靠搞多种经济来养活自己，肯定没有钱来支持我。当时叫我去当第一书记，我没有任何思想准备，但组织安排，我只得去。第一天是林场的车子把我送去的，那个时候这条路还没有，我上任第一站就走到最偏远的6社。我虽然在空山待了这么多年，青龙村和我们林场也是挨着的，但是我从来没有到青龙村来过。这天我才知道这个青龙村实际上就是一个大峡谷，里面包含了7个村民小组。当时第一天去了过后，我看那个环境，说我们林场穷，那里更穷，和我们林场比起来，感觉好像落后了几十年，更别说和城里比了。

贺：穷到什么样子，你能形容出来吗？

刘：我给你说，当时我看到一个村民，后来我才知道他姓黄。他就是这样的，蓬头垢面，头发上扑了很多灰。你知道，山里的老百姓都是烧柴火，铁鼎锅吊起来煮饭，头发上扑了很多灰不奇怪。奇怪的是他好像有几个月没有理发，头发长得吓人，就像女人的头发一样，灰头土脸的，脸上很脏，鼻子眼睛都分不清是什么形状。身上穿的衣服也很破烂，弄条树藤把腰杆缠了两圈。

贺：你看见他的时候，他在干什么？

刘：挖地！裤脚坏了，也这样把布条扯过来打个结。就是这个样子，完全像个野人。野人看见人还有反应，他看见我们却什么反应都没有，完全像是麻木了一样，我们问他一句，他半天才回答一句，整个人都没有一点精气神。他这个样子，再加上两边大山的衬托，给我的感觉十分凄凉，当时我心里就想，怎么会是这样？怎么会是这样？

贺：你看见的其他人，是不是也是这个样子？

刘：我用了一周多时间，把全村走完了，看见的情况大致差不多。特别是那些留守儿童，我给你说，贺老师，真的，我看了都心疼，穿得很破烂，身上也很脏。

贺：我访谈了很多第一书记，他们也给我说了他们去的地方，一些贫困户如何穷的情况，但像你说的这样贫穷，人的精神面貌如此萎靡，还是第一次。

刘：贺老师要是能亲自去看看这些老百姓原来生存的地方，就不会感到奇怪了。我给你说，那些地方全是坡地，最大的地只有几个平方米大，根本不能用牛来耕，只能拿锄头挖。而且锄头是那种尖嘴锄，因为地中间夹了很多石头。挖出来的地只能种马铃薯，有的地能种点苞谷，除了这两种作物外什么都不能种。所以那山里的人常年只能吃马铃薯和苞谷，如果想吃大米，就得"吭哧吭哧"地把马铃薯背出山来和人换点大米吃。就是这样子的！再说吃水，整个村没有一口像样的水井，都是这儿看到有一股浸水了，便马上在这儿挖个坑，然后就拿那个背水桶来背，背一回水就要一个多小时，很远的地方，都是羊肠小道，爬坡上坎。就是这样，也常常不能保证能经常喝到水，遇到天旱，水凼凼里再浑的水也要舀回去。水比金子还贵，感觉在这种情况下，我作为一个林业人，作为一个在城市里面居住的人，感觉很揪心，很心酸。我的老家过去也很穷，但是没有像这么穷。我说像这样一个地方，我该怎么来整？我每看一家，心情就会沉重一分，把全村跑完以后，就在青龙村委办公室后面弄了一间房子。

贺：村委会办公室是什么样子？

刘：我给你说吧，屋子里只有一张像我小时候读二三年级那样的课桌，而且还只有三只桌腿，另一只桌腿是坏了的，得靠着墙才搭得稳，那就是办公桌。还有一个木凳子，也像是过去学生读书时坐的板凳那种。屋里到处是灰尘、蜘蛛网，就是那个样子。

贺：你开始是怎样思考村上的发展的？

刘：我弄了一间老村房住下后，就在那屋子里思考怎么办。这个村很闭塞，产业就是种点马铃薯、苞谷，除了自己吃或养点猪外，也不对外卖。

贺：没有路，运不出去？

刘：对，没法往外运，其实他们的马铃薯很好吃的，但就是拿不出来。我想了一周，没有做出任何决定。然后我把全村的党员、干部、村民代表都喊来开联席会。其实那时我脑子里已经有了一个初步的想法，但我必须要把自己的想法说出来让大家能够接受。我在会上讲了我们青龙村的优势和劣势，讲了我们贫穷的症结，讲了我们空山乡现在正全力打造4A级风景区给我们带来的有利条件，最后才提出了我的构想，那就是青龙村总的经济发展，都要围绕空山乡的4A级景区，从旅游的角度来制定规划。

贺：发展乡村旅游？

刘：对，就是要把整个青龙村融入空山这个大经济圈中，从乡村旅游的角度去发展，这是总的方向。第二个就是认识青龙村的现状，青龙的现状是什么？它的海拔相差很大，最低的只有几百米，最高的有1400多米，像我们今天看的那个山就是1400米。1400米的山上能够发展什么？几百米的地方又能够发展什么？我就给它定了个两黄、两玉、一核桃的发展思路。

贺：根据你林场来的经验？

刘：两黄，就是空山黄牛，这是一个世界性的地标产品，空山黄牛是载入了世界名录的，在全世界都是很有名的，我们为什么不养？大黄确实是我从林场得来的经验。我帮我岳父种植了这么多年大黄，对大黄的属性什么的，都了如指掌。青龙村和我们综合林场接壤，林场能种，青龙村为什么不能种？所以说1社我现在就发展了1000亩左右的大黄。因为1社地理位置最合适，大黄是一个广普性的产品，它的成本也不高，价格波动也不大，十年二十年都相对稳定。我在综合林场干了10多年，它的价格基本上没有多大的变动。第二个它只适合在海拔1200米的地方生长。

贺：所有海拔1200米的地方都能生长？

刘：至少1000米以上。青龙村1000米以上的山多得是！低山它就栽不活了。我的计划是全村发展2000亩大黄，现在规模连片种植有500亩，全村散种有1000多亩，加起来已经达到1500多亩。大黄我算了一笔账，每一亩可产2000—3000斤，按照现在的市场行情，鲜的1.5元一斤，大黄它是2到3年才能收获，每一窝大黄可以长到10斤左右，大的还能长到20斤。就算一窝产10斤的话，就可以卖15块钱，10窝就是150元，100窝就要卖1500元。它每一亩可以达到3000窝，这是一笔不小的收入。我们林场的多种经营，也是从种大黄开始，我已经有了很充足的经验，坚信不会有什么风险。

贺：一点也没风险？

刘：没有！本身我就是林场种大黄、种天麻的技术员，技术方面肯定没问题。所以我就确定了发展两黄、两玉、一核桃的思路。核桃又是空山的一个特产。空山这个地方出核桃，而且核桃的品质很好，但是过去一直是粗放型种植，没有经过认真管理，所以产量一直不高。我们规划了2200亩的核桃，现在已全部落实，正在一步一步地实施。黄牛已经发展到300头，经济效益已经开始出来了。大黄基本上接近2000亩规模了，核桃2200亩，现在已经全部种植了。所以我们现在的产业问题基本解决了。

贺：发展产业的资金，你们是怎么解决的？

刘：我到村上来的时候，村里账上只有7.63元钱，基本上是没有钱。我跟支部书记商量，青龙产业如何发展，我们要提出一个理念，要站在脱贫攻坚的至高点上抓早抓快。因为大家都在发展，你慢了别人就抢了先。我提出先发展大黄，它皮脆，一个芽口就是一颗种子，一颗种子当时就能卖1块钱，我们要抢先发展起来，再把种子卖出去，成为一个种子基地，一窝大黄2年、3年后，一个种子至少要生长出来六七个种子，它又要六七块钱。支部书记觉得好是好，可村上就是没有钱。当时我家里有5万块钱的存款，我就悄悄把它拿出来了。

贺：老婆不知道？

刘：没让老婆知道。然后又去借了3万块钱，就把这事启动起来了。我们先让一部分老百姓种，然后两三年见效后，再带领大家去种。现在我们这样做了，确实给老百姓带来了实惠。

贺：老百姓很支持？

刘：当然，因为我在林场是成功了的，老百姓一点也不怀疑。

贺：现在老百姓就得到了实惠？

刘：我是2015年去了后就开始种的，去年一些大黄就开始挖了，已经变成了老百姓手里的钱，所以说老百姓已经得到了实惠。现在很多专合社想要来和我们合作，我们只接了一家，天翼专合社，它来统一带领大家致富，老百姓可以入股，都可以在里面干事，现在村民都想往专合社涌。大黄是见效快的产业，核桃恰恰相反，周期长一点，但它可持续发展几十年，甚至上百年都有收益。长短结合，老百姓就不怕过不上好日子。

贺：你刚才谈到了村民住在大山里，路不通，连吃水都困难，生存条件十分恶劣，除了发展产业外，易地扶贫搬迁这一块是怎么解决的？

刘：你提的这个问题很重要。这个村的自然条件太差了，因为自然条件太差就产生了贫困。全村179户、783人当中，就有77户、315人是贫困人口，贫困发生率高达40%，在全国都是少有的，其他地方贫困发生率一般都是20%。因为地理环境的限制，老百姓只有在石头缝缝里种点玉米和土豆，你给他算算价值，那点玉米和土豆值得了多少钱？更严重的缺水，又没有路，你有产品也拉不出来，不受穷还往哪儿走？特别是5社和6社，当时我就有一个大胆的构想，要把两个社整体搬迁了。

贺：整体搬迁？

刘：对！不搬迁，你得最起码给他们把交通问题解决了。我们也算过账，在那山上给他们修一条3米宽的路，最低得70万块钱一公里才修得下来。全是大山，全是很硬的石头呀，那么长的路，沿着山上七绕八绕的，10多里，你说要多少钱？少说也要接近1000万，谁来给他们出这笔钱？那真是不敢想象！

贺：是的，还不如整体搬迁了。

刘：对，整体搬迁，既让那两个社的老百姓走出大山，又节约资金，国家不是有易地扶贫搬迁政策吗？老百姓也不用拿多少钱。可搬到什么地方呢？村里找不出一块比较平坦的土地可以建几户人的房。我们选了很多地方，最后确定了把集中安置点建在大雪坪。

贺：大雪坪？

刘：就是你刚才去看的那个地方，过去叫大雪坪。为什么叫这么个名字？因为那个地方是面阴坡，我们这儿冬天雪下得很大，那儿容易积很厚的雪又不容易化，所以叫大雪坪。我们当时提到要把5社、6社和住在其他生存条件恶劣地方的老百姓易地搬迁到大雪坪的时候，老百姓很是反对。为什么反对？他住在山脚下面的，而大雪坪虽然靠着空山乡政府，但却是在山上面，为什么还要往山上面搬？虽然离场镇和公路近一点，但他山脚下比山上海拔要低一些，也就暖和一些。还有，我山脚下虽然土地很少，但总可以在石头缝缝里找到一点，可那么多人到了山上，到哪儿去找土地？我们是农民，没有土地怎么行？另外，听说新房子没有猪、牛圈，那我们要养只猪、养头牛、养几只羊怎么办？……总之，老百姓提出了许多现实的问题。

贺：你们又是怎么做工作的？

刘：我们做了很多很多的工作，但还是有很多人特别是老年人不同意上来。他们说，就是死，也不往阴山走，那儿不吉利。后来我们想了一个办法，知道老百姓特别是上年纪的人对修房造屋都讲个风水，便把大雪坪这个名字改成桃树坪！

贺：那地方有桃树吗？

刘：那地方总的地名叫大雪坪，但其中又有个小坪坪叫桃树坪。至于过去那里是不是真的长得有桃树，我们也不知道，但这个地名留下了。桃树让人想起春暖花开，至少不像大雪坪这样让人感到阴冷。我们就用桃树坪来命名这个集中安置点，然后我们就开会宣传，大会小会讲，走村串户也讲，慢慢地桃树坪这名字代替了大雪坪，老百姓在心理上就容易接受了。

贺：有意思！

刘：紧接着，我们就考虑老百姓的土地问题。我们觉得老百姓的顾虑是有道理的。农民是离不开土地的，你总不能把人搬上来了，又让他们走10多里路下山去种那点石头缝缝里的地吧？但土地又不能搬，怎么办？真是天无绝人之路，说也奇怪，我们这儿的山四面都是陡坡，唯独在我们安置点前面不远的地方，有一面坡是斜坡，你刚才已经看见了，坡度大约也只有二三十度吧，面积也大约有200到300亩的样子。而且别的山坡上都是茂密的树木，那面坡上却只有灌木和杂草，偶有几棵零星的树木，你说这是不是老天爷有意照顾我们？为了解决老百姓的后顾之忧，我们决定先把那片土地开垦出来。于是我们找来大型机械，花了半个多月时间，把那几百亩土地都开垦出来了。然后我们就去给群众宣传说："凡搬到桃树坪安置点的贫困户和随迁户，每户划给5亩土地！"老百姓听说到山上去住还有5亩土地，你想，他在山下那点土地都是零零星星的，有的还是从石头缝缝里刨出来的，而山上的5亩地是成片成片的，不知比山下那点地好到哪去了。这时我们才来启动房屋建设。我们当时的想法是先把这个工作启动起来，看有多少人报名。先启动几户人，然后我们再用这几户为榜样去做更多人的工作。没想到报名时，竟然有10多户愿意交钱。那时国家易地扶贫搬迁的扶持政策还没有下来，我们当时规定愿意搬到上面去的，每户最低要先交到10000块钱，结果有10多户交了钱。收了这10多户人的钱，我们5月份就开始动工。资金不够，我们就找了外面一个老板，由他先垫资来建，约定3年内给他把款付清。刚刚建到8月份，国家易地搬迁政策下来了，贫困户人均补助25000元，人均建筑面积25个平方，基本上不用负债了。不但如此，针对我们山区老百姓世世代代都有养猪、养牛、养羊的传统，我们还集中给每户修建了猪、牛圈舍，你上来后，愿意养猪的养猪，愿意养牛的养牛，愿意养羊的养羊，这就更让老百姓放心了。除此以外，针对我们是高寒山区，冬天很冷，老百姓都有一大家子人围着火坑烤火的习惯，我们在设计房屋时，专门设计了四五个平方米的烤火炕，统一建造了火炕，安了烟筒，这在其他地方是没有的。老百姓上来一看，拥护得不得了！

贺：老百姓都同意搬了？

刘：大多数老百姓都不用我们去做工作了，但还是有几个老大爷思想很顽固，他愿意死在山下都行，就是不愿意搬。我们便组织一些人，对这些老大爷说："大爷，你活了几十年，还从没有看过外面的世界，我们带你出去旅游一下，看看外面的风光！"于是我们便把他们拉到外面那些村，比如方山，比如诺水，比如王坪那些新村，一边让他们看，一边给他们讲，看完后又拉回来看我们正在建设的安置点，慢慢地，终于把这些老头的工作做通了。你刚才问话的那个老头，起初他就是最顽固的，但现在他住在新房子里，你看他多高兴！

贺：你们的工作确实做得很好，给老百姓建了猪、牛圈舍，还建了烤火的火坑，最大可能地尊重了老百姓的几千年形成的生活习惯。别小看了一个火坑，它既是高寒山区农民一种生活方式，更是一种文化传统。你想想在北风怒号、滴水成冰的日子里，一家人围着熊熊的火坑，拉着家常，谈谈收成，说着来年的打算，做晚辈的，问候着长辈的身体，做长辈的，教训与勉励着晚辈，是一副多么其乐融融的温馨场面。有的地方生硬地对待农民的搬迁，以为只要让农民住进楼房就行了，其实割断了农民的文化，这些都是值得注意的地方。

刘：对，其实只要我们心里装着老百姓，什么都好办了。还给你说说产业的事，不是前面说的那个产业，而是指搬进集中安置点这批老百姓的产业，也就是分给他那5亩地的产业。实际上我们把地平整出来后，就开始在土地上做文章了。也就是说，老百姓的房子还没开始建，人还没有上来，我们就先给他们把产业建起来。我们统一在地里种了良种土豆，不是普通土豆，是良种。我们这边有一个川东北最大的土豆基地，专门培植土豆种子。他那个土豆卖1.7元一斤，普通土豆就卖四五角钱一斤，我们就和这个土豆培育基地的老板合作，用土地入股，成立专业合作社。老百姓那5亩土地既可以分红，又可以在合作社打工，每天100块钱。你按3300—3500元脱贫的指标来衡量，他在合作社里务两个月的工，就基本上解决了脱贫的问题。现在我们考虑的，已经不是脱贫不脱贫问题，而是如何让老百姓挣更多的钱，如何致富的问题！有的人在专合社务工，从开年到现在都挣了10000多块钱了，你只要肯干，随时都有活干，随时都能挣到钱！所以说易地搬迁这一块，开始难，走到今天，谁都没有想到，过去的一个荒山，变成了今天这个样子，我心里高兴，老百姓心里也高兴。再过一段时间，等我们把绿化工程搞完后，贺老师你再来看，那一定是个很漂亮的新农村！

贺：我相信一定会是这样的！我还有一点想问问刘书记，你前面说到青龙村很缺水，老百姓集中到安置点后，水是怎么解决的？

刘：你说得很对，这个地方要住人，首先要解决水的问题，没有水就不能生存，更不要说发展产业什么了。从规划建安置点开始，我们就四处寻找水源，最后在距离这里3公里以外的地方，找到一股很大的泉水，长年不断。

贺：3公里以外？

刘：对，3公里以外！但要把那个水引进桃树坪，又要花很大一笔钱。我们便去找水利部门，最后是水利部门从3公里以外给我们把管道接了过来，这就解决了安置点用水的问题。

贺：前面你也说到整个青龙村交通十分落后，现在我看到你们的公路，在这山上蜿蜒盘旋。我听说中央电视台第二频道《经济半小时》还专门拍了一期你们村修路的节目，能说说你们当时修路的情况吗？

刘：是的，你要致富，必须先修路。过去青龙村路不通，老百姓养头猪，得找4个大男人轮换着抬出来卖，有把猪抬死了的。当时我来后，一边抓产业发展，一边研究修这条路。这是一条环线路，整个空山从杨家沟上来，这是一个大环线。我们青龙村就是要把那条大环线拉通，从青龙的3社接后坝，再延伸到福成，从福成就接通陕西的路了。当时提出修这条路的时候，老百姓积极性非常高……

贺：这是什么时候的事？

刘：2015年的6月份。当时没有资金，我们靠老百姓自筹，筹了11万多块钱。我这个人胆子大，什么事情只要有了一点钱，就先启动起来再说。启动这条路的时候，所有人都高兴得很，像过年一样。老百姓敲锣打鼓的，没有锣鼓的，拿出自己家里的铝盆什么的都在敲。在修这个路的过程当中，我自己整钢钎，起早贪黑跟大家一起干。最初老百姓以为我是城里来的人，整不来钢钎，即使整得来，也吃不了那份苦。没想到我和他们一样，不但整得钢钎，一样也能吃苦，撬石头、整水沟我和他们一样干。这也归功于在林场那几年的锻炼！但说不累也是假的，干一天回来，躺到床上就睡觉，第二天又继续干。老百姓见我这样，就开始关心我吃饭的问题、休息的问题。刚开始的时候只是问问，后来就有老百姓给我送饭来了，说我一个人难得回去做饭，就和他们一起吃。就是在那个时候，我感觉老百姓特别地亲切。我也开始从内心里把自己融入这块土地上了。说实话，贺老师，开始我思想并不是那么高尚，想领导既然叫我下来了，我就干呗，反正干两年就要回去的。就是在修路的过程中，我被村民那种对我的认可，那种热情、关怀感动了，我才体会到一种为老百姓做事的幸福。

贺：还有一种责任和使命感！

刘：对！我做出了一点成绩，老百姓没有忘记我，组织上没有忘记我，去年县委将我破格提拔为空山乡人民政府副乡长，使我从一个林业战线的职工，直接变成了一个公务员。

贺：这是很不错的！

刘：对！成了公务员后，我觉得肩上的责任更重了，我感到更应尽职尽责，做好我的工作，让老百姓更满意，从这个角度来回报组织的关怀。

贺：这是应该的！你从一个林场职工，一步一步这样走过来，很不容易，全靠你的实干和苦干。组织破格提拔你，也表明组织还是很有眼光的，祝你取得更大的成绩！

扶贫路上的悲喜人生

——通江县铁溪镇桐梓塬村第一书记赵迪访谈

赵迪，男，1973年10月生，四川巴中人，1994年毕业于四川省税务学校税收专业。巴中市国家税务局直属分局机关党委书记兼机关党办主任、机关第二党支部书记。2015年担任通江县铁溪镇桐梓塬村第一书记。2016年10月巴中市国税局驻村工作组被表彰为"巴中市十大扶贫爱心企业（组织）"。

贺享雍（以下简称"贺"）：赵书记，听说你担任第一书记的桐梓塬村是巴中市最偏远的一个贫困村，它距巴中市有多远的距离？

赵迪（以下简称"赵"）：离巴中市180公里路。

贺：离通江县呢？

赵：离通江县是100公里。这个村原来在什字乡，什字乡撤了过后就划在铁溪镇。它跟陕西的镇巴县和达州的万源市是毗邻，在重重大山里面。我从巴中市出发到村上去，自己开车得要4个小时才能到。

贺：你是什么时候被选派到桐梓塬村做第一书记的？

赵：我是2015年7月份被单位选派到桐梓塬村去的。在此之前，我在平昌县的民意村做驻村帮扶干部，但那个时候说是驻村，实际上没有住在村里，只是挂职扶贫，不像现在这样和单位的工作完全脱离，必须住到村上去，这个紧箍咒是越念越紧。

贺：你原来在什么单位工作？

赵：巴中市国税局一个中层干部，原来是在纳税服务科当科长，搞业务，2014年8月转任机关党委副书记兼机关党办主任后，就开始与脱贫攻坚工作打交道。

贺：你今年多大年龄了？

赵：我是1973年出生的，1994年7月从四川省税务学校毕业后，最早分配在通江县永安税务所工作。永安到铁溪镇还有40公里路，1994年我到铁溪去过一次，没想到20多年过后，我再次到了铁溪那一方，而且是长期驻扎在那么一个偏远的贫困村。因为我家在巴中市，除了周末不放假或加班、开会等情况外,我基本上每周要跑一个来回。在这两年的时间里,我跑了30000多公里!我自己有一个长安面包车,这个车子开起比较轻便,一是它能跑烂路,能够拉人也能够拉货;二是油耗低,跑一个往返400多公里200块钱的油就完全够了;三是我这个车子在那个村上,基本上成了一辆免费公交车。我在车子前面做了一个牌牌,上面写"铁溪镇桐梓塬村"几个字,下面又写"巴中市国家税务局对口帮扶贫困村"一行字。为什么要立这个牌牌?就是为了让老百姓搭车方便。现在那方老百姓都知道我的车是"招手停",只要顺路,他们招一下手,我就会免费把他们带走。

贺:你们村的基本情况如何?

赵:前面我已经说了,它是巴中市比较偏远的一个村,整个村都属于高山区,自然条件很恶劣。全村现在幅员很宽,有16.5平方公里,但三分之二以上都在大山上。全村只有142户、610个人,这610个人还是官方在册人数,实际上很多人都搬走了,或举家在外面打工没回来。

贺:只是户口还在村里。

赵:对,所以全村实际人口大约只有500多人的样子。142户,其中有3个村民组在大山上,要到上面的村民组去一趟的话至少要走一天。我刚到村上去时到户走访,说要到山上几个村民组去看看,村主任就说我来给你带路,我说用不着,我自己去就行了!村主任说:你自己去?要是走迷了路,我们还难得找你!他就陪我上了山。后来事实证明村主任的话没错,如果不是他陪我,我那天肯定要迷路。因为那山上到处都是茂盛的树木和人高的荒草,人烟非常稀少,那山上当时只有六七户人。

贺:3个村民组才六七户人?

赵:不,是1个村民组,那天我们走的是5组。六七户人又隔得很远,山又很大,路又很窄,那个树林又非常茂密,杂草比人都还高。我们走了两个半到三个小时才上得了山,找到了一户村民。现在我还记得那山叫作庄子山。那天有两件事对我很有触动。第一件事就是,我们找到的那户村民叫周荣富,我们村主任就对他说这是新来的赵书记,我们下午回来的时候在你这儿吃晚饭,你把晚饭做起,你千万莫去杀鸡这些的哈!我当时以为他这是开玩笑,农村干部嘛,喜欢开玩笑这也没什么,所以我就没说啥。然后我们又上山了,实际上我们也没有准备到他家吃晚饭,时间还早,午饭都没吃,谁定得到晚饭在哪吃呢?上山过后,我们又到了一个叫陈清章的村民家,然后约定了在他家吃午饭。因为离吃饭时间还早,我们决定再到一户村民家里看看。等我们看了回来后,这个陈清章家里又多了一个人。这个人叫周志平,也是这山上的。从他家里到陈清章家要走三四十分钟路。吃饭的时候桌子上放了六瓶啤酒,村主任问他这山上哪来的啤酒。陈清章才说他请周志平下山去买的。原来周志平是专门给他背啤酒来的。天啦,我一想,啤酒只有我们村委会前面赵老师的小卖部里才有。我们上山都走了两个多小时,还是单趟,周志平要走个来回,他走得再快,那也得三个来小时呀。你看,为了我们一顿饭,人家专门花几个小时下山去背几瓶啤酒来招待我们。这一天我记得很清楚,是2015年8月21日。

贺:中国农民的热情和好客真是超乎想象!那天晚上,你们到周荣富家吃晚饭了吗?

赵:午饭吃得很晚,吃了饭我们就开始下山,下山有两条路,一条是从原路返回,也就是还是从周荣富家里过,一条是从他对面那个沟里过。想起村主任上午给人家开了那个玩笑,我就坚持往对面那个山沟回去。他可能一直在关注我们,因为只有两条路嘛,我们刚走到他房屋对面的山沟路上,就听见他在对面大声喊:"陈主任,你们说的到我家里吃晚饭,我准都准备了,还专门请了人来煮饭,你们怎么从那里走了?"主任一听这话便说:"糟了,惹麻烦了,人家准备了,不去吃就不好了!"我说:"那怎么办?"村主任说:"你不晓得山上的风俗,坐也得到人家那儿坐一会儿!"听了这话,我便说:"那我们就去坐一会儿吧!"于是我们便朝他家走。从这边沟到他那边又没有路,只得横起穿过去,树木又密,杂草和灌木、荆棘又多,钻了几十分钟,才看到一条河,跨过去,才到了他家里。去了一看，这才晓得人家不但把腊肉煮了，把鸡杀了，还真的翻过一匹山，把他的兄弟媳妇王定秀请来煮饭。王定秀到他家里来，翻山至少要走1个多小时，你说搞得隆重不隆重？连村主任自己都不好意思了，说："老周呀，我只不过和你开个玩笑，你整这么多东西怎么回事？"这个周荣富说："人家赵书记才来第一回，又是上面派来的，我们再穷，也不能没有礼数呀！"我只好看着村主任，村主任说："赵书记，人家既然都准备了，你吃多吃少都要吃一点才对得起人！"没办法，我们只好留下来吃了他的晚饭。关于吃饭这两件小事，对我的触动非常大。一是我深深感觉到村民的纯朴。因为听说我是第一书记，是上面派来的，所以老百姓这样热情。第二这里面也体现了老百姓对国家、对党和上级派来的干部的一种期盼，对国家精准扶贫政策的一种期盼。

贺：那个地方的老百姓跟外界的接触可能很少，平时很难得看到干部是不是？

赵：是的，那地方太偏太远了，连村干部也很少上去。这个周荣富还有一件小事，发生在我们第二次上山的时候，那是2015年扶贫日，我们单位职工捐了一笔钱，给村里的贫困户送去……

贺：一共捐了多少钱？

赵：捐了30100块，当时我们发放的对象既包括贫困户，也包括一些吃低保的困难户，一共是50户，多的给3000，少的最低有500、600、800、1000的不等。就是那次给他送钱，走的时候一件小事，让我十分感动。

贺：他也是贫困户？

赵：他是第一批贫困户。我们给他送钱去的时候没下雨，但走的时候却下起了雨，他阳沟后面那个小路很滑，他怕我们不好走，周荣富便和他80多岁的老父亲，用锄头挨一挨二地把路上的稀泥巴给我们铲了，让我们好上去。

贺：他老父亲80多岁了？

赵：对，80多岁了，看了让人十分感动。我们翻过山去，又到了周荣富的兄弟周伦云，就是上次他媳妇王定秀被周荣富请来给我们做饭的那个家里。王定秀是一个很能干的女人，她有一块心病，就是她儿子20多岁了，因为山高、路远、家里穷，说不到亲。农村跟城市不一样，25岁就是大龄青年了，所以成了她一块心病。接下来我们又到了上次吃午饭那陈清章家里。他家里养的羊，但是羊子卖不出去，也成为他家里的一个最大问题。还有上次给陈清章下山买啤酒那个周志平，他是第一批贫困户，已经脱了贫。他父亲是抗美援朝老战士，军功章一大堆。周志平的姐姐是个五保户。这就是山上那几户人家，条件都是非常非常地恼火。还有一户叫钱远清，评贫困户没有评上。为什么没评上？原来他有个儿子，不好说亲，就在铁溪镇街上买了个房子，也不是那种楼房，是个地下室。你晓得那个乡镇上的房子，一楼以上它可能是正街的房子，一楼以下是个地下室。评贫困户时，国家有个硬政策，就是在乡镇买了房的，家里有车的，一律不能评为贫困户。他家里这个问题，我专门给镇党委和镇政府汇报过，但镇党委和镇政府也没办法，这是硬杠子……

贺：最后你们怎么解决的？

赵：贫困户没法把他纳进来，后来评低保，我们还是把他纳进去了。他在山上养了一匹马，去年村里搞那个安全饮水工程，解决集中供水，那些个砖、瓦、沙、石等材料只能拉到村委会那里，就没办法再往里面运了，我们就让钱远清用他的马来驮运，光是这一项，他就挣了一两万块钱。我们就用这种办法来帮助他。

贺：全村修了几个集中供水点？

赵：4个！因为我们村人虽然不多，但除了山上以外，是一条狭长的沟。你从村口进去，1社、2社、3社都在河沟里，光这3个社的村道路我们都修了5.8公里，修一个供水点根本解决不了问题，所以就集中建了4个供水点。一个供水点可以解决400人的用水问题，所以说现在全村饮水没有任何问题了。整个供水点建设投资了34万多元，全是国家拿的钱。

贺：山上3个村民组，生存条件那么恶劣，他们易地搬迁没有？

赵：这里面的话，我还要给贺老师谈一谈村里几个具体情况。我才去的时候，就感到村上问题非常突出，我总结了整个村有"五难"，就是"行路难、就医难、饮水难、上学难、致富难"。实际上还不止这五难。我才去的时候，老百姓最大的心愿就是想把这个行路难的问题首先解决了。后来我们就一个问题一个问题地解决。

一、关于解决行路难的问题。整个桐梓塬村的村道建设，通过我们市国税局争取，给通江县委、县政府提前写报告争取，比国家的正常建设计划整整提前了1年让老百姓受益。我们这个路去年6月份开始招标，9月10号正式通车，我们报的是5.8公里，最后给我们批了5公里路。修这个路的时候，我们开了几次村民大会，因为国家下拨的资金不够，需要我们村民做出一些牺牲。一是修路过程中需要占用农民一些土地，只要不是太多，一律不给补偿。二是伤到了老百姓一些庄稼，比如玉米挖了点，保坎挖了点，我们最后把你的保坎给你砌起，但那点被损害的庄稼、树木一律不赔。老百姓对我们这个政策都很理解，说不赔就不赔，只要把路修好。所以在整个修路过程中，没有一个老百姓因为损失了什么来找我们扯筋。第二个，动员老百姓自己来监理这个工程质量，专门成立了一个公路质量监督小组，天天上路看，包括整路基、打底和路面硬化。村民自己看，凡是质量没有达到标准的，你们一是向我们报告，一是马上给施工方提出来督促他们整改。还有一个我们又给包工头规定了，凡是需要劳力，首先用我们桐梓塬的人，而且工资不得低于每天100元。这样一来，群众的积极性就非常高，只用了3个多月时间，就把5公里多路修好了。

二、关于解决就医难的问题。这个村过去老百姓看病确实非常困难，你想嘛，全村幅员16.5平方公里，相当于横竖都是4公里，这么大的幅员，人口只有500多，林地面积就将近20000亩，老百姓有迁到下河来的，也有到镇上和外地买房的，大家看个病，即使是一个小感冒什么的，也得往铁溪镇跑，或者到原来那个什字乡街道，那里现在虽然撤了乡，但还有个诊所。不管到哪儿，至少也得走两个多小时的路，还不说像山上那3个组的人得了病，先得下山，然后才能到铁溪镇或什字乡诊所。我去了以后，原来村委会那儿有个教学点，这个教学点撤了后，还有一个破旧的教室在那儿，我就把那儿改建成了一个村卫生室。建这个卫生室，我利用了一些人脉资源。国药集团下面有个成都蓉生药业，它有个采血浆站在我们通江县。这个血浆站在我去之前，就是桐梓塬村的对口帮扶部门。我去了以后，等于把他们从帮扶当中解脱出来了。第二这个血浆站跟我们县国税局是邻居，挨到的，关系一直就比较好，而且我原来在市国税局当纳税服务科科长的时候，搞税企和谐文化建设，就是我们两个单位结队共建试点。基于这几个因素，我们通过这个血浆站，向他们上级成都蓉生药业争取到了10万块钱，来建了一个标准化的村卫生室。去年3月17号举行开诊仪式，当天县委常委、县纪委书记张峨陪同成都蓉生药业机关党委书记余忠亲自来出席了开诊仪式。

贺：医生的问题怎么解决的呢？

赵：我们是找了当地的一个叫张永凤的，他和他那个孙子两个都是村医，他们家也住在村委会附近，挨到村卫生室只有200到300米，很方便的。

贺：他们有医生资格证和行医执照吗？

赵：都是有的，他本身就是乡村医生，刚才我说的什字乡医疗点，就是他开的嘛。张永凤虽说年纪大了一点，但医生嘛，越老越吃香是不是？这个标准化村卫生室建起了过后，虽说看不起什么大病，但老百姓一般的小病是没有什么问题的。有时候他在家里，你打个电话就过来了，这就解决了老百姓看病难的问题。

三，关于解决老百姓吃水难的问题。刚才我已经给贺老师介绍了，这里就不多说了。

四，解决老百姓用电难的问题。我才去的时候，国家已经开始实行农村电网城乡同网同价，但我们那个村那时还没有。我们通过1年多的时间的努力，到去年9月份的时候，就全部实现了农村电网升级改造。现在全村不管山上还是山下，全部都是用的插卡购电那种。用电现在也没一点问题。

五、还有通信难的问题，我也说一说。我去的时候，在那个村上，别说用手机上网，就是打电话都没有信号。只有在山上，用陕西的信号，因为它和陕西交界，在沟里是没有手机信号的。我去了后，通过我们市国税局主要领导亲自对接争取，恰好我们市国税局和巴中市移动公司又是邻居，我们税务部门和企业，是一个服务与被服务的关系，从另外一种角度来说，巴中市移动公司又是我们纳税服务的对象。我们去找到他们，他们就很爽快答应了，投资51万元给我们新建了一座移动基站。我当了5年的纳税服务科的科长，和他们公司领导一起开了好几次会议，既是合作关系，也是朋友关系。后来在项目实施时，对接联络也非常方便。

贺：这很不错！

赵：对！移动基站2015年11月份就建成了，12月份基站就通了，全村和附近老百姓打电话的问题解决了。后来市移动公司又给我们村委会拉了一条通村宽带，从什字乡街道那里拉过来的，那个也花了几十万，仅光纤线据说就要3万多一公里。今年7月协调电信公司搞宽带乡村建设，现在村道公路沿线的农户宽带全部整通了，上网很方便，所以通信难的问题也解决了。我自己还建了微店"桐梓塬村淘"，帮助老百姓销售纯天然椴木银耳、大巴山木竹笋、椴木黑木耳、野生菌干货、野生蜂蜜，还有银杏树苗，冬天还有鲜猪肉、羊肉。同事朋友都非常支持，每当我发布村里的土特产供销信息，大家你1斤、我2斤、他3斤……积少成多累积了大量订单，目前电商卖了10多万元的收入。现在在商务局的支持下，村委会建设了规范化的农村电商馆。

最后一个难是上学难。现在的问题是村里没多少人，孩子们上学有到什字乡街道中心小学去的，有到铁溪镇去的，还有到陕西去的，还有到县城去的。现在路的问题解决了后，应该说上学的问题也不大了。因为村里有人专门买了车来送孩子上学，有的家里还有摩托车送孩子上学，加上孩子平时又是住校，只有周末才接送一次，所以上学问题也不是很大了。

贺：解决了交通，就解决了很多问题。

赵：对！还有一个就是村委会的阵地建设。记得我刚去的时候，就是一排红砖房，有三四间屋，非常破旧。屋子里连脚都没地方放，里面放了两张桌子，又黑暗又潮湿。我们前年去了以后，把情况给镇上汇报了，8月份开始改建，村委会当时投资了十来万块钱，把原来的房子重新装修，外墙贴上瓷砖，另外增加了村卫生室功能用房，把房顶整得漂漂亮亮的，然后又把前面院坝全部硬化了，这是第一期建设。我们市国税局第一次拿了5万块钱，3万块钱现金，2万块钱拿来订购了一套会议室设备，做了4个固定的宣传栏。市国税局还给我们送来了办公桌、文件柜、三台电脑、一台打字复印机等办公设备。去年夏天我们又扩建了村委会办公阵地，当时按照上面规定，我们要有文化室和村委办公楼，我们计划新建220平方米的办公楼，上下两层，后来因为资金问题只建了一层110平方米。新办公楼修好后，市国税局又送了一批办公桌椅和1万元办公经费来。

贺：市国税局对你们村帮助很大！

赵：对！所以说这个村，按县上的安排应该今年整村脱贫，但许多任务我们提前完成了，老百姓提前1年享受到了实惠，比如村上的水、电、路、通信、卫生等都是这样。为了支持村里产业发展，2016年初市国税局还捐赠了10万元的村级产业发展基金，2017年又安排了10余万元的帮扶资金。

贺：你还没有回答我贫困户易地扶贫搬迁的问题！他们现在的生存环境是不是得到了改善？是不是都住上了好房子？

赵：2014年国家就搞精准扶贫了，但那时搞的贫困户不准确。那时把一些中间水平的，甚至有些日子过得很好的纳入贫困户，相反的，把最穷的甩到了一边。所以2015年12月份搞了一个"回头看"，我们重新评定的贫困户全村是44户140人。我记得很清楚，这批贫困户是2015年12月中旬评出来的，但一到2016年年初，上面就喊你在2015年必须脱贫一批。因为当时脱贫标准未出台，只有一个收入标准，我们这个村44户贫困户，就给安排了9户38人的脱贫计划。没办法，我们就把公路沿线的9户人列出来，他们当了半个月的贫困户就脱贫了，所以后来有个词叫"被脱贫"，他们就被脱贫了。这就是一个矛盾，他们意见很大。但我们在实际工作中，仍把他们作为贫困户对待，一样的关心，有能力扶持时一样的扶持。作为我们国税局对口帮扶部门来说，也是这样，到年底慰问的时候全部把他们纳入到慰问计划当中，不漏一个。这两年来，除了单位帮扶外，国税干部个人结对帮扶贫困户资金物资都有20多万元了。易地扶贫搬迁，我们44户当中，最初上报的32户能够享受易地扶贫搬迁政策。但其中2户已经修了安全住房，所以只有30户。我们桐梓塬村没有规划中心村和聚居点，对这30户都是采取的分散安置。分散安置有它的好处也有它的弊端。

贺：对！

赵：如果建中心村和聚居点的话，国家投入会更大，它的配套设施建设、基础建设要花很多钱。如果分散安置，老百姓自己给自己建房，不管怎么样，他都要上心些，质量会得到保证，而且少花许多钱。带来的不好的一面便是随迁户。随迁户他不能享受贫困户建房的补助政策，但如果建中心村或集中安置点，随迁户随贫困户一起搬来，他可以享受这儿的基础设施和配套设施，国家还可以给你补2万块钱。但没建聚居点，这个政策随迁户就享受不到，这也是一个矛盾。这30户当中，一部分人在镇上买了房，有一部分在村上自建了房，还有一部分投亲靠友了。

贺：你们把国家补助资金直接给了他们？

赵：对！在镇上买房的，就按3万块钱一个人给他划款，投亲靠友的，就给他每人补17500块钱。实际上新建住房的在我们那个村只有19户。其中有3户，一个叫何光华，一个叫张信榜，一个叫张永平，有2户在高山上住，你就是拿钱给他，他也没能力建，怎么办？我们村委会就承头给他建设，给他协商，给他找土地，买土地，帮他建。

贺：高山上的2户搬到山下来了？

赵：搬下来了，在河道边上。所以说我们这个易地扶贫搬迁建设任务，现在也算是基本上完成了，只不过有几户现在还没有搬进去，但迟早会搬进去。

贺：我听市扶贫移民局领导给我介绍，说你去年出了一次车祸，差点改变你的人生，这是怎么回事？

赵：说到这个问题，我就有更多的话想说。前面我已经给贺老师说了，桐梓源村是巴中市比较偏远的一个贫困村，离巴中市有180公里，如果坐车得辗转换车几次，铁溪镇到村里还有10多公里没有营运车。我开车去那里，也得花4个小时左右。因此单位领导同意我开自己的长安面包车，油费等运行费用按规定报销。出事的时间是2016年的3月31号6点40分左右。那天上午，我和村"两委"的干部在铁溪镇跟新任的镇党委书记苟勇和镇长何罡汇报工作，下午4点半我接到通知，因为4月5号清明节收假后，市上要组织第一书记到浙江大学去学习、培训，通知喊我们在星期五之前要赶回巴中把表报了，好统一订机票。于是星期四下午4点半钟，我就从铁溪往巴中赶。6点半走到通江县城，到县城前面的加油站休息了一下，上了一趟厕所，给我老婆发一个消息，说我已经出通江县城了。贺老师对通江地理位置可能不是很熟悉？

贺：对，不是很熟悉。

赵：那儿有一个银耳博物馆，像个鸟巢，小地名叫周子坪。我是往巴中走，在接近民胜隧道附近的上坡路段时，我的车速大约也在50码，当时有一辆无牌踏板摩托车在我前面，无级变速的，是油门控制。也不知怎么回事，摩托车刚上坡道，车速突然降了下来，面包车一下子就撞上去了。当时我也蒙了，急忙靠边停车，看到摩托车驾驶员倒在护栏边，没有戴头盔，额头有擦伤，脸上有血，人还是清醒的。我马上就打了120，然后又打了110，救护车和交警很快来了。救护车把伤员拉到县医院抢救，大约1个多小时无力回天了。

贺：死了？

赵：是啊。我那个车子也被交警扣了。

贺：整个事故责任在谁？

赵：现场并没有激烈的撞击场面，摩托车尾灯都没有烂，我的面包车也仅仅前引擎盖上有一个茶杯口大小的凹痕。交警给我下的结论是未保持安全车距，刹车不及导致追尾，因而我负主要责任。后来才知道，死者那天在城里赴宴喝了酒，如果是他饮酒，交警划对等责任，后面也没有那么多麻烦。案发后，我及时与死者家属通过协商，在平等、自愿的基础上，根据相关法律法规规定，于2016年4月5日签订了《交通事故民事赔偿协议书》和《交通事故谅解书》，一次性赔偿了对方各种费用57万元。根据刑事和解制度，只要你赔偿到位，又取得了对方的谅解，涉嫌交通肇事可以不起诉。在出事头几天，简直不是人过的日子，什么叫煎熬，我那时才理解到了。一块巨石压在心中，吃不下、睡不着，一是面临巨额赔偿，二是还担心面临法律责任。当时筹钱赔偿的时候，也太困难了，我从朋友那里借了一大笔，然后找单位借了30万。死者家属拿到赔偿款后拉着我的手说："这几天看得出，兄弟你已经做到仁至义尽了，这事也不能全怪你，我们原谅你。"这是她的原话。但经历了那次事故，我精神上受到了很大打击。我的家境并不好，我在驻村扶贫的时候，我儿子刚好读高三。我老婆身体也不是很好，父母都在农村，也长年都是药罐。好在出了这个事情过后，单位领导及时派员协助处理事故，然后又联系了保险赔偿。

贺：保险公司一共赔了多少？

赵：当时只买了30万的第三者责任险，交强险11万，保险公司一共就赔了41万。单位去年以困难补贴的形式补了6万。当时总共用了57万，我自己还有10万有息借款至今没有处理。出了交通事故以后，桐梓塬村的老百姓、铁溪镇的领导、很多自己的同事朋友都认为我不会再去了，但5月份我仍然继续驻村开展工作去了。今年4月份市、县组织部门对贫困村第一书记期满考核，我是"优秀"等次。省上要表彰一批优秀第一书记，通江县委、县政府把我推荐上去了，而且名字排到第一位。但市委组织部政审的时候，说我公安局有案底，就是去年那个涉嫌交通肇事，因此就被搁置下来了。所以你手上现在拿的这份全省贫困村优秀第一书记的名单上面,就没有我。其实内心还有一些想法,自己是"私车公用"因公出事,不但没有按照法律规定妥善解决遗留问题,反而因为这个事情耽搁了评先选优。不过我一点儿都不后悔,通过这两年的扶贫,我认识了一方水土,一方百姓,对我今后的人生,我相信只有好处没有坏处。

贺:你任期满了怎么还在继续当第一书记呢?

赵:确实,有一些单位第一书记换了一茬又一茬,只要你本人不愿意干或者单位要换人,按规定给组织部门打报告就可以。上级组织部门有个规定,今年脱贫摘帽的村第一书记要继续留任到年底考核结束。这个可以理解,如果单位另外派第一书记,熟悉情况都要很长一段时间。何况现在脱贫攻坚任务又重又紧,说实话单位也没有人愿意来接替这第一书记。我感觉第一书记不仅仅是个人的问题,更重要的是代表一个单位的形象。我想在剩下的几个月里,继续把还没有完成的几项工作做好。一是新建青龙嘴到庄子山的产业路6.5公里;二是盘活新建的世圆生态种植养殖合作社,完成集体经济收入指标;三是把"五园经济"和环境整治工作做好;四是继续组织协调做好今年的结对帮扶工作;五是对照整改,做好对标迎检工作。

谢谢贺老师听我说了这么多!

我的成长道路和第一书记经历

——通江县烟溪乡罗张窝村第一书记文琼访谈

文琼,女,1985年2月生,通江县烟溪乡人,2008年6月毕业于西昌学院农学系国土资源管理专业。2015年9月考入通江县环境卫生管理所。2015年7月任通江县烟溪乡罗张窝村第一书记。2017年4月被中共四川省委、省人民政府表彰为"优秀第一书记"。

贺享雍（以下简称"贺"）：小文，听说你曾经当过大学生村干部？

文琼（以下简称"文"）：对。

贺：听说你老家也在农村，你是一个在农村长大的孩子，是不是？

文：对，老家就在烟溪乡。

贺：能给我讲一讲你的成长经历吗？

文：嗯，我老家在烟溪乡的文家河村。还在我很小的时候，我父亲就在村上工作。

贺：也是村干部？

文：对，他当过兵，是个退伍军人，党性很强，只要我们姊妹不听话，他就拿毛泽东思想来教育我们。

贺：你是哪一年出生的？

文：1985年2月。

贺：80后，你父亲拿毛泽东思想教育你，你能懂吗？

文：那时也不知道他给我们讲了些什么，但我们兄妹三人一直觉得父亲十分正直。我们那个文家河，过去是比较穷的。我父亲先当副大队长，然后当会计。人家说当干部能捡便宜，但我们家里很穷。90年代农民负担很重，好像饭都吃不起那种，比较穷，我们家里面三姊妹读书，那时学费也比较高。那个时候我觉得读书都没有希望了，没有奔头。尽管这样，我父亲还是教育我们无论如何要把书念下去，而且还要念好！那个时候当农村干部，工作不好搞，工资也少，后来三姊妹读书就读不起了，我也就停学了。

贺：你是老大？

文：我是老二，我哥哥他读中师。那个时候你知道读中师、读中专相当于就是有出头之日了。

贺：你哥哥是哪年出生的？

文：1980年。

贺：那时中专毕业还没有取消分配，是不是？

文：那个时候叫委培生，毕业就包分配。我父亲就说出来一个算一个，哥哥是我们家的希望，当然不能让他停学。弟弟又小，停了学也没用，所以就只有我停学了。我没停学前，我们家生活都已经是揭不开锅了。父亲在村上每月3块钱的工资和2.5块钱的误工费，还拿不到手，家里人口多，收获的粮食不够交国家的征购粮，学费昂贵，农税提留高，人客接待多，生活支撑不下去了，无奈之下，我父亲就出去打工了，进了铁矿。

贺：你是初中停的学？

文：初一，初中只读了一学期就停学了。我父亲出去下铁矿，相当于一只脚在阳间，一只脚在阴间那种。我停学没让他知道，他是后来从老乡口中知道我没读书了，他听了非常怄气。那时电话也不通，他又不能回家，就托一个老乡带了100块钱回来，又把我重新送到学校。可是100块钱，我到哪儿去读呢？乡上的学校读不起，我外婆住在新场乡（现撤乡并镇，叫新场镇），我表哥（大舅舅的儿子）在那个中心校教书，也恰好教初中一年级，于是我就到我表哥班上去读书，这样我就可以欠一下学费，还可以住到外婆家里。那时候寄宿读书，都是需要从自家拿米、拿菜，我在学校的米、菜就是在新场乡的亲戚承担起来的，一承担就是3年。经历过这些，我心里面随时都在想，农民确实太不容易了。

贺：初中毕业你多大？

文：16岁，中间停了1年学嘛！虽然在表哥班上重新上了学，但说句心里话，我一直没看到什么希望，随时都有可能终止读书。但我爸爸思想比较开明，他的想法是要让女孩子读书，我爸常给我妈说："男孩子没有把书读出来可以靠劳力吃饭,可女孩子缺乏力气,如果又没有读书,那要吃碗轻松饭就很艰难。"我父亲就给了我这个信念,"只要我读到哪里,他就是砸锅卖铁也要供我到哪里!"

贺:看得出,你对你父亲感情好像特别深,母亲呢?

文:我母亲是个贤妻良母型的人,一直在家里面务农。我父亲从部队回来过后,就一直在村上工作,我母亲就默默支持他。那个时候我都懂事了,在村上做干部,来人来客特别多,尽管家里很穷,但我母亲从没有叫过一声苦。客人从前门进来,我妈就从后门出去借米借油,不管怎么样,都要笑嘻嘻地把客人迎来送走。父亲主外,母亲就主内,默默地支持着父亲。

贺:你有一个开明的父亲,又有一个贤惠的母亲,你很幸福!

文:对,他们把他们好的品质都传给了我们兄妹!

贺:初中毕业后又怎么样了?

文:初中毕业了以后就考高中,那个时候理想是考重点高中,通江中学是最好的,很想去,那时候新生第一期入学要交几千元建校费,想都不敢想,志愿填了实验中学,就考起了。

贺:考到了实验中学?

文:嗯,考到了实验中学。但我在实验中学只读了一个学期……

贺:为什么?

文:实验中学的学费太高,一学期就要900多元,我没法接受,只读了一期就没读了。那是2002年的时候,900多块的学费就是一笔大数字,每个月还要将近200元的生活费,家里实在供不起我。但那个时候成绩好还可以转到区中学,父亲就把我转到永安中学。

贺:从重点中学转到了一般的区中学?

文:对,在县实验中学我是在火箭班,而且是火箭班的前10名,也就是相当于实验中学全年级的前10名,但是家庭供养不起,没办法。

贺:永安中学给你减免了多少学费?

文:在永安中学读的话,我可以从家里走路到学校,生活费这一块我可以自己背粮食，在学校蒸饭一是可以节约200块钱的生活费，还没有住宿费。学费根据成绩好坏来评奖学金，就减轻了我许多经济压力。在县实验中学读书，每周上学我都要坐公共汽车，而在永安中学读，我上学可以走路，也要节省一些钱。就这样高中毕业了。高中毕业后我就不想读书了，想早一点出去挣钱，来减轻一点家里的负担。高考的时候，不是要缴几百块的高考费用吗？当时交不起，加上我本来也觉得我大学就是一个梦，根本读不了的，便没有交，回家了。后来我的班主任祁斌老师，他说我的成绩比较好，不管什么样，还是要去考一下，就给我把名报了。就这样我参加了高考，考到了西昌学院。

贺：西昌学院学的什么专业？

文：国土资源管理，就是学农嘛！我想法就是农村这种。

贺：先走出来。

文：对！就是想早一点儿减轻家庭的负担。开学过后就还是借钱，父亲把我送到西昌学院。

贺：学费一年多少？

文：学费4500元，住宿费、生活费第一学期一共缴了7000多块。第一年把学费缴清了，以后就一直欠学费，一直欠到我大学毕业。领毕业证时，必须把所有在学校的费用算清才可以领到毕业证。中途又出现一件事，那时每个月的生活费200块钱，我父亲要从文家河到永安街上来给我打生活费，其中往返的车费要十几块钱，打200块钱的生活费又要扣几块钱的手续费，实际上我每月领到的生活费就没有200块钱，最多也就能够取100块，你知道零钱就不能取。所以生活费跟不上，那个时候也没有现在这种扶贫政策，也没有社会帮扶，就靠自己在学校里面勤工俭学，周末搞义务劳动我可以挣20块钱一天，就这样把生活维持起走。但学校里面有其他的，老师又经常催着要学费，心里很不是滋味，就不想读书了。大一读了，我真的就回来，回来过后一个多月没到学校去，相当于停了一个多月的课。

贺：后来怎么样了？

文：我们那个班主任老师对我比较好。

贺：大学的班主任老师？

文：对。人都有自尊心，那个时候觉得自己太穷，班上的同学都开始用手机了，女孩子都穿得十分漂亮，显得非常自信，我就感觉非常自卑，感觉在同学面前抬不起头，没有一点自信。我就说不读书了，就跑回来了。那个时候也没有想过，这样做是一种对自己、对家庭不负责任的态度。后来我们班主任老师，他也只大我三四岁，他给我打了一个电话。他说你也走了一个多月的时间，按道理两周不到校就可以注销你的学籍，但我觉得你不容易，你的学籍我还给你保留着，看你怎么选择。听了这话我很感动，后来我父亲说老师也给他打了电话，家里确实什么也没有，但你不要辜负了老师一片好心，还是先去一下，于是我又去了。去了后，学费生活费都欠起，我就只靠每个月90块钱的奖学金把生活维持起走了。暑期、周末在学校里搞点勤工俭学、做个兼职挣一点钱，把穿衣、吃饭解决了，其他的时间照样读书。在那几年的时间里，很多时间我都在考虑吃了这顿，下顿吃什么。所以说在这种情况下，把大学读毕业了。我觉得从我懂事到大学毕业，我都感觉到人生的艰难。毕业后，正好国家选拔大学生村干部，我看到烟溪有名额，想也没想就直接选择了烟溪。所以我当村干部的第一站就在烟溪的白雪垭村，在这个地方当了4年大学生村干部。

贺：当时当大学生村干部有多少钱？

文：900块。但当时没有考虑其他的，只要我不再用父母的钱，就减轻了家里面的负担了嘛！我大学毕业，我弟弟也高中毕业，我在永安读高中的时候，我弟弟经常给我背米、背菜，所以我心里觉得对弟弟有一点儿亏欠。干了4年村官，后来考到了通江县住建局。

贺：通过国家公务员考试还是其他考试？

文：事业单位考试！当时的大学生村干部不像现在的大学生村干部，到了一定年限后可以直接转为事业人员，我们那个时候是2008年，进体制内都得经过统一考试，考不上不行。我考了好几次，最后才考到县住建局。这就是我读书、就业的一个经历。在农村，父亲常年在外面打工，很少和我们一起交流，母亲文化又少，她能做到的就是把农活干好，把我们吃饭、穿衣这一块弄好，她能做到这样就很不错了。我很早就懂事了，在农村接触的事物就是干农活，与人接触少，以致我缺乏自信心，孤僻，也不喜欢和人交流。2015年国家下来了一个扶贫政策，每一个部门必须要联系一个贫困村。当时我看到名单上有烟溪乡，看到"烟溪乡"三个字就觉得特别地亲切，所以我也没有多考虑，就来到了我现在所驻的村——烟溪乡罗张窝村。

贺：是你主动要求下去的？

文：对！当时领导还觉得奇怪，全单位100多人，怎么是一个女孩子要求下去？然后我给领导讲了我的意思，我说我是烟溪乡的人，烟溪乡是我的家乡，我又在烟溪乡做过大学生村干部，那里的人文、地理我都熟悉。领导一听就说好哇！然后就同意了。我就这样到烟溪乡罗张窝来了。来了以后因为有前面这些经历，我非常清楚农村需要什么，农民心里盼望的什么。这个罗张窝村在河对面，刚刚我在路上也交谈了，这个村生产条件还可以，就是基础设施太差。年轻有能力的，要么打工出去了，要么通过读书考学留到城市里了，留在家里的都是些老弱病残。刚开始国家的精准扶贫政策也不太明确，我们有一种摸着石头过河的感觉。但不管怎么样，作为第一书记我既然选择来了，先不管有没有什么政策支撑，首先得把全村的情况摸好，穷，到底穷在哪里？先把第一手资料掌握好，然后提供给挂联领导和帮扶部门，使领导和帮扶部门也能做到有的放矢。于是我就逐户逐户去调查摸底，了解他们的发展，了解他们的想法，了解他们贫困的原因。

贺：全村有多少人口？

文：225户，864人。

贺：2015年你下来时，整个罗张窝村建档立卡的贫困户是多少？

文：52户，175人。

贺：你去走访的时候，是个什么情景？

文：当时路也没有，不像现在路已经修好了。我们骑着一辆摩托车，那个时候我还不敢自己驾驶摩托，是村支部书记带着我去的。把全村看完了以后，首先给我的印象是整个村基础设施差、住房残垣断壁的。

贺：住房差到什么样子？

文：全村200多户人，只有8户人修了砖房，而且是那种平房，其余都是那种破破烂烂的土坯房，有的东倒西歪，还有的用木棒撑着的，有的用篾条捆绑起来的。有3户贫困户的情况特别让我刻骨铭心。

贺：哪3户？

文：一家叫张天喜。张天喜本来是家里的顶梁柱，过去在外面打工，10年前得了白内障，没钱医治，现在就双目失明了。他母亲80多岁，相当于现在全靠他母亲来支撑这个家。80多岁的老人还种了不少庄稼，挖土豆都挖了5000到6000斤，玉米也收了1000多到2000斤，我去她家里的时候，到处都堆着土豆。那些土豆，都是靠一个80多岁的老人，从山上一背一背地背回来的。还有一个小孩子叫张××……

贺：张天喜的孩子？

文：对，他们家里就三口人，全靠张太婆养他们，一个盲人，一个小孩。我就在想，现在有一个老太婆在，还好，盲人还可以吃上饭。可老太婆要是不在了，怎么办？

贺：孩子多大了？

文：孩子14岁，读初一。他母亲看到张天喜成了一个盲人后，就扔下他们父子俩跑了。小孩子也和我小时候一样，甚至比我小时候的性格更孤僻。性格太孤僻过后，或者造成抑郁症，或者爆发出破坏力很大的比如十分暴力的行为。

贺：你说得很有道理，很多性格孤僻的人都是贫穷惹的祸。

文：另外一家比张天喜家还要糟糕。这一家我刚开始去调查的时候，家庭还不算十分糟糕。但过了几个月,他就害脑瘫,瘫在床上不能动弹了。

贺:叫什么名字?

文:莫小洲。吃饭都要靠他大嫂来给他喂,他还有一个母亲,也是80多岁了。他还有一个女儿和张××差不多,性格也特别孤僻。像这种因病、因残致贫的,我们解决不了,只能靠医疗救助来扶持。

贺:你当时看到这样一些情况,心里是一种什么感受?

文:掉泪,就是想哭,想放声大哭,因为我是受过苦的人,太了解穷人心里的痛苦了!可是我不能当到他们的面掉泪,要掉泪也要背过身去。当时我想的是,大的环境我改变不了,我要努力争取把两个孩子的问题解决了,这才是出路和希望。后来鼓励他们去县城上学,找到老师对他们多关注一些,在学校里面尽量把学费和生活费、杂费给他们减免了。又利用我的同学、朋友等人脉关系,找单位和社会上的爱心人士帮助他们。爱心社,每一个月给他们分别解决了200元和300元的生活费。我在这两个孩子身上看到了和我小时候一样的场景。但是我还有一个健康完整的家,他们没有。

贺:面对这个村的现状,你决定怎么来改变它?

文:大的方面,肯定先要修路。把路解决了,才能联系到老板或业主来村里投资。只靠小农经济,也仅仅是维持吃饭,致富肯定不行。我把走访掌握的情况给领导汇报后,上级很支持,把我们村纳入了2017年综合连片开发,现在我们把产业环线路打通了,今年把前期产业搞起来了。

贺:路是什么时候打通的?

文:一开始村上一点水泥路都没有,今天我们过河那里,都是泥巴路过不了。去年先把路硬化了。硬化了过后,今年开始修的产业环线路。你也看到了今天这个路,一涨水就过不了河,打通了产业环线路后,就可以从产业环线路到我们村里去。

贺:全村一共硬化了多少公里的路?

文:已经硬化了4.5公里,还有5.5公里正在硬化。

贺：这5.5公里硬化完成后，全村的路能达到什么样子？

文：能通到每个社，但要通到各户还不行，我们以后力争每个大的院落都能通水泥路。

贺：刚才在路上你给我讲了两个小故事，我没记录，现在可以再给我讲一讲吗？

文：就是关于路的那两个故事吗？

贺：对！

文：这两个故事是我在走访农户的时候老百姓给我讲的。我在问到怎么发展我们村的经济、改善房屋时，老百姓几乎是异口同声地对我说："你什么都不要给我们弄，吃饭、穿衣都不要你考虑，你只把路给我们弄好就行了！"他们的要求就这么简单。然后他们给我讲了一个刻骨铭心的故事，说村里有个姓邱的小伙子，母亲在他十五六岁的时候，得了急性脑膜炎，抬到河边的时候因为涨水过不了河，眼睁睁地看着他母亲死在担架上。后来这个小伙子很立志，当兵转业后在上海发展得还比较可以。另外，5社上面有个女人生小孩，已经去了县医院等待分娩，但在县医院住了一两天后没有发作，她就想回来拿点东西。结果回家当天晚上老天下起了大雨，第二天过不了河，在家里生小孩就生死了。当时村民给我讲这两个故事，就是想我给他们把路修通，把过河的问题解决了。

贺：村上的两委班子如何？

文：现在我们的支书是从乡上下派来的。

贺：村上选不出支书吗？

文：我们村两委班子年初换届，没把支书选出来，只好从乡上下派。上一届支部书记也是从乡上下派的。

贺：为什么村里选不出支部书记？

文：这个村历来就是一个"告状村"。

贺：是因为家族方面的原因还是别的原因？

文：有家族方面的原因，也有其他原因。历来都是告状，届届都告，这一届你把我告下去，下一届我把你告下去。另外一个就是班子里面培养不出年轻人，现在基层工作，任务重，困难多，经济又落后，因为穷，年轻人在家干基层工作要是没有其他收入来源，根本承担不起养家糊口的重任。年轻人在外务工根本就不愿意回来，年老的思想不开放，还是希望能有年轻人干。2月份村委会换届，本来上一届的村主任能力也是有，威望也比较高，但是成为正式候选人的时候，不安逸他的这一帮就把他告下去，造成选举延期。昨天村里举行村委会第二次选举，推出的候选人还是上一届那个村主任，但可能又不会平息。老百姓还是比较纯朴的，就有那么几个人在里面捣乱，一些不懂事的年轻人也在里面瞎掺和，所以就造成这种局面。总的来说这个村的班子一直比较软弱涣散，现在能够支撑的，就是我和下派的支部书记。

贺：那你在工作中遇到什么障碍没有？

文：一个地方班子不团结，当然会对工作造成很大影响。一些被选掉或没达到自己目的的人，不但不会支持你的工作，还会故意给你设置一些障碍。所以有些事，说起来真的是心酸，贺老师！工作怎么样，苦不苦，累不累，像我们这种是从农村出来、经历过苦难的人，再苦再累也不怕，关键就是希望班子要团结。一帮人团结了，再苦再累的环境都能看到希望。我们在极力维护一个村的正面形象，偏偏就有那么一部分人，他们要撕毁你的形象，拖你的后腿，让你干不成事，这才是最痛苦的事。加上这精准扶贫国家又有许多政策，一些人享受到了国家的优惠政策，一些人没享受到，一些项目一些地方照顾到了，一些地方没照顾到，在一个不团结的村里，这些都会触动方方面面的利益，所以矛盾就更多。

贺：假如让你在那里长期做支部书记，他们会不会告你？

文：不但会，而且也已经告了我。

贺：告你什么？

文：贺老师你是知道的，在对贫困户的精准识别中，有一条硬性的规定，就是有房有车的不能纳入贫困户。我们那儿就有那样一个人，他和儿子住在一起，户口也没有分。他儿子在街上买了房子，我们上午在村上开会，给大家宣传了有房有车不能纳入贫困户的政策。但下午他就去把户口和儿子分开了。上面也只是说了有房有车不能纳入贫困户，但没有说户口以什么时候为准。如果以户口本为准，他把户口和儿子一拨开后，街上的房子是他儿子的，他家里三个人就符合贫困户标准。虽然和儿子把户口拨开了，但生活还是和儿子在一起。这种情况，你说该不该把他纳入贫困户？我们最初还是把他纳入了的，但我说过，这个村很复杂，有些人对他不满，就把他告了。连纪委都来调查过。调查过后，纪委也拿不准这种情况符不符合贫困户，就请示县扶贫局。县扶贫局出具了不符合精准贫困户的鉴定意见，党委政府要求取消其贫困户资格，我们就只有执行。回来过后，我们支部书记在党员会上宣布了这一决定。这样一来，他就把仇记到了我头上，说是我把他的精准扶贫户给取消了的，把我都告到县上去了。我其实不是那种沽名钓誉的人，有人会认为我是来争权夺利的，我一个女同志到村上来，是来助他们一臂之力的，协助指导他们搞好工作的，我又不可能来竞争这个支部书记或村主任，我还是衷心希望这个村的班子能团结，以大局为重，拧成一股绳。国家花了这么多资金把罗张窝村建设成这个样子，领导和帮扶单位花了这么多心血，如果还七拱八翘，到时我们一走，吃亏的还是他们自己。

贺：小文，可以谈一下你的家庭吗？比如孩子、老公？老公在哪儿工作？

文：我老公也是通江的，碧溪人，我们结婚过后，买了个房子，贷款30多万。我前两年当大学生村干部，工资只有900元，仅能供我自己花，我老公为了还房贷，就出去打工了。在福建一家工厂做管理，一个月工资有7000多块。

贺：孩子多大了？

文：6岁，是个女孩，非常聪明。平常就是和她爷爷住在城里，周末或假日我才回去，就我们三个人在家里。我婆婆思想比较保守，叫她到城里来和公公住到一起，有什么事两个老人相互之间也有一个照顾，另外帮我把小孩子看一下，但她在城里住不惯，就一个人住在碧溪老家。我公公过去是乡镇党委副书记退休的，身体也不好，患有肺心病，每一年要住三四次医院，一发病就像是气出不出来的样子，很难受。

贺：孩子上学了吗？

文：上幼儿园，准备下半年上小学一年级。

贺：你的爸爸妈妈这边呢？爸爸现在身体如何？

文：我娘家？

贺：对。

文：娘家这边，我父亲从我大学毕业过后就再没有到外面打工了，在家里种了几亩茶，农闲季节做一点生意挣点零花钱；我母亲就在家里干农活。当初我和老公结婚的时候，就图的离家近好对父母有个照应。我哥哥在上海，我弟弟在成都，我们兄妹三人，如果我再嫁远了，就没法照顾父母了。我嫂子又是安徽人，他们就是老了，也不会回通江来住。父母为我付出那么多，我再跑到外面去，觉得良心上很过意不去。所以我选择了现在的丈夫。我这人对生活没什么奢望，不求大富大贵，只求一家人团聚就好！但说起我工作的地方离家很近，都很愧疚，从到罗张窝村搞扶贫工作，我很少回去看他们。偶尔哪一天空了，又要回去照顾孩子，照顾公公，连父母这两年的生日我都忘了，过后我才想起来。现在我女儿给我取了一个名字，就叫"罗张窝"。别人一问她："你妈叫什么名字呀？"她就说："罗张窝！"现在孩子马上就要上小学了，要是她爷爷不在，我真还不知道该怎么办。

一片丹心在白云

——巴州区大茅坪镇白云村第一书记施元丞访谈

施元丞，男，1978年3月生，巴中巴州人。2009年6月四川师范大学汉语言文学专业自考本科毕业，四川省巴中市巴州区就业服务管理局工会主席、办公室主任，2014年10月派驻大茅坪镇白云村任党支部第一书记。2017年4月被中共四川省委、省人民政府表彰为"优秀第一书记"。

贺享雍（以下简称"贺"）：施书记，你是2014年还是2015年到白云村任第一书记的？

施元丞（以下简称"施"）：2014年10月份，按照组织的要求去白云村驻村。但在这一段时间，思想上还没有真正重视这个驻村工作，也就是隔三岔五去看一下，走马观花式的，有困难给领导和单位汇报一下，能够帮一些就帮一些，就是这样的。到2015年下半年，按照上面要求，第一书记头上的紧箍帽开始紧了起来，我们区委开了一个500人的脱贫攻坚誓师大会，第一书记、各单位负责人都参加了。这个会又叫作脱贫攻坚推进大会。

贺：500人的誓师大会？

施：对，要求第一书记全部沉到村上去。

贺：2015年什么时候开的这个会？

施：8月份。这个会一开之后，我们思想上就开始紧张了。

贺：紧张什么？

施：说实在话，开始到村上去的时候非常茫然。虽然我生在农村，也长在农村，但我从小读书，从学校出来就当教师，对基层工作一点儿都不熟悉。而且教书面对的是学生，但作为第一书记，这次面对的是农民和很多具体的工作。

贺：比学生具体得多了！

施：对，农村工作十分琐碎、繁杂，所以开始很茫然。白云村离巴州城并不是很远，只有10多公里路，但全村只有一条村道路。村办公室是一个很杂乱的小院，修了两层楼，但已经是D级危房了。我们局长把我带到那里之后，我当时就想，组织上把我派到这里来，但现在村上是这个样子，我该怎么办？

贺：你是从哪个单位选派出来的？

施：巴州区就业服务管理局，我下来之前是局里的办公室主任。

贺：到村上后，你吃住在什么地方？

施：当时吃住还不是我第一个考虑的！我想反正只有10多公里路，白天我下来，晚上可以回去住，没想过在村上吃住。才下去，情况不熟悉，和村支书、村主任也不很熟，我们局长便给我打招呼，说：“要多看，少说，不要乱表态！”我知道他是关心我，怕我一去就犯错误。这个警钟敲得很好，于是我就带着两只眼睛认真去看，两个耳朵认真去听。第一件事便是熟悉村情，摸清老百姓家里的情况。

贺：全村情况摸到哪个样子了？

施：过了一个多月，全村的情况不说全部掌握了，但也八九不离十。最辛苦的是做入户调查，那个时候还没有车，我只有一辆电摩，一天只调查得到3到4户人。电摩有时骑着骑着就没电了，只好放到村部充电，这种时候便只有靠两条腿走路。

贺：这个村幅员有多大？

施：3.7平方公里，倒不是很大，耕地面积也才849亩，人口是1256人。2014年建档立卡的贫困户是69户、221人，2015年回头看时，我们根据上面"六不纳入"的政策，通过认真比对，又清退出去了8户，补了1户，变成62户、221人。通过这次精准识别，基本上把全村最穷的都纳入进来了。这次比对非常严格，我们是通过分组开会，喊村民来评。他们评了之后村两委再来斟酌，充分尊重了村民的意见。但就是这样一个评选过程，难免还有一些疏漏。评了过后，有几个老百姓找到我就反映这个情况，说还有真正的贫困户没有评上。

贺：什么原因没有评上？

施：6社有个叫王文全的，评的时候他一家人都在外面打工，家里没人，按照当时的规定，长期在外面务工，家里没法发展产业的，就不纳入贫困户。所以当时没评上，可是到了2016年9月份，他一家人突然回来了。回来时他母亲瘫痪了，两口子在外面又没挣到什么钱，现在母亲瘫痪，妻子要在家照顾母亲，他也不出去了。他妻子跑来找到我，说他家里这个样子，该不该评个贫困户？一些村民也对我说确实该把他们一家纳入到贫困户里面去。可这时调整期已经过了，国家子系统已经把贫困户名单锁死了，不是我们想把他纳入就能纳入的。当时我说没有办法，我们只有通过其他途径给他解决一些困难。后来我到6社专门去了解了一下当时为什么没把王文全评出来。他本人没在家是一个原因，其实大家对王文全一家过去是什么样子，现在是什么样子，两口子挣到钱没有都心知肚明，但就是没把他评出来。什么原因呢？一是我们对政策的把握还不是很准确，第二才是最重要的，就是农村多多少少还存在着宗族派别这些。比如说这个社姓李的人多，那么在投票的时候，同一个姓便会关注同一个姓，姓李的便会占上风，姓王的多，王姓又可能占上风。遇到这种情况，我们甄别就很关键。但当时我们工作经验缺乏，特别是我，对全村每户人家的情况，特别是人与人之间关系的情况不是很熟悉，或者说有些大意，疏忽了这个问题，结果就导致了像王文全这样真正贫困的人没有被纳入到贫困户中来。

贺：事先一点没想到农村有宗族、派别等矛盾？

施：实际上我们事先还是估计到会有这种情况出现，因为我学过心理学，从心理学上讲，人都有一种绵羊心理，羊群现象，前面一个人投了哪个，旁边那个人看了给他投了票，可能大家串，你投他，他投他。我们也知道6社很复杂，所以我们当时还像选举一样，弄了一间单独的屋子，让村民一个一个到屋子里去写名字，不受别人干扰。去写名字以前，我们又反复给他们说："你们觉得哪个最穷，就把他的名字写上，一定要本着天地良心办事！"他们写了过后，我们筛选，把大家认为最穷的选出来。当时我们认为这样做得很公平公正了，结果后面我才知道，世界上找不到绝对的公平公正。

贺：在这样的评选中，有评掉了的，但有没有不该评而又被评上了的？

施：这种情况倒没有！

贺：但是有该评没有评上的？

施：有，但像王文全这样的毕竟很少，即使有那么一两户没有评上，在进入调整期也可以把他调整过来。王文全是因为他没有在家，过了调整期没有办法。尽管这样，对我来说，还是缺少基层工作经验，所以我一直在检讨这个事情。后来我总结了农村工作三个字，"走，看，拉"，就是要多走村入户，多用自己的眼睛去观察、去看，多跟老百姓拉心里话、交朋友。

贺：前面你说你一天只能走三四户，是不是因为想多了解一些情况？

施：是这样的！如果工作做得粗疏一点、浅一点，也可以多走几户。但我没有那样做，到一户就把情况多摸一些，多和老百姓聊一会儿。这样我不但把村里的情况摸准了，和老百姓也熟悉了。跟老百姓熟悉后，你再摸情况，就比以前更准确。像我们刚才说的那些情况都是跟老百姓聊天聊出来的。我发现群众都有这么一个特点，那就是会上他不一定当着你说，但熟悉了以后，他会悄悄给你说。

贺：有这样的例子吗？

施：刚才王文全就是这样的例子。还有一个叫李本玉的，他是我的帮扶户。

贺：几社的？

施：2社，家里3个人，他有个哥哥叫李本金，是一个"五保户"，也跟他住在一起的。这一家非常具体，尽管我是他们家的帮扶人，但起初并没有把他们家了解透。发现问题是因为村里修路，2015年3月份的时候，村里硬化2社的公路，这一天我在村委会做档案资料，电话就来了，说李本玉在阻止施工。当时我很忙，就对村主任说："你去看一下他为什么要阻止施工，喊他莫阻挡，这是个好事！"

贺：是不是因为他无法享受到公路带来的好处？

施：公路就从他房子后面过，几乎擦着他的屋檐走，但他不准施工。我当时想，路就修到你屋后面，一步就可以迈进屋，为什么还阻挡施工？我以为村主任去一说，他就会让开，没想到村主任去劝了半天，不得行。我又喊村支部书记去，当时是我们那个老支部书记，他和李本玉原来还打过亲家的。我还对支部书记开玩笑说："是你亲家就好办，别人的面子不买，亲家的面子难道还不买？"

贺：支部书记去没有？

施：去了，但没有劝通！他当时是一个什么态度？最后我才了解到，他不见任何干部！看见干部去了，他就一趟子跑到坡上去，但是听见机器一响马上又跑回来阻止施工！你说什么都不得理你，你要跑到他屋里去给他做思想工作，他不得听。7、8月份天气又热，农村有很多小虫子，我们巴中这儿叫作"黑帽子"，虫虫虽然不大，但一咬身上一个红疙瘩，这个虫虫一来就是一大群。他看见支部书记去了，一个人又精脚亮杆地跑到坡上去，他也不怕"黑帽子"咬。支部书记没办法，回来对我说："我们去不得行，肯定要你去，你是他的帮扶户嘛！"因手里事太多，我当天没去，第二天抽中午吃午饭那会儿时间，我去了。当时他给了我一点面子，没有躲，但一看到他们社长和村主任跟到我的，一趟子又跑了，把村主任和社长又整得很没趣，想走又不好走。他儿子脑袋有点问题，见人就傻笑，但他对我还是很友好，我说你去把你爸爸喊回来！他说喊不回来，我爸爸非常倔强，哪个的话都听不进去！

贺：李本玉多大年龄了？

施：64岁了。当时看到他又躲了，我说这怎么整？然后我给社长和主任说："你们回去，就我跟他谈谈！"社长和村主任听了这话就走了。然后我把他喊回来，他一回来就对我说："施书记，你在我这里吃饭、喝茶我都欢迎，但是你要说那个路绝对不得行！"

贺：还是不能修？

施：对，不能修！我一看这个样子，便说："我们不说这个路，摆点龙门阵总行吧！"于是我就和他拉家常，说家里的情况、庄稼的情况、牲畜的情况等，这里那里，反正扯草草塞笆篓那种。但说着说着，他就开始抱怨村上一些不公平的事了。特别是对低保，他表现得非常愤慨，几乎是把过去所积累下来的怨气全发泄出来了。他是个什么原因呢？他家里，妻子有点傻，按村主任后面总结的，这女人一辈子只会做三件事，第一件事是笑，随便看到哪个人都傻呵呵地对着他笑，一个人在家里也随时都呵呵地笑。第二件事是喂猪，一年可以喂几头肥猪出来。第三件事就是为李本玉生了两个孩子。你可以想见这个家庭有多恼火。生了两个孩子，女子打发出去了，儿子已经29岁。

贺：就是你刚才说的那个也有点傻的孩子？

施：对，他的问题不光是傻！如果从外貌上看，那个孩子长得很不错，个子比我还高。

贺：还有些英俊？

施：对，很壮实那种感觉，一个圆盘子脸，见到人也是一脸笑，眼睛也大，看起还真是一个英俊的孩子。我第一次看见他的时候，心里一直纳闷：这么一个英俊的孩子，按理说到外面随便打个工也不至于穷，怎么整到贫困户去了？当时我还觉得是村上没有评准呢！

贺：他究竟是一个什么情况呢？

施：后来村主任才对我说："那个娃儿你就莫说了，他有病！"我问："什么病？"村主任说："整不清楚是什么病，反正北京、上海、重庆到处都去看过，花了不少钱！"

贺：反正就是傻傻的。

施：平时他也不是傻，说话也很清楚，是个什么情况呢？就是经常喊头痛，特别是天一热，一做活儿，特别是做体力活儿，他就喊头痛，痛得不得了！他描述出来就像有个锥子在钻他的头，痛得实在忍不住了，就用农村那个大柴块子敲打自己的脑袋，打得"咚咚"响，没人能把他拉得住，看起来非常吓人。说起他儿子的状况，也确实到了很多医院，治得李本玉也没信心了。现在只要一痛起来，就吃几包头痛粉，家里头痛粉一大口袋。就是这个样子，29岁了也找不到媳妇。李本玉本来为儿子就有点怄气，一看到村里低保没评上他就更是满肚子怨气了。他认为自己不说，老婆和孩子享受一个低保，是天经地义的事。村里一些人比他们家条件还好，都享受了低保。

贺：自己没享受到。

施：对，我把问题的症结找到了！但我是他的帮扶人，我马上去给他弄个低保，群众又不会服气。

贺：对！

施：我想搞清楚一个东西，白云村在评低保的时候究竟出了什么问题？怎么会有李本玉这种现象？我要处理好跟村社干部的关系，又不好直接说村社干部你们那个低保有猫腻。有天晚上村支部书记、村主任和我聚在一起，我就装作随便聊天的样子，说起李本玉的情况。我说李本玉这种情况为什么低保没评上呢？我用漫不经心的口吻说，加上也不是那种正式场合，相当于大家聊天，所以村支书和村主任在这种情况下也容易敞开心扉。我刚问了这么一句，村主任就顶了我一句："你那天去试了的，这个人是个什么个性你还没看出来？那是个不依好的人！"我当时又反驳村主任，说："张主任，这种说法也不对，不能因为他个性不好，就让他该享受的政策没享受到！这个东西我觉得村上还是做得有些欠缺！"我说完，支书便对我说："不是我们村上想把他刷下去！村民小组不把他的名字报上来，我们怎么把他拿得上去？"我问："村民小组为什么没把他报上来？"支书说："你没看见李本玉那个人的性格？他是一湾恨张三，张三恨一湾这样的人！开村民会的时候，村民都不给他举手，村民会通不过，组里就报不上来。组里没报上来，我们也没法直接报，就是报上去也不合规矩，就是这么回事！"我又找到了事情的根源，看来这事最后解决，还是只能回到村民小组上。但回到村民小组时，就是前面讲的那个吃李本玉

一片丹心在白云　209

闭门羹的组长，他对李本玉的印象比较差，所以在他那儿就通不过，他说没办法，村民不同意。我就说交给你一个任务，你去把村民代表，就是说话有点影响力的、过去我们喊作"大社员"的找来，我们村两委干部一对一做工作，把道理给他们讲通，要给人家解决了。我们把工作做了以后，然后才召开村民会议，终于把李本玉的低保问题给解决了。

贺：工作还是做通了？

施：对！毕竟村两委干部都去做这个工作，还有一个老百姓跟我接触多了，我说话他们还是听得进去的。给李本玉把低保解决了后，他对我感激得不行。后来我又开导他，说这个事情你自己也应该吸取一个教训，大家不给你投票，为什么？因为你过去有很多做得不对的地方，你都是60多岁的人，不要再像以前那样钻牛角尖、一个犟拐拐的脾气了！李本玉说："我今后一定不会像原来那样了！"现在他跟我关系就非常好，我说什么他都听，非常支持我的工作。通过这件事我就感觉到，如果我们不深入地了解李本玉这个人，问题可能到今天都没有解决。

贺：现在他家的情况怎样？

施：他家现在的情况是这样：3个人的低保每个月有400多到500块钱，他女人养猪非常努力，今年养了7头猪。房子通过易地搬迁，搬到了何家湾聚居点，他哥哥虽然跟他住在一起，但户口是分开了的，我们就给他哥哥李本金一个人修了一个廉租房。李本玉这家大致情况就是这样。他现在对干部也没有什么抵触情绪了，只要是村上的事、社上的事，叫他干就干，整个人的精神状态就改观了。

贺：易地搬迁的时候，你们村出现了一些什么情况？

施：国家易地扶贫搬迁的政策，是2016年6、7月份才明确的，在此以前，贫困户建房包括易地搬迁这一块，政策都不明朗。那时只有一个土地增减挂钩项目和土坯房改造项目，这两个项目的钱都不多。当时我们村上有两户人住房十分困难，一户叫何德光。何德光那个房子之窄，窄得令人想象不出。那屋子里如果搭一张大桌子的话，就没法搭板凳了。房屋有多高呢？像我这个个头，只有一米六几嘛，进屋要撞到他的屋檐。他家就一间堂屋，一个偏房，堂屋也是摆的床，偏房也是摆的床。他一家3口人嘛，两个老的加一个孙子，所以得2张床是不是？因此整个房子就被床占完了。另一户叫王志军，这户人的情况还特殊，他是没有房。他结婚分家时，父母分给他的一间老屋垮了，没地方住，幸好他两个兄弟在外面打工，家里的房子空着，他就搬进去暂时住起了。就是他两个兄弟的房，也非常窄。厨房是一个偏棚棚，堂屋给我的感觉可能只有别人家的半间屋子大。他家里也是3口人。最倒霉的是王志军在2014年把腿摔断了，留下残疾，没法劳动，女人又半身不遂，儿子又找不到工作，一天就在社会上晃荡。看到这种情况，你说我们该怎么办？他是住在兄弟家里的，他兄弟要是一回来，他又到哪儿去住？所以当时我就想给他把房子改造一下。

贺：是改造不是新建？

施：说改造不过是名义上好听一些，实际是新建了。我们当时的打算就在他老屋的地基上给他修，因为当时只有土坯房改造政策。但土坯房改造补贴是个什么概念？就是说你把你的老房子拆了，把新房子修起，还要提供很多资料，比如说老房子的照片等，把资料交到上面审查了过后，才给你补助。

贺：补多少？

施：8000块钱！

贺：土地增减挂钩项目呢？

施：土地增减挂钩是通过把你的房屋地皮和房屋折价，这个比土坯房改造要稍微高一点。但即使把王志军兄弟那两间房屋全部拆了，还补不到8000块钱，因为它的面积小。更不用说王志军老屋那一间了。我当时把这个打算给王志军说了，我说："如果你要改造的话，我去帮你把那8000块钱要下来，不要你去跑路，也不要你去给别人说好话，你什么都不管，只管专心修房子就行了！"可是王志军却说："你看我这样子，8000块钱修得起什么房子？"我当时也觉得没有话说，只感到头痛。后来我想，整个白云村土坯房很多，大约有将近200套的样子。我即使把何德光、王志军的房子解决了，其他的土坯房怎么办？我一直在想办法，打听政策，后来我看到一个德阳搞新农村建设的材料，他们整得早，整个修了几十套房子。我就想别人能搞，那我们可不可以也搞新农村建设？于是我就跑到区规划局去问，规划局的同志说："兄弟，这个事情不是你想整个新农村，就整个新农村，这个要报省人民政府批才得行！"当时我想得很简单，便说："那就报省政府批就是哟！"规划局的同志一听，又说："你想报就报呀？明给你说，我们巴州区每年只有两个村，你算一算，巴州区442个村，一年两个村要整221年，轮到你白云村是哪一年了？"我一听这话泄了气，这个肯定没法整了，不现实。然后我又到国土局了解土地增减挂钩项目，正好那天国土局有个副局长到我们村上检查工作，我们就说到了这个事情。他说："你们可以整土地增减挂钩项目，对一些贫困户的房屋进行改造呀！"一听这话，我们高兴了，过了几天，我和村支书就到国土局去找那个副局长，问了半天，最后一查，白云村没在规划之内。原来即使是土地增减挂钩，也要省人民政府批准。最后我说："我们回去马上整方案，我亲自来起草这个报告，把规划制定出来交给你们，你们再一层一层报上去！"可国土局的同志又说了我一句："兄弟，等你这个规划批下来，我估计是3年后了！"我说："3年后我可能已经不在白云村了！"但说完我又说："即使在我的任期内不能解决这个问题，那我们也做一些准备工作嘛！"

贺：知其不可为而为之，这也是一种担当！

施：对。当时我想，即使我这3年不能给王志军、何德光等贫困户把房子改造了，有了规划，下一任第一书记给他们改造了也好，也算做一件好事。但国土局的同志又说："即使要做规划，也不是你施书记做个规划就可以，得规划局来做！"我一听这话，规划局来做，那得动用多少人力、物力？况且规划局也不可能专门为白云村来做这个事，全区400多个村，规划局村村都去做，又要做到哪一年才做得出来？看来这一步又不现实。

贺：最后怎么样？

施：新农村建设搞不成，土地增减挂钩搞不成，还能怎么样？只有拖起了。但我一直在关心着这个政策，新闻联播也好，网上新闻也好，第一书记有关材料也好，反正到处去打听有没有贫困户改造房屋这方面的政策。大约在2016年2、3月份的时候，我听到了一些风声，这个时候我有信心了，我就给我们村支书和村主任说："你们做出规划，找好几个点，不再准人在点上乱修房子了，我们要建聚居点！"于是从这个时候，我们就开始做规划，以村部为中心，靠交通要道搞了几个点。

贺：要是上面不来政策怎么办？

施：那也不要紧，反正我定那几个点也不给它们饭吃！果然到了6、7月份，上面易地搬迁和建聚居点的政策就下来了。这个时候我高兴得几个晚上睡不着觉，熬了4天4夜，就把几个点的方案做出来了。

贺：你们自己做的还是请人做的？

施：我们自己做，当时这个任务非常紧，8月12号镇上开会，8月15号就要交规划。

贺：为什么这样紧？

施：8月15号晚上12点之前规划必须要做出来！我们村两委一班人就住在镇政府的楼上，熬通宵，一做就做了4天4夜。肚子饿了，就叫现在这个年轻书记王丹林下楼去给我们买方便面。

贺：镇党委书记？

施：我们村支部书记。政府也有人来指导我们这个规划怎么做！当时上面叫我们完成两个小组团。因为时间要求得太急，我们向老百姓宣传的时间都没有。开始老百姓积极性不是很高，那时我还在市里学习，接到村里电话，说只有23户人报名，只建得起一个小组团。我着急了，问："这是怎么回事呢？"

贺：按规定一个聚居点要好多户？

施：小组团就是20户。如果不足20户就没法建。

贺：你们村里规划的是两个聚居点？

施：两个小组团。

贺：两个聚居点才23户？

施：对！所以市上的会议一结束我就赶回来，到村上去，一早就开会，又是逐社逐社地开。给老百姓把政策讲透了之后，老百姓一算账搬新房子还是合算，报名一下就非常踊跃，一夜之间钱就交起来了。

贺：一共有多少人报名？

施：会开完就报了140多户。报了名当天就要交钱，那一天镇信用社的钱都几乎被取空了！整个大茅坪镇在那3天之内就收到了1000多万元建房资金。

贺：因为交钱有截止时间？

施：对，只有交了钱才能定下来你搬不搬！当时镇上给了我们一个时限，因为我们是第一批，喊我们走快些。140多户，我们就做了5个小组团。5个小组团的规划做出来后我突然感到有一个遗憾。为什么？我一直看中千佛寺那块地，我认为是块风水宝地，它地势高，土地也很平整，是红石谷子地，地基很稳定，要少花很多钱。我想如果那里搞一个大组团，今后白云村发展乡村旅游，就有它的优势，离城近，很方便。那天晚上，也就是最后一个晚上，做到两点了，都疲倦得不得了，当时吃方便面，一人一桶在那儿吃。我突然说："我们村该整个中心村，千佛寺那里两个小组团，实际上离得不远。一个坎上，一个坎下，我们为什么不合到一起，建个中心村呢？一个中心村按照政策，人均公共基础设施要补助2万元，小组团才补助1万元！如果把它建成一个中心村，我们的基础设施建得更好，而且规模一大，以后白云村搞旅游，也有一个落脚的地方，大家说是不是？"大家说好是好，可这个规划都把大家搞疲了，哪个来做中心村规划？我说："我们辛苦这一时，却牵涉全村一辈子，大家辛苦点接着做！"吃完方便面我们果然就又接着做，一直做到第二天早上7点钟左右，确实困得没法了，方案一做完，大家马上趴到桌子上睡了。大约睡了半个多钟头，大家又醒来。我马上去找党委书记，要把中心村方案交给他。但书记又接到一个任务，说平阳书记来大茅镇搞调研，他7点多钟就去陪平阳书记去了。

贺：平阳书记是县上的？

施：巴州区委书记。我一听，又不好给他打电话，我就给他发个短消息，说我们有个重要的材料今天必须要交给你，你陪领导我不好打电话！但是他一直没有回复我。我急得不得了，我便给村上说，领导今天要到得阳村去看殡仪馆的建设，我们在半路上去堵他！于是我们就杀到白云村去，坐到我们村上去堵平阳书记。但等了半天却没等着，最后才听说领导没有走这边。我心里想就是这5个小组团了，定了，因为规定的15号晚上12点之前交稿，现在已经是16号上午了。真是天无绝人之路，我们回到乡上，镇扶贫办那个小伙子哭丧着脸对我说："哥，真是没法活，几个晚上没合眼，好不容易把全乡的规划整出来了，又喊我们整一个中心村方案出来，你说这不是把人往死里整吗？"我一听这话，大喜过望，马上对他说："你不用整了，我们给你整好了！"然后把我们的中心村方案给了他。这样，我们白云村就有1个中心村、3个小组团。

贺：都建成了？

施：对。

贺：老百姓入住没有？

施：还没有全部入住，但大多数都住进去了！

贺：你刚才说的那两户，王志军和何德光入住没有？

施：何德光入住了，王志军马上就要搬进去！

贺：那就好，祝福他们，也谢谢施书记给我讲了很生动的故事，祝你取得更大成绩！

我做了两个村的第一书记

——巴州区大茅坪镇康民村第一书记樊军访谈

樊军,男,1973年9月生,大学文化,四川省巴中市恩阳区人。2000年7月参加工作,巴中市政协办公室人事科科长,巴中市巴州区大茅坪镇得阳村第一书记。2017年4月被中共四川省委、省人民政府表彰为"优秀第一书记"。

贺享雍（以下简称"贺"）：樊书记，从市扶贫移民局给我的材料上看，你是大茅坪镇得阳村第一书记，现在怎么又变成康民村第一书记了？

樊军（以下简称"樊"）：今年2月份，市委脱贫办又给我们单位安排了一个挂包联系的贫困村，就把我从得阳村调到康民村了，单位又重新派了一个同志到得阳村去。

贺：你在得阳村做了几年第一书记？

樊：今年4月满2年。

贺：那你先给我讲讲在得阳村做第一书记的经历，好不好？

樊：我是2015年5月去的得阳村。这个村有1188人，300多户。地理条件来说还是稍偏远了一些。

贺：你给我讲一讲它的具体情况。

樊：这个村看起来离巴中市并不远，如果说直线距离的话，离巴中城区只有几公里。但它只有一条路，而且比较绕，所以平时村民到巴中城区去，走路和坐车的时间几乎一样！

贺：走路可以抄近道？

樊：对，从小路过来，一个多小时就到巴中城区了，然而开车的话，也得要一个多小时。开车有30公里的路，走路10公里不到。我们巴中市政协成了这个村的帮扶单位后，领导比较重视这个村的公路建设，千方百计给他们协调项目，2016年8、9月的时候就把那条路拉直了。拉直后，这个村离巴中市就只有7公里路。现在把巴中殡仪馆也搬到了得阳村，征了两个社的土地，配套产业也全部做好了。

贺：离城7公里，几乎称得上是城市郊区了，但你最初下去看到的贫困户是什么样子？

樊：当时这个村总人口1188人、324户，贫困人口是59户、208人，相对来讲，贫困发生率还是比较低的。贫困的原因主要是由于生病，比如家里有重度残疾、重大疾病，还有一部分就是由于劳动力不行，或者是孤寡老人等。比如有一个叫张甫伟的，60多岁了，本来这两个老人家有两个儿子，但10多年前两个儿子都得病死了，死的时候三四十岁，正值壮年，但不幸都死了。白发人送黑发人，你可以想见这对两个老人打击有多大！儿子死了，现在这个张甫伟又不幸得了白血病，随时要吃药输液，家里面都靠他老伴来支撑，他老伴也将近70岁了。所以这一对老人很艰难、很具体！他这一户由我们政协秘书长亲自帮扶。秘书长多次到他家里去，给他解决政府兜底、低保等。但他只有住院才可以报销费用，门诊的话就不能报销，而他又需要天天吃药，所以还是比较恼火。

贺：这两个老人住房怎么样，易地搬迁没有？

樊：搬迁了，因为我们修路要经过他们家里，便在安置点重新给他们修了房子，让他们搬了进去。

贺：你下去工作时遇到什么困难没有？

樊：困难那就多了。最大的困难是老百姓很多时候不理解。比如说贫困户的识别，这个东西很难做到百分之百准确。因为很多人在外面，你不知道他具体有多少收入，你又不可能到他们打工的地方去调查，比如江苏、北京、上海、海南等。有的人在那些地方还买了车，但是你不知道。上面文件又规定了几条硬杠子，在城里买了房的不准纳入，有车的不准纳入等。但是现在农村小伙子如果在城里没有一套房屋，就没有哪个姑娘愿意嫁给你。现在农村小伙子找对象难嘛，我不知道贺老师你们老家是不是这种情况？

贺：一样的，媒人一到姑娘家提亲，就要问小伙子在城里有没有房子，最不济在乡镇的小场上都要有一套房子。

樊：对！所以现在有很多人，家里确实穷，但为了儿子不打光棍，贷款或者四处借钱或者按揭都要在巴中或县城去买一套房子，那么他就不属于贫困户，哪怕他生活确实很恼火，背了一屁股的债，但是我们也没法把他纳入进来。但是有的人他银行里有存款，日子过得很好，表面上他没有流露出来，或者说他在外面有房有车，但是我们没掌握到，他一申请，村民投票也投到他了，于是他便成了贫困户。这之间就有很多矛盾，确实穷的没法把他纳入进来，不穷的反而当了贫困户，这为我们工作增加了很大难度，花了很大的精力去核实、对比、"回头看"。

第二就是我刚才谈到的殡仪馆建设。这个殡仪馆建设是政府工程，无论是征地、拆迁、补偿等都是按城市征收标准来进行的，对农民的补助很高，比如一套土坯房都要赔到20万左右，瓦房和砖房还要高一点。或者只隔一根田坎一块地，我这边修新农村拆房，赔偿就只有110元一个平方，一套房子下来就是两三万块钱，相差了10倍。农民就觉得这很不合理，同样的房子怎么就差了那么多？他就不准你新农村建设拆他的房子，这在当时给我们造成了相当大的麻烦。

贺：得了修殡仪馆补偿的农户，比如他的房子国家已经给他补偿了30万，他还享不享受村里的新农村建设呢？

樊：不能享受。但也是政府统一给他们把还建房修好的，路呀，基础设施建设什么的，也是政府给他们弄好的。他们从政府那儿买还建房，差不多900元一个平方，100平方米的房屋大概就是9万元。除了这个以外，还有征地补偿呀，青苗、柴山、树呀等，就和城市拆迁一样。

贺：农民都是爱比较的，这个当然要给你们的工作增加不少难度！

樊：对，当时我们差不多有几个月都陷在这个事情里面！没办法，天天都有人上访，只要你一动工，几十岁的老太婆便在工地上睡起，不让你整，就成了这种。当时我们感到压力比山还大！

贺：怎么来化解老百姓的这种矛盾呢？

樊：只能私底下去做工作，说服教育，那能怎么办？给他们讲道理，打比方。比如假如下一次你的房子国家要征收，说不定赔给你的比他的更高……

贺：画饼充饥？

樊：还有，他的土地政府征收了就永远没有土地了，而你还有土地，而土地也是一种生产资源。假如你以后打不到工，挣不到钱，你始终有，有生产资料，但是他不一样，他的土地征收完了，现在虽然拿了一些钱，以后假如打不到工了，就没办法了，反正就给讲这些嘛！家家户户地去做。

贺：当时两个社一共有多少人家的地被征收了？

樊：整体搬迁有一个社，涉及的土地有5个社，总共是543亩，涉及的人口有300多人。

贺：整个得阳村脱贫后，现在这个村是个什么面貌？

樊：现在的得阳村，百分之七十的家里都通了公路。又专门修了一条快速通道到巴中市，之前从得阳村到巴中市是将近30公里，现在只有7公里。还有一条从巴中到云南金平的过境国道要经过得阳村，今年已经启动了，现在正在拆迁。所以说这个村的交通，是非常便捷了。然后就是农民的生活生产用水，在得阳村建了一个水厂，这个水厂要管3个村，包括临近巴中的许家岭村，殡仪馆的用水、得阳村的用水，都靠这个水厂供应。

贺：自来水每家都通了？

樊：家家都通了，一拧开自来水龙头就用水。然后产业这一块，因为得阳村本身就是山地丘陵，一共只有900多亩耕地，殡仪馆又征收了好几百亩，剩下就不是很多了。现在主要的产业是整了一片果园，然后整了一片有机蔬菜在山脚下，然后就是特别偏远地方的农民家家户户都种蔬菜。因为他们离巴中城比较近，只有几公里路，早上起来卖了菜才回去吃早饭，很方便的！

贺：好！那你现在到了康民村，康民村的情况又怎么样？

樊：我3月份才去康民村，这个村比得阳村大，有2000多人、500多户，光贫困人口就是150多户、500多人。

贺：它在山里面吗？幅员有多大？

樊：也是一个山区，幅员6平方公里左右。

贺：还是一个很大的村！

樊：对，这个贫困村在我们巴州区算最大的，在市上算不算最大我不知道。这个村最大的问题是至今还有几个社不通路！有一个6991工程我不知道贺老师了不了解？就是巴州区的易地扶贫搬迁，按道理是去年就应该完成的，但是时至今年我到康民村去的时候，这个村的易地搬迁都没有开工。没开工的原因是涉及18户贫困户。这个集中安置点一共是23户，其中18户是贫困户的住房，没有路，材料运不过去，因此没有开工。我是3月份去的，4月份的时候经过多方协调，然后从和它接壤的恩阳区双凤乡把材料运输过来。从双凤乡把材料运过来，不但路很绕，而且这个路也是一条村道，你知道村道就是农民自己凑钱修的，我们要从那里运材料，老百姓就不准我们过。经过多次协调，我们答应给他们3万元钱，哪里压坏了还要给他们修好，然后他们才同意我们拉材料的车过，这样才把我们8社和9社这个聚居点搞起来。今年省上安排我们巴州区要整区退出贫困县，如果我们那个房子修不起来，肯定脱不了贫。影响我们一个村事小，但是影响整个巴州区脱贫，那事就大了。所以现在正在加班加点地赶工期！

贺：看起来你肩上的责任和担子比得阳村重多了！

樊：重得多！并且这个村很大，所以安排了很多挂包单位，每个单位做事方式和政策不一样，所以出现了许多新问题……

贺：现在无论从领导也好，从挂包的力量也好，都比过去强多了，目前要想法的就是如何整合这个力量。因为都在一个村，有的单位拿得出的给贫困户的就多些，拿不出的贫困户就什么也得不到，反而影响你整个村上的工作。

樊：首先我们教育贫困户，每个单位、每个人的情况不一样，反正或多或少别人都是帮扶了你的，至少是给你献了计谋来的。第二我们也和这几个单位的负责人也协调过，留了联系方式，从5月份开始起每半个月开一次联席会。

贺：这样就好了！

樊：因为涉及今年要脱贫。有什么特别要紧的问题，要随时汇报到我这里来揽总！比如重大医疗问题、住房问题，还有关涉今年脱贫的硬条件等。因为这个村还有4个社不通路，有的贫困户住房还很危险等！

贺：现在离年底只有半年时间了。

樊：脱贫验收是截至9月，就只有3个月时间了！9月份市里初验，10月份是省上验，11月是国家最终验。

贺：那在这3个月时间里，你要做的工作可以说相当多，目前最主要的工作是什么？

樊：首先是贫困户和贫困村脱贫的"双七有"！我们都是按照"双七有"来对照。比如住房问题，家家户户来梳理，你住房是不是安全？你进没进易地搬迁？是怎么安置的？一项一项梳理出来。发现你住房不安全，好，马上又通过危房改造等资金来给你把房子修好！比如有没有电视、网络、广播，然后子女就学，有什么病等，我们也把它们梳理出来，是什么问题就解决什么问题，根据他脱贫的要求来开展工作。

贺：关于易地搬迁，前面你说了现在路还不通，需要借道走，即使现在开始修房子，3个月时间能竣工吗？

樊：我们实际上从4月份就开始动工了，计划是7月底把整体弄好，就是封顶，9月入住问题应该不大。

贺：还有公路的问题？

樊：公路的问题，"双七有"的硬性标准是有公路通到村委会。这个村太大了，我们尽量给他们解决到每个社，我们领导也正在协调，但现在还没有实质性的进展。

贺：这是个非常大的问题。

樊：是，因为那个硬性标准是只要通到村委会，就算过关了！我们现在的标准就是围绕着怎样才能脱贫来开展工作，对照脱贫标准差什么补什么。

贺：面对这样大的压力，单靠你个人的力量是有限的，你们政协作为帮扶的主要单位，领导采取了什么措施来支持和帮助你？

樊：是的，单凭我的力量，我怎么把上面八九个部门指挥得了？只有我们主席出面才行！然后区上有一个副区长侯军，现在也到政协当领导去了，他也在协调这个村。今年主席协调巴州区，专门派了分管扶贫的于斌副书记来挂这个村，协调各个方面的力量。

贺：这个村之所以现在还是这个样子，需要在最后阶段发起总攻击，恐怕跟过去领导不够重视有关！

樊：现在这个村虽说公路还没有完全修通，但整体面貌还是有很大改观。通过这个土地整理，还有就是水务局建立了300亩的阶梯式的养鱼池，现在看起来比以前要好多了！当然还是有差距，因为这个村确实地理位置有点远，村本身又有点大，彻底改变还需要付出很大努力！

贺：你一直在政协工作吗？

樊：我参加工作是在人事局，然后又调到统战部，最后才调到政协。

贺：一直在机关工作？

樊：一直在机关。

贺：从机关到农村，特别是做了两个村的第一书记，你对农民、农村有什么感悟？

樊：我觉得农村许多工作，都需要自己亲力亲为。面对老百姓，你用机关的方法他可能理解不了。比如机关里，大家只要听领导的话就行了，但是在农村不一样，农民可能不会那样听话。你需要他做什么，你要有理由，要说得出原因，要解决他思想上的问题，他才会服你，听你的话！实际上农民都是很纯朴的，很多时候你只要把工作做到家了，包括我给你讲的得阳村那些，你只要把各个点给他讲通了，他还是十分听话的。我觉得中国的老百姓都是十分可爱的！

贺：这是你最大的收获？

樊：对，最大的感悟。

贺：好，谢谢你，樊书记！感谢你在脱贫攻坚中做出的贡献！但愿我们的康民村也能像得阳村一样，在樊书记你的辛勤努力下，能够早日脱贫！今上午我们就说到这里，再见！

我是怎么向农民学习的

——巴州区凤溪镇金子村第一书记唐敏访谈

唐敏，男，1969年12月生，1990年6月毕业于西南师范大学地理系，巴中市第六中学后勤主任，2014年10月派驻巴州区凤溪镇金子村任第一书记，2015年被评为巴州区"优秀第一书记"，2016年10月荣获"巴中市十大扶贫好人"称号。

贺享雍（以下简称"贺"）：你没被选派到金子村做第一书记以前是巴州区第六中学一名教师，而且还是一名学校管理干部？

唐敏（以下简称"唐"）：对，我当时是学校的后勤主任。那天我们学校校长把我喊到他的办公室，说："老唐，我给你分配一个任务！"然后他便把上级要求往贫困村派驻干部的事对我说了。

贺：什么时候的事？

唐：2014年八九月份，我是2014年10月份到村里报的到，当时还不叫第一书记。

贺：驻村干部？

唐：好像是吧！我记得是2015年8月31号，上面出台了一个文件，才正式叫第一书记。当时罗校长喊我去驻村，我心里还是非常矛盾的。

贺：教师一没权，二没钱，怎么去帮扶贫困户？

唐：对，心里非常矛盾！加上我就来自农村，是个农村娃儿，我说农村工作不是很好搞！罗校长当时就这样给我说："说老实话，你在学校里的确算一个人才，这么多年学校很多问题，你都给协调下来了，所以我相信这个工作你一定能够做得更好！"我和罗校长之间的关系很好，他既然这么说了，我还有什么说的？我就说："那我去吧，但丑话说在前面，做扶贫工作也不可能打保票，要是工作没干好，回来你不要说其他的哟！"定下来后，学校领导就把我送到村上去了。当时有我、罗校长、副书记刘伟，还有办公室蔡主任，包括驾驶员在内，我们是5个人下去的。我们先到镇上，中午也在镇上吃的饭，镇党委书记把金子村的情况介绍了一下，我当时一听，心里就凉了半截。

贺：他当时怎么给你介绍的？

唐：他说金子村是"三无"村，一是无一条公路，二是无集体经济收入，三是全村无一座砖房子，条件相当差。我说不可能。

贺：你当时还不相信？

唐：他说小唐你不相信，吃了饭我带你亲自去看！吃过午饭我们就出发。金子村离巴中市有70多公里路，离凤溪镇还有6公里路，确实是巴州区最偏远的一个村。出发的时候，我以为还是坐车，但镇党委书记说："坐车就没门了，我们只有坐摩托！"于是他就找了一辆摩托车来。那个路，真的非常差！当时没硬化，又才下了一场大雨，摩托车一路颠簸。那山上空气倒是非常清新，在城里是呼吸不到那种空气的。

贺：对。

唐：但是给我的印象，确实很难描述。有句成语叫"一落千丈"，我当时的心情就是那种。

贺：你能够形容一下当时看到的，是个什么具体状况？

唐：那个村就是典型的V字形，两边是大山，中间夹了一条沟，我们习惯性地把它叫作"峡谷"，山谷两边是零星的庄稼。这个村原来的条件还是比较好的，村民都沿着峡谷两边居住。但是1998年一次特大洪水，彻底改变了这个村的面貌。那次大洪水，把村民在峡谷两边的房屋、庄稼全冲跑了……

贺：全冲跑了？

唐：对，原来沟底下有房屋，大洪水以后全没有了！

贺：那后来老百姓搬到哪儿去了？

唐：不可能再把房子修到河两边了，老百姓只好往山上搬！

贺：老百姓都到山上去了？

唐：对，大部分都到山上去重新建房，建的全是土坯房。你想想，被大水冲了，老百姓还有什么能力建砖房？我便回学校对罗校长说："这个地方太差了,我不行,你们另派一个人去吧!"罗校长说:"开弓没有回头箭,有什么要求老唐你就提!"我于是说:"我提三个条件,第一,这个村现在没有一分钱,就是想请学校在资金方面给予支持。我不过分,我要给村两委整个办公室,这是最基本的,比如电脑、打印机这些,学校要给置一套办公设备!第二,这个村我肯定要去跑一些项目,你的人脉关系也比我广,你要帮我去跑!第三,你要再给我派个助手,专门收集、整理资料什么的!"因为下面有很多软件资料什么的,这些东西村里没人会整,光我一个人怎么能行?我提的这三个条件,我们校长都答应了,把学校办公室蔡主任派给我做助手,需要整什么东西,像打报告、请示等,就交给他。

贺:你就开始工作了?

唐:领导都满足了我的要求,我还有什么可说的?我就到村上开展工作了。我花了一周多时间,把村里的情况摸了一下。

贺:每家每户都走了?

唐:不是,最初我主要是拜访村里一些有名望的人,比如村老支部书记,也是老村主任谯经群。这个老支书86岁了,一是高龄,二是德高望重,在村里属于乡贤那种。为了向他请教,我专门在他家住了一个晚上。那个夜晚说真的一老一少谈得很欢,他把金子村的过去和现状,都详详细细给我做了介绍,并且帮我分析金子村造成现在这个样子的原因,根结在哪个地方等等!

贺:老师变成学生了,这很好,到农村去要想有所作为,先放下架子,虚心向农民学习,其实农民中蕴藏着很多智慧。

唐:贺老师说得很对,那天晚上我认为收获非常大。

贺:能不能具体介绍一下他给你介绍了哪些情况?

唐:他主要介绍了金子村的一些人文情况。比如他们这个村有两大姓,一个姓谯,一个姓侯,这两大姓之间过去是冤家对头那种。这两大姓分布在各个社,体现又不同,比如1社和5社,1社姓侯要多一点,5、6社姓谯要多一些，那么在1社侯家就要占上风，5、6社谯家就要占上风。他就摆谈了那些社，人们之间是种什么关系，你到6社去该怎样开展工作，哪些人会对你怎么样，到1社开展工作又该怎么样，等等。他把这些情况介绍给我，给我后来的工作带来了很大方便。

贺：关于这个村的发展，他给了你一些什么建议？

唐：他一是给我讲了村里的人际关系。二是讲了金子村的变迁。1998年他就是金子村的支部书记，当时洪水把很多老百姓的房子都冲走了，老百姓遭受了很大损失，他去安抚老百姓，动员大家搬家，这场大洪水改变了金子村的格局。三是给我提了一些建议，其中首要的一条就是希望我要想方设法把路整通。

贺：这个村的贫困跟1998年的大洪水是不是有关系？

唐：当然有关系。

贺：老百姓修房子要钱，当时政府给予支持没有？

唐：有一定的救灾款，当时他们一户好像补助了6000块钱。你知道6000块钱能干什么？所以全村人修的都是土坯房，就是修土坯房的钱也主要是靠从亲戚朋友那儿借，把难关暂时渡过。

贺：老百姓因此变穷了？

唐：穷了很多，即使是原来条件较好的家庭，大水一冲，什么都没有了，一贫如洗。当时整个金子村因洪水而易地搬迁的，一共是70多户，非常大的数字。

贺：你们就从修路开始改变这个村的面貌？

唐：是的，但2014年，政策还不太明朗，国家一些大的项目很难落到像金子村那样偏僻的地方去。

贺：那你是怎么开展工作的，学校也没有资金帮助这个村？

唐：当时我是这样开展工作的：我把情况摸清了之后，问村上书记像这一块过去是怎样开展工作。村支部书记给我讲了，他们过去也向上面报过申请，报上去之后，领导也答应得非常爽快，但就是迟迟不能落实。本来通村公路国家也有政策，巴州区大部分村2014年的时候都已经通了。

贺：对。

唐：我把情况了解清楚以后，心中大致有数了。我就到交通局去找交通局副局长，叫李春。

贺：他是从你们学校出来的？

唐：不是，他在凤溪镇当过党委书记。知道这层关系后，我就把报告打好，从镇上到我们村上是5.2公里路，另外从拱桥村那边到我们村，还有1公里多，加起来接近7公里路，按2014年75万—80万一公里算的话，大概需要500多万元。我们把报告打好以后，我就回去找罗校长，当时还有区上一个挂村干部，我们几个人去找到李春局长。李春局长听说我们是六中的，还以为我们是为学校的事找他。我们把凤溪镇金子村的事给他介绍了，听说是凤溪的事，他很感兴趣，原来他在凤溪当过乡党委书记，感情很快融洽了，我才将报告交给他。他说这个问题好说！我说怎么好说呢？他说这个问题已经进入了区里环线路大盘子了！区里有个环线，就是把周边所有乡镇一下连接起来那种。你们金子村这条路已经纳入我们区里这个大盘子了，所以这个问题就非常好解决！我们一听心里就高兴了，因为一旦进入区里的大盘子以后，实施起来就很快。我找他的时候是10月十几号，11月份乡上就召开这条环线路改造动员会。但问题来了，修路资金要自筹一部分，就是政府出90%，老百姓要自筹10%。但这10%也不简单，算一下，假设600万的话，10%就是60万，要喊我们村里筹出60万，作为我们这个贫困村真的非常恼火。金子村当时的总人口是1816人，平均分到人头上，虽然每个村民只有几百块钱，但对于这样的贫困村来说，也是一个不小的数字。农民一听说要筹款，抵触情绪就大了。他们说："修路可以，但我们没有钱！"我们只得一户一户地去做工作，给他们讲道理，说："从金子村到镇上赶个场，走路要走两个多小时，骑摩托50块钱别人都不愿意来，条件这么差，你们都不愿意改善一下？"老百姓特别是那两大姓都说："我们愿意改善呀，但是莫叫我们拿钱！"

贺：五六十万块钱对农村来说是一个非常大的数字。

唐：确实是一个非常大的数字！当时我们村两委开会，喊包括各社社长在内的干部带头交。干部确实都交了，还有一些思想比较先进的党员也交了，每人400多块，一共收了几万块钱。但其他人仍然在观望，特别是谯、侯两大姓。这个时候，我又去请教谯经群老爷子，我说："老支书，你们当年也肯定筹过款的，比如每年收提留等，如果你们遇到这样的难题会怎么解决？"他说："小唐，遇到这样的情况我教你一个方法，你先把那些和干部关系好的，比如一个社，总有那么一些人是社长的亲戚朋友和关系处得好的，你就先攻这部分人。把这部分人攻下来了，其他的人一看，人家干部的亲戚老表都交了，我不交恐怕也不行！"

贺：各个击破！

唐：对！我觉得这办法很好，先从干部的亲戚开始！

贺：老支书具体给你点明哪些人和哪个干部关系好没有？

唐：这倒没有，他就给了我这么一个建议。我觉得这办法行，回来就把村干部分到各个社里，首先从各社干部、党员的亲戚朋友开始。我们一个社一个社下任务，把名单排出来。第二天晚上回来统计结果的时候，我问村支部书记："屈书记，今天收得怎么样？"他说："老唐，还不错，这些人都交了。其实他们都是把钱准备好了的！"

贺：就是在观望。

唐：对，都在观望。这次交了之后，我又找这些人去做没有交的那些人的工作。比如你交了钱，你就去给别人说："反正早迟也要交，迟交不如早交，免得干部又来催！"就像我们两个聊天一样："老唐你把它交了算了，我都交了，你留起干什么呢？"就这样，通过一个多月的努力，解决了80%，只有20%没交。

贺：一共收了多少钱？

唐：40多万，我们一共是60多万。

贺：还剩下一些。

唐：剩下的是哪些户呢？一是"五保户"，非常困难的；二是扯筋户，有钱，但不交，要你给他解决过去他和村上一些遗留问题，这个就非常麻烦。

贺：又去求教老书记？

唐：老书记这次也没辙了，因为很多遗留问题就是他们当年留下来的。

贺：这确实有些麻烦。

唐：有一天乡上开会，我对杨兴强书记说："书记，钱我们收了40多万，还差将近20万！"他问是怎么回事，我把事情的原委给他说了，他说："这个真的不好整！"我说："我们总要想个办法，别人交了，这些人不交，交了的人心里又会很不服气，再说这样也不行！"当时乡人大主席罗增强也在一起。

贺：乡人大的？

唐：乡人大主席。他马上给我出了个点子，说："老唐，我给你说，你迅速去给这些人算账，比如说村上差他的，是怎么差的？理是理，法是法，这是第一。第二，如果村上确实差人家的，你承认这个钱要还他，不能耍赖，要承认还人家，现在没有钱，哪怕打条子，也要承认人家这个钱！你先认了账，再来说公路款的事！"我一听，点子出得确实高。在村上工作了几个月，我发觉凡是和村上扯筋的老百姓，或多或少都是因为和村上有些经济上的纠葛没搞清楚。老百姓差村上的钱，村上想尽千方百计，动用一切手段都要收上去，但村上差村民的钱却没有说法，于是我回去就按领导说的办法试一试！

贺：采纳了这条建议？

唐：对，我们把那些人找来，讲明原因，并承诺这些钱村里认，只要拿得出依据。

贺：拿得出证据的算数！

唐：对，拿得出证据的我们就给你认。而且我们村支书老屈和村主任谯攀，两个人都把字签好，村两委公章盖起，这是我们该认的，老百姓拿到这个东西做凭据！有个叫谯伦富的村民，他家里原来有辆货车，村里搞个什么建设，他就用货车给村里拉材料。但村委会一直不和人家算账……

贺：村上一共欠他多少钱呢？

唐：大约10000多块钱。

贺：还不是小数字。

唐：作为农村人来说，10000多块钱确实不少了！给他把账算了之后，找到上一届村干部，他们也认了账，我们给他打了欠条。他拿到这个条子，说我现在有依据了。

贺：他从该交的公路款中抵扣没有呢？

唐：没有，我给他说了这个钱是过去的钱，这个钱我们村两委承认。我们村上你也知道，现在没有钱，只有等这个路通了，发展起产业了，才会有钱，也才能还你的钱。如果路修不通，大家都穷，也没有还你的钱。现在我们都给你打了条子，你就不用担心我们赖账了，现在你还是先把修路这个钱交了，各了各。他说："唐书记，我交，话说顺了，我支持村上工作！"就把钱交了。

贺：群众还是通情达理的。

唐：对，给他们把旧账一捋，把章一盖，字一签，再把道理一讲，老百姓真的纯朴，给他把那些旧账一捋，就等于捋清了他心里的怨气，怨气一出，什么都一下通了。

贺：钱是一个方面，现在我心气顺了，原来我找干部解决问题，人都找不到。

唐：我们就通过这样做工作，又做通了一批。

贺：剩下的就没有法了？

唐：剩下的确实是那种非常贫困的，比如说"五保户"、重病户等。这几户我们给镇上反映了，从两个途径给予了解决，一是从村两委的公益金解决了一些，二是向上面打报告，减免了一些，基本上就把这个资金问题解决了！钱收起来后，公路2014年12月份动工，2015年4月份基本就把我们那条路修通了。路一通之后，整个村老百姓的精神面貌一下子都不同了，用他们的话说，是走起路来气都要顺些！但是接着矛盾又来了，为什么？原来这个路为了从村委会通过，有3个社不从他们那儿过，所以矛盾就来了。

贺：哪3个社？

唐：2社、3社、8社，这3个社矛盾最尖锐。

贺：他们也集了资的？

唐：他们也集了资，但是他们享受不到。

贺：这几个社一共还有几公里的路？

唐：估计四五公里吧。1社最偏僻，我们那个村就7公里村道路。通了以后，这几个社的村民就来找我，他们当时不叫我唐书记，而是喊唐老师，他们说："我钱交得这么快，但现在我们那个地方只能看得到公路，却享受不到，你说怎么办？我们现在就只有找你们干部把路修通！"话说得很不好听，我脑壳都想大了，也想不出办法来。最后我又想起了李春局长。

贺：就是交通局那个副局长？

唐：对。我和村两委商量："我们再给交通局打个报告，整点钱，把那几个社的毛路整通！别人花了钱，走不到好路，搁哪个也想不通！"村书记老屈比我们年龄大些，他也很着急，他说："这个建议好，我们说打就打！"于是我就紧接着打了两个报告，2、3社都是挨着的，8社一条，就是这两条路，通社毛路，2、3社这条大概15万，8社大概10万块。

贺：不硬化？

唐：不硬化，就是我们喊的土坯路那种。报告写好后，我们就进城找到李局长。李局长当时也很为难，他说："我作为一个主管交通的，想对你们倾斜一点也不是一件难事，但今年不行了！"我忙问："今年怎么不行了？"他说："老唐，我明说，每年都是先订计划，你们村今年没指标，但可以拿到明年去，也就是说2016年！"我当时想，只要2016年能实施也行呀！既然李局长把话说到这个份上，我们就把报告交给了他，他当时就批了，但又对我们说，还要通过局党委会，叫我们等候通知。我们见他受理了，还是很高兴。结果局党委开会，只同意我们搞一条，先搞2、3社那条，这一下又给我们带来了矛盾。

贺：对，8社这条路又怎么办？

唐：我没法了，我又回去把情况给我们学校的罗校长汇报了。罗校长说："这个问题我去给区扶贫移民局何耀副局长反映一下，看他能不能支持。"于是罗校长抽了一个时间，我们一起去找何副局长，罗校长对何局长说："老何，我遇到一个难事，你能不能帮我解决一下？"何副局长问："你有什么难事？"罗校长便指着我说："这是我们学校派到金子村的第一书记，他们村上修路遇到麻烦了，你能不能想点办法，今年给我解决点资金，把那条路给我整通？"何副局长当时就说："这是个什么事嘛？"

贺：扶贫局的局长？

唐：后来我才搞清楚，他不是正局长，是副局长。他说："这是个什么事？你把报告拿来我看看！"我有点高兴，马上就把8社修路的报告拿给了他。他看到只有10万块钱，便说："多打点！"我当时想能给我10万块钱就不错了，哪还敢多打？便说："不够的我们再自筹一点！"他说："开会的时候要给你砍几万块下来，砍了又莫得了！"我一听这话明白了，马上回来重新打了一个报告，写了20万元，最后给我批了10万块钱，而且是2015年实施。

贺：结果8社还赶到了前面。

唐：不，这笔钱本来该修8社的，但2、3社这边的人多些，所以我们还是先把这笔钱拿来修了2、3社的路。

贺：8社不会有意见吗？

唐：反正2、3社的资金交通局也是落实了的，只是要2016年才会下来。果然去年一开年，资金就下来了。现在3个社的公路都通了。这3个社一通,全村就实现了社社通公路。

贺: 只是2、3、8社的公路没有硬化。

唐: 我现在正在想办法,争取把这两条也硬化了,这就是后话了。今年我们村又争取了一个"金土地"项目,预计可以硬化3公里,其他再想办法。我去了之后,金子村变化非常大。我还培育了几个养殖大户,给养殖大户争取了很多政策,比如温氏养猪、养鸡,这些项目都纳入"金土地"这个总项目。所以这个村变化非常大,成了整个凤溪镇的一个重点村。项目跑多了,门路跑熟了,那些项目就知道怎样跑,其中有些什么门道,万事开头难,找到门道后跑起来就很容易。今年到位的资金就很多。

贺: 唐书记,我对你刚才谈的虚心向农民学习,比如向老干部请教的事非常感兴趣,你在学校里是老师,是教学生的,可到了农村,你反而变成了小学生,这种角色转变非常可贵,你是认认真真地在向老百姓学习!

唐: 是的。如果不虚心,不放下架子,像谯经群这样的老干部是不会把他几十年人生经验和工作经验,特别是村里复杂的人际关系告诉我的。如果没有他的点拨,我的工作不会那么顺利,尤其是这么一个两个大姓互为冤家对头的村。

贺: 这对每一个从城市到农村去的同志都是一个启发!

唐: 对,因为你才去就是个门外汉,所以你就得找一个老师带一带你,像谯经群这样的老干部就是我很好的老师。

贺: 现在侯家跟谯家这两大姓的矛盾如何?

唐: 那一次公路集资之后,我们开了一次全体村民大会,就是去年村委会改选,我的目的是通过改选村两委,先把侯、谯两家的关系协调一下。怎么协调?我们现在的村主任姓谯,让侯家也推举了一个候选人,就是6社那个社长,当时让他也参加竞选。

贺: 过去村干部是不是两大姓都有人?

唐: 都有,老支书谯经群下来之后就是侯姓这边的人当村里主要领导,当了一届之后老百姓不是很欢迎,所以又把屈书记推出来了。屈书记原来是村主任。那天到会的有300多人，除了实在走不动的，全村能来的人都来了。我就想利用这个契机，选举完了之后，我在那儿发表了一个多小时的演讲，切入点就是远亲不如近邻的话题，金子村的变化。为什么会有这样的变化？首先是这侯、谯两大姓的村民，给了我们大力支持！把他们赞扬了一番后，我再返回来讲邻里之间该怎样为邻，我举了很多例子。

贺：这就是你教师的特长！

唐：对，这是我教师的拿手好戏，我会讲也会说！我讲了身边的一些故事，还讲了我们村，比如两大姓之间有些人为什么能够处得非常好，有些人之间为什么没处好。我在会上分析了其中的原因，没有永远的世仇，任何事情都是可以改变的，不要因为一些小事而影响我们以后的子孙，子孙的子孙！讲了之后，我先找侯家的代表发言。

贺：侯家的代表叫什么名字？

唐：侯强！我说："强哥，你给我说一下，我今天讲的话对不对，你有什么看法，今天就当着谯家的兄弟姐妹说出来。"你猜他怎么说？他当时显得非常激动，说："唐书记，说句老实话，侯家和谯家这个扣扣早就该解了！你今天当着全村的面，给我们把这个扣解了，我们感谢你！"

贺：谯姓的代表怎么表态呢？

唐：谯家的代表更不用说了，新选出的村主任姓谯，我就对村主任说："你给我表个态，既代表新当选的村委会表态，又代表谯姓表个态，你作为当选的村主任，怎样协调两大姓的关系？"他果然在会上表了态，说作为村主任他今后该怎么样怎么样，以后侯家和谯家又该怎么样怎么样，讲完以后，谯姓这边的人首先鼓掌，等于谯姓的人首先向侯姓的人道了歉，接着侯姓的人也使劲鼓起掌来。从那以后，两大姓的关系基本上和谐了。现在小矛盾肯定有，但大的矛盾基本上没有了。

贺：那好，祝贺你，唐书记，看来书生也能办大事！

我在农村当"老板"

——巴州区化成镇高家坡村第一书记杨宇访谈

杨宇,男,1982年10月生,毕业于乐山师范学院汉语言文学教育专业,2004年10月参加工作,巴州区委办公室目督办督查股副股长,2015年8月任巴州区化成镇高家坡村第一书记,2017年4月被中共四川省委、省人民政府表彰为"优秀第一书记"。

贺享雍（以下简称"贺"）：杨书记，你是哪年出生的？

杨宇（以下简称"杨"）：1982年。

贺：以前在哪个单位？

杨：巴州区委办公室，在区目督办从事目标督查工作。目督办是区委办公室的一个正科级单位，我是目标督查股副股长。再早以前我是教师，乐山师范学院中文系毕业，毕业后就出来教语文，教了将近8年书才改行到区委办公室的目督办。

贺：哪一年改的行？

杨：2013年！2014年开始派干部到农村驻村，当时我还不是正式党员，所以组织上让我去担任村主任助理。

贺：就是派到现在的高家坡村？

杨：对！但那个时候去的时间不是很多，一个月去两三次，要求也不严，2015年之后要求便越来越严了，那个时候我已经是中共正式党员了，组织上说你已经熟悉那儿的情况了，就留在村上做第一书记吧！这样我就继续留在村里做第一书记。

贺：那个地方为什么叫高家坡？山很大吗？

杨：说起来很有意思！整个化成镇有4个贫困村，另外3个贫困村的名字分别叫长滩河、吴家河、罗家河，都是河，独独我们这个村叫高家坡。它呈V字形，坡上留不住水。我有一次到6社上面去看，整个村村民只种了很少的水稻，那时已经是8月二十几号了，山下的稻子差不多都收割了，但他们田里的水稻还没有抽穗，田里的裂缝很宽。因为缺水，所以我们那儿只能种一些耐旱作物，比如洋芋、红薯或者玉米等。即使这样，如果老百姓晚上不去守，特别是5、6社，那就很难有收成！为什么？那上面山上野猪非常多，经常下来糟蹋老百姓的庄稼。

贺：原来是这样！

杨：所以整个高家坡村，自然条件比较落后。更重要的是，现在留在家里的，都是老弱病残。当然年轻人也有一些，但大多数都是那种给他介绍一个工作也不愿意出去挣钱那种，就是俗话说的那种好吃懒做的，或者是一些没有眼力、脑袋也不开窍的人，或者就是身体有病的，不能出去的。这就给我们发展产业和建设新农村带来了严重的劳力荒！

贺：农村也有劳力荒，这倒是一个新鲜事！

杨：怎么不是？比如说我们村发展产业，种了300亩党参，这段时间要锄草施肥管护，但就是找不到人来做。我们把那些七八十岁的老太婆、老太爷都动员起来了，因为这活儿劳动强度不高，凡是可以动的都去做，但还是不行，毕竟都是老弱病残，效率非常低下。前段时间栽的时候，比现在锄草还恼火，找不到人栽，还到化成镇街道上请的背老二（背二哥）来做。

贺：请背老二一天多少钱？

杨：背老二比我们本村老百姓要高10块钱，本村老百姓一天60块，但给背老二是70块。

贺：背老二年轻一些？

杨：对，一是年轻一些，二是你给低了，人家不来给你做，这才是要命的。

贺：请了多少背老二来栽？

杨：请了十多个，连续干了七八天，天天用面包车接送，生活还要给安排好，否则人家就不来。所以我觉得农村劳动力，现在成了一个大问题。不管你搞什么建设，总得要有人去干才行呀！除了产业，比如现在我们正在开展的新居建设和道路建设，特别是新居建设，现在工地上都在喊缺人。我们村上有3个易地扶贫搬迁点，涉及100多户，你最多在外面找一些大工，比如木工、砖工，但一些小工得靠本村村民呀……

贺：你们没请专业施工队来做？

杨：怎么没请，是专业施工队来施工呀！但贺老师你可能还不知道，不光我们巴州区、巴中市，就是你们达州市乃至整个四川省乃至全国，哪个地方没在搞易地扶贫搬迁和新农村？2020年，要全面完成脱贫任务，这个时间是定死了的。你那儿在建，我这儿也在建，全国各地都在建，所以，现在的建筑施工队，真是俏得很。我们村上这个劳务方，还是从南充那边请过来的，他最多带几个大工来，零工你肯定就要在本地附近找了！今天有一个工地，我们到处帮他找零工，能找的都找了，但真正去的人很少，因为那是个体力活，一般老头老太太做不下来，所以这个事情很恼火！

贺：我还是第一次听说现在的建筑包工头很俏。

杨：对呀，到处都在修房子呀！除了人不好找以外，建筑材料也跟着涨起来了，还不好运。我们那儿都是南充运过来的材料，一匹砖都涨到四五角了。即使这样，还很不好买，因为你不要，别人要，你越拖到后面就可能越贵。

贺：因为到处都在搞易地搬迁？

杨：对。而且我们的任务很重，因为我们整个巴州区是今年脱贫，到7月底，我们那3个安置点主体要争取基本完工。

贺：3个安置点，100多户，你们的工程量够大的了！

杨：对。我们有个安置点，叫大石坝新居点，需要安置31户。我们去年11月份就启动了，但施工队一直都没有进去挖，没进场。

贺：为什么？

杨：施工队是统一招标的，而且还是一个很得力的老板，他从来没有拖欠过农民工的工资，现在最重要的就是缺劳力。所以劳务他只能又分包出去，或者找他手下的人去做，比如说现在有一个点，前几天都有十几个砖工，十几个砖工当然进度就比较快。但昨天我去看，又只有四个砖

我在农村当"老板"　245

工了。因为现在的砖工很翘，他在这儿做两天，又到那儿做两天，两头都占到。还有就是钱，他才码了两套房子的墙，就要问老板要钱，老板也不可能天天把钱背上的，喊他再做几天后或者等主体工程完工后一次性付给他，结果他等不住，一拍屁股就走人，因为现在工程多，他不愁找不到老板，只有老板去求他，没有他去求老板的，所以现在是这样一种情况。

贺：你在工作中还遇到过什么困难？

杨：我觉得现在农民的思想很成问题，比如这个精准扶贫，他好像就看作是我们干部的事、政府的事，与自己无关似的。我曾经听说了一件事，说有个地方，政府给每个贫困户发了几头羊让他们养，一个贫困户家的羊病了，他不是找兽医来看，而是给帮扶他的干部打电话说："你的羊子病了！"你听听，他说的是"你的羊子"，而不是他的羊子，这就很成问题了！

贺：你再给我举两个例子怎么样？

杨：比如说，我们在易地扶贫搬迁的时候，大多数贫困户都搬了，剩下3户，他们死活不愿意搬。我们跑到他们家里去，做了很多次工作。说老实话，要是他们不是贫困户，是属于那种随迁户，我们才不会巴心巴肝来管你，你愿意来就来，不愿意来拉倒！但他们是贫困户，属于重点搬迁对象，你必须去把他们动员通。但不管我们怎么去动员，他们就是不愿意，怎么办？区里有个土坯房改造的政策，我们就按这个政策，给他们把入户路整通。入户路要不整个石板路，要不整个水泥路，然后把他们的内外墙壁用乳胶漆美化了，阴阳沟清理干净，排水不畅的把排水整通，看起来既美观，又整齐。还有就是厨房也给他美化了，厕所也给他整起……

贺：验收的时候，厕所好像有专门的标准？

杨：对，厕所确确实实有专门的规定。除了这些，还有一些，比如他家的院坝是个土坝坝，现在要硬化，还有假如他屋里地板也要硬化，这就需要他们自筹一些钱了。我们去给他们说的时候，他们答应得很好，同意整，可你要去整的时候，他们又不同意了！这中间就涉及他们要自筹一部分钱。

贺：他们要掏点钱？

杨：对。

贺：他们不硬化，不整，验收这边……

杨：验收就通不过！

贺：他们硬化，只需一点水泥和河沙需要多少钱？

杨：连屋里的刷白，两三间屋，加起不就是两三千块钱。我们昨天整了一户，只要他筹1000块钱，昨天整了，但他表现出来的，是非常地不高兴。

贺：因为叫他拿了钱？

杨：对，他就是这个心态！他觉得我不给钱，你们也要给我整，因为不整你们以后就通不过验收！他想的就是政府应该给他全部整完！

贺：现在你们村上给这3户贫困户把土坯房改造好，包括入户路修通、墙壁美化、厕所、阴阳沟整好，达到验收标准，村上要花多少钱？

杨：国家下达的资金，每户只有1.4万元。

贺：1.4万元够吗？

杨：所以要叫他们自筹2000、3000元呢！整个今年，整个巴州区，也不仅是今年和巴州区，我估计全国都一样，只要在搞扶贫的地方资金都很紧，缺口都会很大。就是土坯房改造这1.4万元，镇上原来的意思是先给我们1.2万，我估计他们担心有些村乱搞，将来统筹钱不够，每户先挖2000块钱出来以后搞统筹兼顾。是不是这个意思我也不清楚。但是这个钱现在还没到。现在，贫困户又不愿自筹，你说我们该怎么办？在给贫困户改造土坯房时，我们去找了三四个老板来，但这几个来看了一下，就都走了，大家都不敢来接这个招。但上面又催得紧，我们单位领导隔个两三天就来看，星期六都来！我们区委办的主要领导又是区委常委，对脱贫攻坚很重视，所以我的压力非常大。实在找不到老板来承包，我就给我们村支书、村主任，还有村委会副主任说："没有老板愿意来，我们4个人自己来当老板！"

贺：你们怎么来当老板？

杨：我们4个人，每人先出1万块钱，先垫起钱来整。首先是村主任先筹了1万，去买了两车砖、一车石子，1万块钱就完了。然后我又回去取了1万块钱，把木工板和整厨房的瓷砖买回来了。我们就这样整了几户，这是没有办法的办法。严格讲，我们这样做，从审计的角度是不合法的。

贺：但是你们不会施工，还得找人。

杨：该找就找呀，比如砖工这些，只要他按质按量完成了，我们给他发工资就是嘛！

贺：你们自己当老板，算过没有，会不会赚钱？

杨：不赔钱都是好的，你还想到赚钱？我们只想完成任务，顺利通过验收，其他的，什么也没想。现在不但要解决贫困户的问题，还要解决好非贫困户的问题。非贫困户中也有土坯房要改造的呀！

贺：非贫困户国家补多少钱？

杨：也是1.4万，这个标准是一样的。我们叫什么老板？说白了就是帮这些改造土坯房的贫困户和非贫困户垫钱买材料。至于民工的钱，比如那些砖工什么的，我们现在根本没钱支，我们也成了拖欠农民工工资的人了！

贺：这些民工多少钱一天？

杨：大工至少要260、270块钱一天，这个还算是便宜的了。

贺：你们真是太艰难了！今天我有两个第一次听你讲，一个是听你讲到农村的劳力荒，另一个便是听到你讲你们几个村干部垫钱给贫困户和非贫困户改造土坯房的事。杨书记，你今天帮我打开了一扇观察农村和你们第一书记的新窗口！

杨：这是一个情况。还有，比如说去年，我们村上计划修座桥，我们村叫高家坡，有坡当然就有河，下面那条河叫苟家河，高家坡是V字形，两边各有3个社，但是没有桥，两边的村民组就连不起来，于是我们就计划修一座桥。我去了之后通过争取土地整理项目，把路修到两边了。但没有桥，路两边修通了又起什么作用？后来区委办主要领导对我们说："桥你们赶快修，钱我去给你找！"但怎么找，给多少钱，领导没有说。我去问财政局，财政局领导也说："领导给你们表了态的，你们就修嘛！"但给多少钱，什么时候钱下来，财政局领导同样没有说。我们回来后就到处去找老板，但那些老板同样没有哪一个愿意来整。没有办法，去年我和村支书、村主任3个人，我们又来整……

贺：那个村委会副主任没参加了？

杨：那个副主任昨年没在这儿，他已经60岁了，他不干这事了。

贺：你们3个人又怎么弄？

杨：仍然是垫钱，把全部的材料买回来，人工的钱也先欠到那儿。

贺：后来上面拨款没有？

杨：给了17万，交税就去了2.7万元。一开始那个桥是110万，我们协调交通局，规划的是渡改桥，110万！后来长滩河下面修一个旅游环线，又没有指标，就把110万调整到那儿去了。再后来领导想方设法通过其他渠道调整给了我们17万！

贺：17万做没做出来？

杨：现在还有2.4万元的缺口，还要去找。

贺：最初预算110万？

杨：路改桥，它那个规格要高些，它是110万，海事处都去给我们规划了，我们旁边的树都砍了，他们还去看了两次，最后说不行了，下面要修旅游环线了。

贺：如果国家不给你们投资这17万，那你们怎么办？

杨：如果国家不投这17万，那我们真没法了。后来我才知道，这17万也是上面统筹来的，是从其他村抠过来的！要不真没这17万了。17万，我们交税交了2万多，花到整个桥上的只有14万多，这是不可能做出来的工程啊！现在三四十吨的罐儿车，还有拉材料的大货车，天天在那上面跑……

贺：质量也可靠吗？

杨：我看质量过得到硬！因为两边基础也很牢实，都是硬的石底子，只是说老实话，农村土匠人做的那个工程肯定没有洋施工队做的那么好看，但是质量肯定说得过去。村上工作很难，干什么老百姓都给你讲钱。可钱从哪儿来？村上的工作经费又有限，我只能从我个人的工作经费里报。我们每个第一书记每年有3万块钱的工作经费，说实话，那3万块钱，很多都是村上开支了的，没办法，谁叫你肩上有那么重的责任呢？我觉得只要能把公家上的事情办好，我个人吃一些亏无所谓！我才去的时候，一周只在村上待个2天、3天，再后来每天都要在那里，到现在是周末、节假日都要去，一个月30天，至少在那儿要待28天。我们那个班子也很团结，很多工作都要一起去做，少了哪一个感觉他又在梭边边，又在撂挑子一样！今年我除了是第一书记，还是这个村的支部书记。原来那个支部书记，现在是副书记。副书记本来没有工资，支部书记工资该我领，但是我就把支部书记的工资喊他来领，我只承担支部书记的责任。为什么我要这么考虑呢？我觉得自己一个月虽然少领1700多块钱，也承担了一份责任，但是我多一个人，多了一份力量，你知道农村那个支部书记干了几十年，你突然把他下了，他在后面不配合你或和你反着来，情况会怎么样？

贺：原来的支书是什么原因没让他当了？

杨：多种原因，主要是年龄，反正选举的时候没把他选出来。没选出来怎么办？我们那个镇长也是从我们单位出来的，又是村上的挂包领导，高家坡现在选不出来支部书记怎么整呢？还有镇党委书记，以前是区里某个部门的，以前我在区委办的时候，我们工作上交往也比较多，所以关系也很好。两个领导都找我谈，要我把高家坡的支部书记兼起来。没办法，我就只有同意，我原来是打算坚决不同意的，但今年是脱贫攻坚年，我的意思是再苦再累今年把它挺过去，到了明年，一定要把支部书记这个职务辞了，到时候至少心理上我轻松了些嘛！现在最恼火的就是这事，人家说有困难找支部，老百姓一有事，就来找我，我感到压力很大。

贺：我再问一下你个人的事情，你爸爸妈妈也都是农民吗？

杨：对，我爸爸妈妈都是农民！

贺：老家在哪里？

杨：我老家在宕梁，从城里开车回去，快的话十七八分钟就到了。

贺：你一直在读书？

杨：对，小学、中学、大学，一直读书，然后又出来教书。

贺：也就是说，你虽然出生在农村，但对农村工作还是相当陌生的。

杨：对，虽然我是农村娃儿，但对农村工作真的是一无所知！我觉得农村工作的学问真的很高深。

贺：你觉得这3年的农村工作，给你带来了什么收获？你最大的人生感悟是什么？

杨：我先说工作上的，大的方面，我觉得组织上派我到村上去任第一书记，最大的收获是下去之后，扛起了支部的这个大旗！不像以前，过去老百姓常说，党员既不挡风也不挡雨！现在我们第一书记下去了，我们的根没有在那里，我们在那里没有利益的瓜葛，至少我们处事要比过去公正，老百姓觉得现在这个支部的旗帜，至少可以挡风挡雨了！可以干事了，起到了先锋模范作用，认可党这个组织了！这是给我的第一感受，党的形象在老百姓心中提高了。第二，对我个人来说，我学到了基层工作很多经验和方法，丰富了我的人生阅历。说老实话，如果在此以前，喊我到乡上去任个什么职，我估计很多事情，都会像秀才遇到兵。你没有基层的工作经验，你要跟老百姓打交道，麻烦！像我们那个地方的党委书记，天天都有人到他办公室去找事，如果没有群众工作方法，日子怎么过？你有了这几年农村工作经验，情况就会不一样了！第三，现在不仅是组织上，包括老百姓和社会舆论，都觉得第一书记很了不起，确实给老百姓干了许多好事实事，说起"第一书记"几个字，都含有一种尊重的成分，这个我能感受到。老百姓的心眼很质朴，是尊重还是鄙视一眼就能感受得到。对我个人来说，这是最大的得！当然也有一些失，关于家庭的、个人的，不过就不多说了，谢谢贺老师！

我在农村哭鼻子的故事

——恩阳区柳林镇海山村第一书记李林蔚访谈

李林蔚,女,1990年4月生,阿坝师范高等专科学校地理教育专业毕业,2013年10月考入平昌县司法局,2015年7月调至恩阳区司法局,2015年9月担任柳林镇海山村第一书记。2017年4月被中共四川省委、省人民政府表彰为"优秀第一书记"。

贺享雍（以下简称"贺"）：小李，你是哪所学校毕业的？

李林蔚（以下简称"李"）：阿坝师专。在阿坝师专时，一边读专科，一边参加川师的本科自考。专科毕业时，也取得了川师的本科毕业证。

贺：哪一年毕业的？

李：2012年。

贺：毕业后呢？

李：毕业后我参加西部志愿者，在通江县科技局，当时没有编制，志愿者嘛！贺老师你肯定知道像科技局这种单位，年龄层次差别很大，基本上都是40多岁的，像我这种才从学校出来的小女孩，什么都不懂……

贺：当时你多大年龄？

李：22岁，大家都把我当作小丫头，在整个单位年纪最小。那个时候我在办公室，一天就是收收文件，接接电话，送送文件，跑跑路，反正自己放勤快点，其他的事情也做不了。什么申报科技项目的事呀，一点儿不懂，但我很勤快，叫我跑跑路这些，我跑得飞快，还有比如我坐的地方离电话很远，但只要一听到电话响就马上跑过去接，所以大家还是很喜欢我。

贺：后来呢？

李：2013年我参加省上的公务员考试，考到了平昌县司法局。4月份考试，10月份上班，这时候就有一些工作经验了，比如跟我一同考进去的同事，他们不知道这个文件怎么出，但我就知道。

贺：因为已经在机关锻炼了一年。

李：对，有了一些工作经验，但一到农村，我就又什么都不知道了。

贺：你是2014年到海山村做的第一书记，还是2015年？

李：2015年。2013年考起公务员之后，2015年7月份从平昌县调到恩阳区司法局。当时我们单位已经有一个老领导在海山村做第一书记。在2015年8月份省委组织部就出了一个文件，对第一书记的管理相当严格。接着各个市（州）、县（区）组织部门也相继出文，要求第一书记每个月必须在村上住满22天。我们那个老领导一是年纪大了一些，二是家里子女正念高三，单位和家庭的事情都要比我多得多，不可能每个月在村上住满22天，所以他提出要回来。但他回来过后，必须要有人去接替他，这时领导觉得我勤快，又年轻，就来做我的工作，让我去海山村做第一书记。

贺：那时还是一个人，没有结婚？

李：对，没有那么多牵挂。不过领导在确定我到海山村去的时候，我还在办调动手续，也就是说，我还没有正式调入恩阳区司法局，但调是确定调了，手续还正在办，是属于一个空当期，很多人都觉得那时候，平昌和恩阳两边都管不到我。因为手续还没正式办过来，恩阳这边也没安排我的工作，平昌那边呢我也没有去上班。在此期间，我写了两篇法制宣传方面的信息，被司法部采用了，像这种一个县区的信息，司法部是很少采用的。所以又给领导一种印象，觉得这个女娃儿还是有点能力，加上我上面说的原因，领导就把"第一书记"这顶桂冠戴到我的头上了。领导当时对我说："你去，住满22天就回来，年轻人，坚持一下就行！"

贺：于是你就去了？

李：几乎是想也没想我就答应了！当时我也以为只是到乡下住那么些日子，大不了还到每个农户家里去了解了解情况，因户施策就行了，哪晓得以后的任务会这么多，光是一个扶贫软件就够招架的了！

贺：是，很多第一书记都没有想到。

李：这里面还有一个小插曲，当时我还没有去，省委政法委过来调研，柳林那儿有一个高速出口，他们从成都过来可能要从那儿下高速到局里去看看。当时是下午7点多钟，我们那个老领导还在村上，领导就给我打电话，我马上从恩阳包了一个车准备过去。领导就觉得我还是挺负责任的，那个时候我还没有调过来，在办手续。

贺：你应该算是平昌县派驻柳林镇的第一书记。

李：平昌那边已经把调动手续开了，但恩阳这边文件还没有出，我就平昌、恩阳两边跑。

贺：第一次下去，看到农村是个什么感受？

李：说真心话，海山村的条件比起其他贫困村，算是比较好的，但是我还是觉得条件差，因为以前去过的村都是一些"明星村"，所以心里一是很失落，二是深感肩上的压力和责任。

贺：算是柳林镇比较好的还是巴州区比较好的？

李：就是在巴州区，都算条件比较好。按照贫困村"一低五有"标准，我去的时候，通村公路，已经达标了。

贺：村委会办公场地也达标了？

李：村委会办公场地还没有达标，它原来在一个废弃的村小学教室里，去的时候是土墙房子，也没有做风貌塑造，还没有老百姓住的那个房子好，包括那个大门关都关不到。我去了之后，10月份，组织部就给我们下达20万元阵地建设的资金，我们便在原址上按照村"五有"的要求进行修缮，去年又进行了风貌打造，所以我们现在的阵地建设也完全能达标了。

贺：那为什么海山村还是贫困村？

李：是这样的，贺老师：现在这个柳林镇，是由以前的柳林乡和来龙乡两个乡合并成的。原来的柳林在国道上，高速公路又从那儿穿过，无论是交通还是地理条件都非常好，但原来的来龙乡就相当于在一个死角上，海山村过去叫10村，还有紧挨着我们的9村叫过街楼村，我们两个村是柳林13个村里面条件最差的。但我们的条件尤其是交通又比来龙那边好一些。

贺：你一个年轻女孩，才到农村去的时候，是怎么取得村民的信任的？

李：我前面说，我其他的本事没多少，但我勤快。我下去不久，和村妇女主任一起入户调查，走到1社的时候，看到一个老婆婆，看样子都70到80岁了，还背一大口袋稻谷。那个时候正是收稻谷的时候，背了一口袋才从田里打回来的湿稻谷往家里走，身子都快弯到地下了，很吃力的样子。我一看，忙说："婆婆，拿来我帮你背！"她吃力地抬起头看了我一眼，问："你是哪个？"我说："我是第一书记！"她又看了我一眼，说："莫把你衣裳弄脏龌龊了哟！"我说："不怕！"于是我就帮她把谷子背到她家里去。她当时很感动，其实对我来说，我只是顺便帮她一下。

贺：那一背稻子重吗？

李：也不是很重，你想，她七八十的老人都背得动，对我来说算什么？后来我才知道，她姓文，果然80多岁了，她儿子叫肖金一，常年在外面打工，她一个人在家里还要种点庄稼。

贺：她田里的谷子谁给她打呢？

李：她还有个大儿子，和她分了家的，住在另一边。这个文婆婆和小儿子住在老房子这边的。她小儿子智力上不是很好，但还是能够在建筑工地上做些体力活，每年能挣到一些钱，现在40多岁了还没有结婚。稻谷是他大儿子帮她打的。像文婆婆这种老年人，在农村很多，看到他们做什么，我能帮一把的就帮一把，反正就是手脚放勤快一点。有时候在老百姓家里吃饭，吃了我就帮他们收一下碗，洗一下碗，抹一下桌子，扫一下地这些。比如我走访后，要填很多表，填这些软件资料的时候又得每家每户去问，如果每天晚上回去的话，第二天下来肯定都是八九点钟了，如果不回去就住这个社里的话，7点多就可以起来干活。如果是住在老百姓家里，我就像这个家里一员一样，洗碗呀、淘菜呀、烧火呀，我能干的都干。

贺：你会做饭吗？

李：不好意思，饭我做得不太好，但我可以帮他们打点下手，反正我不得吃了饭就像一根木桩桩那样坐在那里，我肯定把桌子上的碗给收了，这是起码的。

贺：当你这样融入村民中去以后，老百姓给不给你主动讲一些村上的事，比如人际关系什么的？还有哪些家庭怎么怎么样这些？

李：有时住到他们家里，他们肯定要给我主动介绍一些村里的情况，即使他们不主动讲，我听"八卦"也能听出一些！比如我们2社有个贫困户，我到他们家里去走访的时候，看到砖房子修得好，女主人也挺能干，她老公在外面打工也挣得到钱，但村上把她定为了贫困户，当时我心中就有疑问，觉得这一家贫困户评得有问题。

贺：你觉得村上评得不准？

李：对，我觉得她不能作为贫困户！但农村里面，像这样两三层楼的砖房子修起，夫妻两个也很能干，既种得有田，又养得有鸭子，怎么会是贫困户？后来我住到肖社长家里，肖社长才悄悄对我说，她家女儿在巴中念书回家的路上，被坏人跟踪报复，家中出了重特大事故，所以就把她纳到贫困户里面的。这是他们一家人一个心理伤疤，你到他们家里去走访，他们不会告诉你这些，农村人都很忌讳这种事情……

贺：她当时身上都是些什么伤？

李：全身都是刀划伤的伤口。那个女孩放学回来，被人家跟踪了，然后全身被划伤，是被人在一个山坡坡上发现，还是靠司法救助给她解决的钱。如果不是肖社长悄悄告诉我这些，从外观上看起来这一家人确实不像是贫困户，但是因为人家家里出了这种重特大事故，所以全村人对把他们一家纳入贫困户，都没意见，比较照顾。

贺：在这两年多时间里，你有没有遇见过让你感到委屈和特别难处理的事？

李：说起这一点，我感到很不好意思。

贺：为什么？

李：我怕贺老师笑话！

贺：我为什么要笑话你？我就是想了解一下你的成长历程！你不说我也能够想象，像你这样的女孩，到农村去不遇到几次挫折和打击，便想成熟起来，那是不行的，说不定还哭过鼻子，是不是？

李：我真还哭过几次，一想起这事，现在就想哭……

贺：别哭，慢慢说。

李：我们那里有个贫困户，叫肖××。他以前不是贫困户，因为最开始，可能这个话不该说，2014年识别的时候，吃低保的就不能纳进贫困户，因为那时候评贫困户的标准是以2013年底的人均纯收入2736元来界定的，如果一个家庭常年有几个人吃低保的话，那个收入就已经超过贫困线了，所以老百姓认为低保户和贫困户，两者你只能占一样。那个时候他还不是贫困户。我是2015年7月份去的，8月他就来找我，他说他想办个残疾人的营业执照，但是工商所不给他办，因为他什么手续都没有。

贺：他想做什么呢？

李：工商所那边也给我打电话，我就问了残联、工商所和他本人。原来是残联那边有一个居家灵活就业的政策，鼓励残疾人在家里就业创业。而能够证明你在家里确实已经就业创业，就是看你有没有工商营业执照，确实已经就业创业的，残联有些补助。当时我去还不到一个月，从侧面了解过他这个人。他是哪种人呢？他有残疾人福利补助，像民政这些地方，他已经是常客了，今天跑到镇上找领导要个临时救助500块，明天又去找领导要个1000块，就是这样的人。他"吝啬"到哪种程度呢？他复印一个身份证，到外面复印要花几毛钱，他不得去，他就跑到政府办公室来，理直气壮地跟政府办公室的工作人员说："给我把身份证复印了！"他觉得政府就该为他服务，政府就该把我纳到救助这里面来，你就该给我拿钱！但是这些也缘于他的家庭确实很具体，一个残疾人还要供小孩读书。

贺：他是因为什么残疾？

李：帕金森综合征，有一只手这样抖，看起来还是很可怜、很造孽那种。他给我说了之后，我就马上问了工商所办他那个营业执照要些什么材料。那边说要身份证、户口簿，还要村上开证明，证明他家里能够提供这个经营场地，而且他有能力来养这50—100只鸭子。问了之后，我就给他写了一个证明。当时我又把他带到残联去，把所有的手续都办了下来。这里又有个小插曲：在工商所办营业执照的时候，要交120块的手续费和工本费，人家把票都开好了，但是他不交，他说他没有钱，他和工商所的扯了起来。当时我心里想把这120块钱给他出了，但我又怕的是这次我给他出了，以后搞惯了德行，我也负担不起呀。

贺：后来怎么解决的？

李：工商所后来没法，只收了他20块钱工本费。可以说这是我见到的第一个在政府行政部门办事还要讲价钱的人！他家里当时确实也养了几十只鸭子，办了营业执照后，他凭这个果然到残联领了居家灵活创业的补助。

贺：这个肖××多大年龄？

李：30多岁，他老婆是跑了的。

贺：有没有孩子？

李：有一个孩子在念书。

贺：他就是一只手抖？

李：对，一只手一直抖。你是残疾人，你有什么困难我们帮助你，只要在政策范围内，能够办的我们就给你办，就像他办这个营业执照，是我亲自给他办的！

贺：他现在怎么样？养鸭没养？

李：还是养起的，就是为这个事情，我在办公室当着众人，哭得一塌糊涂。

贺：在办公室哭？

李：对！

贺：是什么时候，为什么哭？

李：2015年，那时候我才去不久，现在又想哭了……

贺：慢慢讲，是怎么回事？

李：真的又想哭……

贺：那就擦擦眼泪再说吧！

李：不好意思，贺老师！当时和这个肖××挨到住的还有一户人，这户人家只有一个女人在家里，也养得有鸭子。农村里面这种鸡鸭肯定是会到处跑的，而且那上面也没有名字，所有鸭子长得都是一个样子。然后那个女人便说肖××把她的鸭子赶到他家里去了。

贺：肖××把别人家的鸭子赶到自己家里了？

李：那女人是这么说的。

贺：赶了多少只？

李：十多只！起初我还不知道，那女人有个亲戚在镇供电所上班，也姓肖，觉得肖××占强，见他侄女一个人在农村好欺负，把侄女的鸭子都弄到自己家里了！叫我要好好解决一下。我说："行，我先了解了解，然后把双方叫到一起调解一下！"他说："调解不得行，他肖××必须把鸭子还给我侄女！"又说他侄女很造孽等。当时我就觉得很为难，因为鸭子，就像我刚才说的，长得都一样，又没什么记号，很难说清楚，我便没有明确给他表态，还是只说我们先调解，双方都各让一步，把这个事情处理好。他见我没有明确表态，就找了我们镇长，镇长就签了一个意见，叫我和驻村干部来解决。那个驻村干部是镇上的。

贺：你就去调查？

李：对！我就去问肖××，肖××一口咬定，他没有赶她的鸭子，鸭子都是他家的！但另一方也一口咬定肖××赶了她的鸭子，反正双方都觉得自己有理，一方觉得受了欺负，一方说是冤枉他！

贺：真是没法说清了！

李：对，一个死不承认，一个死要他承认！当时我又刚去不久……

贺：具体是什么时候？

李：2015年10月份，应该是国庆之后，因为镇供电所那个姓肖的是国庆前给我打的电话。当时我见自己把这个案子说不清楚，就想到了派出所。这个事情发生的时候，他们报过案，派出所还出过警，我就想问问派出所调查得怎么样了。但我不认识派出所的人，我就想到了我们法律服务所的江主任，他一直都在柳林上班，和派出所的人熟，我就委托他给派出所所长打电话问一问。因为像这种事情，确实天上掉个神仙下来，都不一定能说清楚，说白了，就没人想管这个闲事。

贺：对。

李：我当时给江主任说了之后，江主任也给派出所打电话问了，派出所也说不出个所以然，便也没怎么理。过了几天，那个女人的亲戚，就是镇供电所那个姓肖的，他就跑到办公室来质问我。我说我给派出所衔接了的，问了的，派出所也没给我一个结果！我这么一说，他气就很大的样子，马上就跑到派出所去问。当时因为急，我话没有说得很清楚，我是喊江主任帮我问的，我本人没给派出所打过电话，因为我跟他们也不熟。加上我正忙着识别贫困户的资料这些，因为才去，业务还不是很熟，识别起来感觉很吃力，心情很不好。他来一问，我就说我跟派出所衔接了的，哪知道这话就说错了。他这去一问，派出所何所长就说没有哪个姓李的第一书记给他打过电话！他一听这话，便像得了理，马上跑到办公室来质问我，说的话很难听。那天我心情就不好，觉得自己真的受了委屈，然后就在办公室一下哭起来。当时哭还有另外一个因素，我觉得没有人能够帮助我。那时正在第二次识别回头看，我才去，许多情况还不是十分了解，比如一些人家，你单看他房子，土墙房子，裂缝都是很宽，十分差，从外观看他就应该是个贫困户，但是说不定他在外面打工挣了很多钱，在外面买了车，买了房子，你只是不知道。当时村上干部，看见我还只是一个黄毛丫头，也不是很相信我能够把农村工作干好。感觉所有的人都在逼我一个人，这时再加上那个人当着那么多人来质问我，就开始在办公室哭。其实后来回想起好像也没有什么。

贺：但当时觉得很委屈，这个是肯定的！

李：对，而且我也不是没有给他们解决，他们各说各的，一个说赶了的，一个又不承认，鸭子又不能说话，连派出所出了警都没下一个结论，你说我一个小女孩有那样大的本事给你说清楚？

贺：这个事情后来怎么了结的？

李：镇上出面把双方喊到场，但我就没去了。作为第一书记和司法所的，本来我该去，但我没去，司法所是法律服务所的江主任去参加的。

贺：还是由镇上来调解？

李：这种事，本身也只有调解嘛！因为人民调解，不可能你说你有多少只鸭子被对方赶走了或打死了，别人就要赔你多少多少只，因为你要提供依据，现在双方都提供不出依据，只有双方互谅互让，各退一步，把事情圆满解决，只能这样。当时肖××最开始来找我的时候，说是对方要他赔3000块钱……

贺：3000块？

李：好像是3000块，具体多少我有些记不清了，我们当时也觉得她是狮子大开口！当时我把肖××也教育了，最后给她解决了1000块钱，相当于给了她一个安慰，你说你受了损失，政府出面解决一部分。因为当时如果要肖××拿钱，肖××肯定一分钱也不会出的，只有政府和稀泥，把单买了。

贺：当时你在办公室哭，就没人劝你？

李：我男朋友，他也在柳林上班，那天他正好路过看到我在屋里哭，就进来把那个人吼了一顿。

贺：现在如果再遇到这种事情，你会怎么样？还会不会哭？

李：也可能还要哭，女孩嘛，泪腺肯定很发达，刚才说到这事我不是就又哭了？

贺：肖××现在的情况怎么样？纳入贫困户没有？

李：纳入了的，2015年识别的时候，就把他纳入了。

贺：这个人虽然有些地方可气，但还是得帮他。

李：对，还是要帮他，不能落下一户嘛！

贺：房屋易地搬迁没有？

李：搬迁了，他两个人，50平方米。

贺：还有没有什么事情让你觉得印象十分深刻，这一辈子恐怕都不会忘记？

李：有啊，比如在易地扶贫搬迁中，我记忆最深刻的有两件事。第一件事，1社有个姓肖的，他家里7个人，为什么有这么多人？因为他是个组合家庭，上面有两个老年人，中间有他们两口子，下面就是3个小孩，所以就是7个人。7个人如果易地搬迁建房子的话……

贺：人均不超过25个平方，就该建175平方。

李：按要求建了125个平方。

贺：老年人好大年龄？

李：60多岁，而且开始喊他搬的时候，他不愿意搬迁，他们1社那个聚居点的位置很好，我们觉得他不搬划不来，因为他家里7个人，一人2.5万，光国家补助就是十六七万了。等于说，他一分钱不花就可以住新房子。我们其实每件事都在为老百姓着想。

贺：他为什么不搬？

李：他说他那个老房子才换了两根檩子，用了将近1万块钱，你要把那1万块钱给他拿出来。还有，这个路他又弄石头铺垫了的，你也要把这个钱给他拿出来。当时他住的是土墙房子，檩子也确实换了的，这个是他自己弄的，但现在叫村上把他换檩子的钱拿出来，可是村上没钱，所有政府给老百姓的钱都有政策，是不能随便乱花一分的。如果我自己有钱，我掏1万块给你就是，可我也没钱！还有，你现在是一个土墙房子，政府现在给你修一座坚固牢实的新房子，你连房顶上的两根檩子都舍不得？还有就是他那里属于配套设施区域，应该易地搬迁的。

贺：对。

李：有一次我和镇上的挂联领导以及驻村干部一起到他家里去做工作，村上的其他人比如支书、主任这些人都不到场了，因为这些村干部都往他们家跑烦了，便对我说："他不愿意搬，我们还不想给他修了，拉倒算了！"再去做工作人都喊不拢了！但我想他那土墙房子，要是哪一天垮了，公路也不方便，一大家人怎么生活？再说，现在易地扶贫搬迁有这么好的政策，以后没有了，他不后悔才怪。我们现在该做的工作还是继续做，他实在不通那就没法了。所以这天只有我们几个外来干部去，本地干部都不愿意去了。幸好这天他买了我们面子，答应搬了，而且还把承诺书、协议书这些都签好了。我们满心欢喜，但没过几天他又变卦，又不搬了。这次是因为面积的事，7个人才给他修125平方，不干！

贺：最后搬没有？

李：说来可笑，我们给他做那么多工作，都没法说通他，最后他请了一个风水先生去给他看看那块准备建房的地，那风水先生一句话，说："这个地方可以可以，风水好得很！"他一下就相信了，又答应搬。现在房子已经修起了，就等着搬家了。

贺：这是一个故事，还有一个呢？

李：这个故事更奇葩！有个贫困户，只有老两口，嫌房子面积小，找我又哭又闹。

贺：两个人多少平方？

李：50平方嘛！他觉得面积太小，他们心里不平衡的是什么？是因为另一个贫困户，这个贫困户姓唐，一个老年人，一人一户。她儿子叫刘兆兵，家里4口人，也是个贫困户。去年刘兆兵出事故，意外死了，在家里死的。死的时候，易地搬迁早已定了，房子都修得差不多了。因为他母亲一个人，只能给她修25平方，但贺老师你知道，25平方怎么修？因为都是贫困户，又是母子关系，我们便把老人的房子和刘兆兵的房子联建在一起，加起来就是5口人，125平方。现在刘兆兵死了，刘兆兵的儿子、女儿也在外面打工，相当于这两家人就只有姓唐的这个老人一个人在家里住。那一对老人就觉得姓唐的老人一个人住那么大的房子，他两个人才住50个平方，心里就不平衡。他就没有想到这个情况是一个特殊的情况，只看人家一个人住大房子，他们两个人才住小房子，所以就到我那里来又哭又闹。

贺：他们也要住那样大的房子？

李：比那个还要大，因为他们是两个人嘛！当时我真拿他们没办法，又是那么大的岁数了，只能劝他们。

贺：假如你现在遇到刚才讲的这些故事，你会不会坚强一些了？你还是很喜欢笑的。

李：肯定要坚强得多了！

贺：刚才你说到你男朋友也在柳林镇，你们结婚了吗？

李：去年6月份结婚了。

贺：丈夫在干什么？

李：也在乡镇上。

贺：有孩子没有？

李：没有。

贺：是不是见第一书记这么辛苦，还没有想到要孩子？

李：对。

贺：好，祝福你！你从一个哭鼻子的小女孩成长到被省委、省政府授予"优秀第一书记"的光荣称号，还有很多感人的事迹，我今天都没问，材料上有，我回去会认真看。我关注的是你的成长经历和你迎接挑战的勇气。我相信你的经历对你的同龄人会有很大帮助。感谢你给我讲了很好的故事！

李：谢谢贺老师的鼓励，我一定会坚持下去！

谁说女子不如男

——恩阳区观音井镇岳王村第一书记张芳访谈

张芳，女，中共党员，1974年11月生，成都理工大学会计学函授本科毕业。邮储银行恩阳区支行信贷客户经理。2015年4月派驻恩阳区观音井镇岳王村担任第一书记。2017年4月被中共四川省委、省人民政府表彰为"优秀第一书记"。

贺享雍（以下简称"贺"）：张书记，你的派出单位是邮政银行恩阳区支行？

张芳（以下简称"张"）：对，我是邮储银行恩阳区支行的信贷客户经理。

贺：能谈谈你的工作经历吗？

张：我最初是磨子乡一个邮政协储员，磨子乡是我老家。在本乡镇干，也不是自己吹，做协储员的时候还是比较优秀。

贺：你现在也很优秀，我相信你一直都很优秀！

张：当时磨子乡需要一个人搞协储，因为我是一个农民子女，父亲是一个基层干部，在当村支书。我爸爸的命很苦，出生40天我奶奶就死了，后来就抱养出来了。我们三姊妹，哪怕我爸爸当一个基层干部，家里实际上也很穷。当干部只是名义上好听，就像俗话说的外面绷样子，屋里搅糨子，我很理解父亲养我们的艰辛。我高中没读完，就出来找工作了。我爸爸为这事很遗憾，我自己也很遗憾。我1996年结婚，1997年当代课老师，当时磨子乡邮政所有一个协储员，但因为差钱，干了不到半年就跑了。这样我就辞了代课老师的职业，去做了协储员。我第一个月领了75元工资，到2000年的时候，我3个月就领了1万多块钱的工资。那个时候教师一年才能挣3000—4000块钱工资。后来领导又把我派到下八庙镇，下八庙当时那个搞协储的人不负责任，我们磨子乡7个小村都有300多万余额，而下八庙镇当时只有80多万余额，连我听起来都像笑话。到下八庙镇工作了一年，我们的余额一下就突破1000万，在整个巴中都是排到前头的。2005年底，我们的余额达到1111万。2008年,邮政局改革分家,邮储银行诞生了,我是唯一一个从协储划到联网网点再划进银行的!2008年过后我就从事信贷工作,一直到2014年。2013年我爸爸得肺癌,2014年去世。我们家里很特殊,姐姐没有文化很早就结婚了,姐夫在文化站工资也不稳定,家里很具体,偏偏在2002年,我姐姐又得了脑瘤,需要做手术。我哥哥在中石油工作,条件好一些,我在邮储银行工作,也还过得去,因此我姐姐的医疗费,我跟哥哥承担了50%。2007年又做第二次手术,这次我跟哥哥承担得更多,大约承担了70%,但没能救活姐姐,2008年我姐姐就过世了。我爸爸2013年3月份检查出来是肺癌,而且是晚期,那时我的工作已经调到玉山去了。2013年底我爸爸已经卧床不起了,从小虽然我们家里穷,但是爸爸对我的爱,我真是没法说。

贺:你是老幺?

张:对,我是幺女子,但我爸爸妈妈对所有的子女都是一视同仁。在我们整个家里,爸爸妈妈他们那一辈姊妹都很穷,但是血浓于水的这种感情,比那些有钱人家,不知要浓多少!包括我姐姐生病,像一般的姊妹做不到,包括我哥哥、我老公、我嫂子从来都没有说什么。我姐姐第二次做手术,我去下八庙工作,磨子乡的老房子卖了1.9万元,就给我姐姐拿了1万多去治病,还不说她的零用钱和穿的这些全是我们管完。爸爸病重期间我去单位向领导请假,领导也十分关心我,就把工作又调回我的老家。这个时候,我才每天早晚回家照顾爸爸,直到他咽下最后一口气。爸爸走的时候年龄并不大,还不到66岁,对我来说这一直是伤心痛苦的事。爸爸没有好多文化,他干了几十年基层工作,他很有思想。他对我寄予了很大希望,他经常鼓励我:"谁说女儿不如男,我女儿就是得行!"2013年的时候他都还在当我们那个村的村支部书记。

贺:现在,我该佩服你,还是该佩服你爸爸?我觉得你父亲很了不起,他养了你这么一个女儿!

张:2014年爸爸的死对我是一个打击,那一段日子,同事一看到我就说:"张姐,你像是丢了魂似的!"2015年4月,领导就派我到观音井镇岳王村担任第一书记。

贺:你什么时候入的党?

张:1993年,不是老党员,但党龄也不短了。2015年派驻的时候,恩阳还归巴州区管,4月18号开的会,19号我就到了村上。真正脱产是2015年11月份,在此以前那几个月,说白了大家都没有怎么重视扶贫工作或者觉得第一书记很重要,但我们单位领导比较重视,在2015年4月到11月份之间,每个月我在岳王村至少要待10天左右,只是没有全脱产。我们那个村很小,只有4个社,村两委的班子也比较能干。你知道农村很多地方,村主任和村支书都有矛盾,你夹在这两者之间,压力就很大,但我们村没有这种情况。2015年11月份全脱产,我这个人的作风就是今天要干的工作,绝不拖到明天,你就是加班到半夜也得干完!那个时候我们单位还给岳王村派了一个驻村工作队队长,那天我们入户走访调查,突然遇到下雨,我们就穿着雨靴,打起雨伞,和驻村工作队长、村妇女主任,还有乡政府脱办的黄彦,那一段时间他也分到我们村管脱贫攻坚。我说今晚上我们打起灯笼火把都要把全村的贫困户走完!快到晚上10点时,几个年轻的都走不动了,又不好说,妇女主任就说:"张书记,你今天还要走,刘正银在河边上,起码还要走半个小时哟!"我说:"走完,走完了我们心里才有一本账!"

贺:晚饭在哪儿吃?

张:在一个村民家里,给了200块钱,因为我们下村,包括我们单位从来不免费吃别人的饭,我们一般不给村上添麻烦。

贺:那天晚上,你们真的把全村走完了吗?

张:走到10点多钟,终于把全村最后一个贫困户家里的情况调查清楚了。如果你连全村贫困户家里是个什么情况,哪个屋里有几个子女在外面读书、有几个人生病、生的是什么病……这些情况都不清楚,还怎么扶?最穷的一户叫肖德贵,他妻子有精神病。

贺：几个人？

张：7个人，还是个大家庭。因为我们去时正在下雨嘛，他屋里那个房子当时就漏得不行！

贺：妻子是精神病？

张：看起正常，实际是精神病。

贺：多大年龄了？

张：50多岁吧！这次送到精神病医院去了。不惹她的时候，非常爱干净，疯起来就在家里摔东西，把家里的人往外面撵，只能让她一个人在家里，连老公也不能跟她在一起。

贺：老婆是精神病，儿子呢？

张：儿子在外面打工，而且都有文化，但挣钱有限，严格地讲就是典型的不会理财。大儿子接了个媳妇还好，在观音井街上住起的。幺儿子先接了一个女人，还生了一个小孩，后来又跑了，结婚证都没有扯，你怎么整呢？然后是肖德贵本人，在外面打一年工回来口袋里剩不到2000块钱！这个家庭就是这个样子，房子没房子，钱没钱，万一房子漏雨垮下来把人砸死了，就是我们的事了。我就跟村两委商量，那个时候易地搬迁的政策还没出来，我们就帮他重新修房子，才把他纳入易地搬迁。当时我们单位给他买了10000匹砖，村上也给他买了10000匹砖，其他资金都是他小弟四处借的，他儿子一分钱都没拿。经过大家一起努力，给他把房子修起了，他还办了酒来招待我们，我们一人给他送了几百块钱。

贺：是什么时候的事？

张：2015年底，2016年初就把房子建起了，不久易地搬迁的政策来了，我们也把他纳入进去，因为他太穷了，如果不帮的话，他没法脱贫。易地搬迁款一来，因为他房子已经建了，我们就把款打到他个人的账上。他一共该15万，已经打了12万，只有3万块钱没有打。他就把12万元拿去，该还账的还账，因为原来建房款全是借的。房子一修，他妻子的精神病也好一些了。她认得到我，知道是张书记，我们喊她三嫂："三嫂，你今天又在干什么？不准把窗子整烂了哟！"她说："不得了，不得了，我怎么得了嘛！"她老公去年下半年就在屋里了，带他幺儿子那个娃儿，现在他一家人基本生活还可以。

还有一户叫张正芳，典型的贫困户，重度风湿关节炎，巴中市人民医院、中医院都去过，没办法，老毛病。她儿子个子一米八几，二百多斤重，我经常说他摔下去把牛都打得死！他有个女儿，这个孩子我非常喜欢，我也重点要给贺老师说一说！这次高考考了四百零几，一个农村女娃娃，家里又是那样贫穷，可能也只有那个样子了。但她写的字很好，比我都写得好，我觉得她那个字有点儿像从事办公室文秘工作那一类人写的。

贺：但是四百零几分也上不了好大学。

张：本科上不了，但读个好专科还是可以的！这个女孩有很多优点，真的是穷人的孩子懂事！她个子也有一米七几，每周星期天回到家里，都要给她婆婆准备一周的水，把屋里收拾得干干净净，把她婆婆的衣服换下来洗完。热天暑假的时候背一个大脚盆，你知道农村里面的背篓，背在堰塘里面去洗，这个女子很不错！她弟弟今年初中毕业，成绩不怎么样，也不怎么听话……

贺：这女孩叫什么名字？

张：刘××！她妈妈和她爸爸是离了婚的，她妈妈现在改嫁在江苏，对这个女子还是有感情，经常给她姐弟寄些衣服，前年还回去看过他们姐弟俩和她老人婆。

贺：她爸爸呢？

张：她爸爸叫刘德明，现在在新疆务工，不知道他做什么，我问他挣好多钱一月。他给人家吹的是几千块钱一月，给我们又说没有挣到钱。他家里房子很恼火，厕所还有厨房都非常恼火！室内的东西都挨不得，一挨就是个无底洞。去年我们村预脱贫，要改厨改厕改危旧房，他屋那座土墙房子，还是张正芳的老公在世时修的，自从刘××的爷爷去世，她那个爸爸又不怎么样，又离异，家里就不成样子了。这个刘德明没有了女人后，把刘××姐弟俩往家里一甩，就跑出去了。幸好刘××的姑姑有孝心，每月都给母亲寄些钱回来，但这些钱都拿来供刘××姐弟俩上学用了。现在这个张正芳，就是刘××的婆婆风湿越来越严重，真可以说是走一步路都困难。我们帮扶单位去看她，就给她买了被套、棉絮、拐杖、暖宝宝这些。去年中铁二院搞金秋助学时，给刘××资助了2000块钱，这个孩子很有自尊心，她当时都不愿意接受这个资助。我知道她心里的想法，她想自强、自立，她觉得我们好像在给她施舍一样，我就给她说："这是国家政策，我们没人藐视你，看不起你，你就努力好好学习，争取改变自己的命运吧！"她这才收下了。她很坚强，每次我都鼓励她，虽然你的成绩不是很好，但一定要坚定一个信念，那就是一定要读出来，哪怕你以后只考一个专科，总比一个高中生强，今后你家里改变命运就靠你了！我非常非常欣赏她那一手字，我们领导看了都觉得她写字真的好，现在好多大学生写字不行，都用电脑了，写的字差得不得了，那个女子随便写几行字出来，都是工工整整的，她帮我们做记录，记录得有条有理的，真的很坚强！虽然这个女子只考了个专科，但未来我还是觉得很有希望！

贺：以后遇到你们邮政储蓄银行招工这种，张书记你就向领导推荐她，争取使她有个正式的职业嘛！

张：我们银行工作压力大，像她这样的女子，不存在不好找工作，不一定到我们银行来。

贺：唯一的希望是她和她家庭能够摆脱贫困！

张：对，我们银行工作压力大，我们不想这些女孩子再承受这么大的工作压力，我们银行工作的压力就如同脱贫攻坚！

贺：这个家庭真的非常特殊，三辈人三种性格，婆婆慈祥、多病，把两个孙子养大，孙女儿坚强、孝顺、懂事，希望能够自强、自立，可作为父亲，我就不好说了！

张：贺老师总结得太好了，确实是这样！那个刘德明，就是刘××的爸爸，我也真的不知该说什么好。我们随时都在给他打电话，但他从没给我们说过实话。他说他一个月只挣得到1000、2000块钱,现在挣1000、2000块钱做什么?现在外面不管做什么,挣个3000、4000块钱应该是普遍的。而且他又在酒店里面,在酒店里面做什么,是厨师还是在做管理,他也不得给我们说。我不知道他这样做,是怕我们知道了他的真实收入,还是想逃避抚养儿女和赡养老人的义务。也可能他是有意隐瞒自己的收入,想让国家在政策上多给他倾斜。但他今年就脱贫了,看他以后会不会给我们说实话。

贺:他家的房子重修没有?

张:没有重修,但在原址进行了改造,享受危旧房改造的补助。

贺:继续讲。

张:还有一个,算是我们观音井村一个特殊人物,典型的上访户,北京都去过。

贺:他家里几个人?

张:就是父子两人,儿子是精神病患者,常住巴中精神病医院,算是民政把他养起的!去年他两爷子还享受低保特困人员补助,每人265元,两个人就是530元,但还经常来找我们麻烦。

贺:他为什么上访?

张:就是为了要好处呗!

贺:好大年龄了?

张:50多岁!去年8月份,有一天我在办公室,他突然来了,对我说:"我要贷款!"那个时候扶贫贷款政策出来了,每户可以贷5万元,但是家庭必须要有劳动力,不是人人都能贷,没有劳动能力,你贷去做什么?扶贫贷款主要用于贫困户发展产业的!但像他这样的人,根本不敢贷给他。但他直接给我说:"你是银行的,你给我盖个章,我要贷5万!"我说:"你贷款做什么?"他说:"我看病!"我说:"你是贫困户,可以享受医疗救助,你有啥病就去观音井医院看,观音井治不了就到恩阳,恩阳治不了就到巴中市,巴中市治不了就到省医院,医疗费给你报90%,还需要贷什么款？"他说："那不得行，我想在哪里治就在哪里治！"我说："那我这儿也不得行！上面有政策，你不符合贷款条件！你要贷款，想在哪里看病就在哪里看病，而且我们这个扶贫贷款是支持产业发展，不能用于生病，生病有医疗救助，不能把产业发展资金拿去看病！"他一听说就跳起来了，厉害得不得了，就说他要到北京去告状。但平时他又不在家里，一年四季很少看到他，只要一回来，就保准是找村上扯筋的。

贺：他有什么病？

张：他儿子是精神病，他只是腰痛，我们村上还有个80多岁的老太婆，我说："你再老，也没有乔桂芳老吧，人家80多岁了，还把屋里收拾得干干净净，还到地里种菜，你才50多岁，天天在干什么？哪个没点病？你又不是癌症，为什么自己不能做点什么，就光想依靠政府？"他赖在我办公室不走，我说："你走，我要锁办公室了！"他说："我不得走，我就住在办公室里，你这里面的东西我又不得拿！"我说："那不行，办公室是公家的，怎么可能拿给你住？走，下班了，我们到政府去！"我马上租了个车，把他喊到镇政府去。村两委的人在镇政府开会，我就把他带到会场去，我说："我去帮你找领导，我哪有那么大的本事和能耐解决你的问题！"我们肖书记在那里，我说："肖书记，我们把他这个问题解决一下！"他一看到肖书记，转过身就跑了。

贺：他怕肖书记？

张：是呀，他就是吃柿子拣软的捏，以为我是一个女人，好欺负，一看到肖书记他屁都不敢放一个，转身就跑了。下午我们在镇政府办公室接访一个上访群众，我看见他又来了，大概他也想来听听别人有哪些想法，我一看到他，便又对他说："刘××同志，马上到郭书记办公室去！"他一听，马上又走了，从此他就再没来找过我的麻烦了。这个人，所有贫困户该享受的政策，他全享受了，我也不知他心里究竟是怎么想的。去年中铁二院搞捐赠，每家一件大衣、一床被子，粮食局给每一户发了一个粮仓，结果他拿去全送了人。你说拿这样的人有什么办法？幸好今年过年的时候。他带了一个女朋友回来。

贺：女朋友？

张：对，因为以前好吃懒做，女人和他离了。带回来这个女人还可以，也是江苏的，对他还比较好，喊他劳动，他就下地劳动……

贺：就是刘××？

张：对，女人叫他干什么，他就去干什么，我看还不错。刘××很爱干净，字也写得还可以，过去主要是懒，过的日子肯定比你我都悠闲，包包里面装个录音机，音乐放起，悠悠闲闲的！过了年两口儿就走了，听说在哪个城市做护理，今年就没有回来打扰我们了！

贺：那个女的有好大年龄了？

张芳：也有50多岁了，个子比较高，说的扯结婚证后，把户口迁到江苏去。

贺：家中有女为安，有个女的把他管着，可能要好一些。

张：对，今年村上就风平浪静了！

贺：两年多你一直在村上？

张：一个月要在下面待二十七八天，忙起来的时候甚至一个月都不回去。

贺：家里呢？

张：我老公在四中教书。

贺：孩子呢？

张：孩子也毕业了，也在巴中中学当老师。

贺：他们都非常支持你？

张：对，他们也很支持我的工作。然后就是我妈，我爸爸去世过后，老家的庄稼地都栽了桂花树，土地只剩了一点点菜园子，我就把我妈接到城里来给我们煮饭。我一天忙忙碌碌的，经常是早出晚归。加上我又是一个驻村干部，你看我大大咧咧的，很开朗，其实我这个人十分拘谨，从我参加工作以来，从不和哪个男人开个玩笑，实际上是那种很传统的人。但我喜欢接触人，在银行是搞营销的嘛，不接触人怎么行？所以不管是穷人富人，我都喜欢接触，像你们文化人，更喜欢接触。

贺：看得出，张书记你这种性格，乐观、开朗、大气，是容易交上朋友的！

张：对，但我老公就不行，只晓得教书，在接人待物上没我大气。他的父母也是农村的普通老百姓，我爸爸虽然也是普通老百姓，但由于他一直在村上做干部，必须要接人待物，要应酬，不管认不认得，他都能交上朋友，他这种性格影响了我。但我这种性格也影响了老公，他现在就比过去好多了，对我工作也非常支持。

扶贫路上绝不落下一人一户

——恩阳区柳林镇桅杆垭村第一书记陈勇访谈

陈勇,男,1973年5月生,四川省达州市蒲家镇人。1993年11月参军,1997年5月转业在巴州区市政工程处工作,2013年3月转至恩阳区市政工程处,2015年4月在恩阳区柳林镇桅杆垭村任第一书记。

贺享雍（以下简称"贺"）：陈书记，你是从恩阳区住建局派到桅杆垭村做第一书记的？

陈勇（以下简称"陈"）：是，在住建局一个下属单位，市政工程处。

贺：担任什么职务没有？

陈：没有，就在办公室工作。

贺：哪一年参加工作的？

陈：1993年，1993年到部队当兵，我是转业后到住建局的，先是在巴州区，2013年巴州和恩阳分家，我分到恩阳，事业编制。

贺：你父亲是不是农民？

陈：不是，我父亲已经去世20多年了，家里面只有一个母亲，70多岁。我们一直住在巴中城里。

贺：也就是说，你从没有在农村生活过，也没有农村工作经验？

陈：对，2015年的4月份，我才到桅杆垭村做第一书记。

贺：领导当时怎么会派你去？

陈：这个是领导安排！不过2015年刚去的时候，第一书记还比较清闲，跟现在的扶贫完全是两个概念。

贺：第一次看到桅杆垭村的时候，是个什么样子？心里有什么感受？

陈：我第一次下去的时候，给我的感觉桅杆垭村好像是生活在另外一个世界里，有一种被抛弃了的感觉。真的很贫困，道路不畅通，要什么都没有。水、路、电基础设施这一块都很差，很落后。

贺：这个村离镇上有多远？

陈：15公里。

贺：离恩阳城呢？

陈：更远了，将近30多公里。

贺：全村总人口是多少？

陈：全村504户，总人口是1556人，贫困户是56户、192人。贫困发生率12.77%。

贺：能不能说一说你下去看到的最穷的贫困户是什么样子？

陈：比如说我们2社的有一户姓吴的村民，就是多病，什么心脏病、风湿病、慢性关节炎等。他们家里面就老两口，因家庭贫困，两个儿子结婚后自然分户了（是在评定贫困户之前分的户）。这个姓吴的村民还有白内障，两只眼睛都看不见，整天手里就拄着两根竹棒，房子非常破旧。我们村委会那个时候就组织人给他把房子重新翻修了一下，不然那个房子住起来非常危险。那个时候易地扶贫搬迁的政策还没下来，我们只能给他翻修、加固一下。后来易地扶贫搬迁的政策下来了，我们动员老两口搬迁到我们新居安置点来，但两个老人念旧又不想上来。他们走路都非常困难，吴××上厕所都没有办法蹲，因为他不但眼睛看不到，还有严重的类风湿关节炎，蹲不下去，全靠他的老伴把他扶着。他老伴身体也不是很健康，也多病。他那个老房子又在整个村的边边上，挨到另一个镇了……

贺：他们没有儿子？

陈：有两个儿子。

贺：儿子的情况如何？

陈：他两个儿子家庭情况只能说一般。每一年两个儿子还要给两个老人拿一点儿钱，说白了就是给一点看病的钱，两个老人需要天天吃药嘛！现在他们的帮扶人是我们局里面的工会主席。张主席还在和我开玩笑，说是我给他分的，我说不是我分的，我们驻村都是上面派下来的，都是一样的！张主席做了他们的帮扶人过后，给他们想了很多办法，比如说帮他们解决一些临时救助呀、特殊门诊呀等。又把他们纳入低保贫困户，政策兜了底的。在经济上面，我们一定要保障他们在脱贫线以上！现在我们正在做他们的思想工作，还是要动员他们搬到新居那里。

贺：他们住的地方，条件是不是十分恶劣？

陈：他们住在河下的，就是村子边上，也不通路，我们每次到他们家去，要走一个多小时。

贺：就他们两个老人在那儿住？

陈：离他们家大概100多米的地方，有人家。

贺：他们儿子都搬到外面去了？

陈：他们儿子是相当于嫁出去那种，因为他们那个地方很不好找对象，所以两个儿子都只有倒插门，不然这辈子他们都没法成亲！他们那个小儿子和媳妇倒是经常回来看看两个老的，还是很有孝心的。

贺：陈书记，你刚才说到自己从没在农村生活过，也没有农村工作经验，你讲一讲下去以后，你是怎样尽快融入老百姓中去的？在对贫困户的精准识别当中，你遇到过什么困难没有？又是怎么克服的？

陈：我们才下去的时候，人生地不熟的，跟村委会的都不熟悉，很多情况都不清楚。老百姓对我们也不冷不热，感觉我们很陌生，有点不想理睬我们的样儿。当时我们开展工作比较难，相当于老百姓不接受你。

贺：能不能讲一个例子给我听？

陈：我2015年下去的时候不久，就开始贫困户的精准识别了。精准识别我们是怎么开展的呢？就是先入户！我就让村干部带着我去，因为我不熟悉这里的情况。全村7个社，我就一个社一个社地走，这样能够确保精准。因为一个社的人相对要少一些，彼此都了解得很清楚。走完以后，才叫社长把整个村民小组的人都召集起来开会，大家来评议你这个社哪个最穷，把名次排出来。这个东西让老百姓自己评，我们说了不算，老百姓说谁该当贫困户就谁当。我当时想这样做肯定公平，没想到刚开始就碰了钉子，老百姓是很复杂的。

贺：碰到什么钉子？

陈：我给你说吧，当时有一个叫黄××的，家里6口人，这个黄××在老百姓当中反映不是很好，他做事有点儿出格，老百姓都有点恨他，对他的意见也挺多。

贺：他是不是贫困户？

陈：是贫困户，不过那个时候还不是！我2015年下去的时候，最早就和他接触。有一次他和邻居闹矛盾，为一个什么事呢？他们两家房子挨房子，中间有一条水沟，黄××家里面养得有10余只鸭子，鸭子在水沟里放的时候，就用嘴壳去嘬那一家人的墙脚。那家人便说黄××家的鸭子要把我房子基脚弄垮，两个人就吵起来了。其实他们两家人还沾亲，吵起来后，两个人互不相让，我和村委会的就去给他们解决。这是多小一点事情，你想那个鸭嘴壳也不可能把你墙嘬倒。但在黄××这个人身上，我才开始了解情况的时候，他说的话就把我惹生气了。

贺：他当时是怎么说的？

陈：他说那户人家修房子的时候把他的土地占了，你修的时候我没有说让给你，现在你虽然修了房子，现在你要把那块地还我！你想，先不说那块土地是不是你的，即使是你的，人家房子都修起几年了，怎么可能还给你？结果又吵得不可开交。我们当时把他们喝住了，然后把双方都批评了一顿，就算暂时解决了，他们也没说什么。结果第二天，那个黄××竟然拿一把锤子，把人家的墙体一角给砸了一块，还是要求还他的土地。你说这个黄××讲理不讲理？

贺：砸了多长一截？

陈：只砸了一个角，问题不是很大，但他明显是去惹事。我就说："你砸人家的墙是不对的，必须给人家修补好！"他说："那是我的地盘，他给我占了，我几只鸭子就在水沟里放养，还说把他家的房子基脚弄垮了，我为什么还要给他补？我肯定不得补！"我怎么说他都不答应。我们村委会就想了一个主意，第一，你不是说他修房子占了你一点地吗？占了多少，我们让他从他的承包地里划一点地还你！第二，你自己弄两根竹子编一个围栏，把水沟拦起来，你的鸭子只准在你这边的水沟里放，不能到人家那边去！

贺：他同意吗？

陈：他同意了，我们给他协调过后，第二天去看他把围栏也编好了，把鸭子也围了起来，墙脚也给人家补好了。我又去做那一家人的工作，说墙脚补了就行，也不影响主体建筑安全，毕竟是邻居，还沾亲带故的，一定要搞好关系。这家人是很讲理的。加上这个黄××以前手脚也有点不太干净，所以尽管他家里很穷，但没人同情他。

贺：后来召开村民会评贫困户时，一些人便不投他的票？

陈：对，明明他家里很贫困，但没有投他的票！

贺：他家里是一种什么情况？

陈：他家里6口人，2个老人。

贺：黄××多大年纪了？

陈：60多了！下面有1个儿子1个媳妇，再加2个孙子，还有他老婆。

贺：评的时候他得了好多票？

陈：票数很低，很多老百姓不投他的票。

贺：群众关系不好？

陈：非常不好！但他家里又确实困难，习总书记说不能落下一人一户，不能因为他为人不好，邻里关系不好就把人家甩开。所以说任何事物都有两面性，这个群众呀，有时候也有些问题！怎么办？我们又只好做群众的工作，给老百姓讲政策，讲道理，就说不管他人怎么样，我们得按政策来，他家里确实是贫困，你们大家都知晓！我们就把他家里的人一个一个地背给大家听：你看嘛，这个黄××，也60多岁了，他老婆也快满60了，也多病，能干得了什么？还有2个孙子，还要上幼儿园，不但不能干活，还要人照顾嘛！就剩下他儿子儿媳妇两口子，他儿子读书没有读出来，之前在外面打工，钱也没有挣到，一家人就有4口人吃闲饭，吃闲饭不说，老两口生病还要花钱哒嘛！我们这样一个一个给老百姓苦口婆心地说，起先，大多数乡亲们还是不肯松口，说："这个人太不讲道理了，手脚也不太干净！"我们就说："他不讲道理归不讲道理，但我们该评还得要评，怎么说呢？这是两回事！你评了他，他今后感激你们，说不定就讲道理了！"我们就这么劝，最后大家才同意把他纳入到贫困户中去！开始老百姓是直接不投他的票。

贺：又重新开会投票没有？

陈：怎么没有，这个是要开村民会的！第二次开会前我们还是不放心，又对大家宣讲了一遍党的政策，不能带个人恩怨，不能因为关系不好就不投他，人得讲良心等。尽管我们跟老百姓反反复复讲了，但还是有一部分村民不投他的票，只能算是勉强通过。

贺：如果当时把他纳不进贫困户中去，真是个问题。

陈：对！我们当时感到压力特别大，你不把他纳入到贫困户中去，他确实贫困，到时最后国家验收的时候他们家庭那个样子，怎么能够检验过关？还可能对整个恩阳区、巴中市甚至给全省的脱贫都会带来不良影响。

贺：现在这一家人的情况怎样？

陈：还可以！他被评为贫困户后，享受了国家很多优惠政策，很感激我们，和周围老百姓的关系也真的有所改善了，起码黄××不像过去那样扯横筋了！他儿子借钱买了一辆二手长安车，现在跑运营。

贺：这不会影响到他享受国家的一些优惠政策吧？

陈：不会，他是被评为了贫困户之后买的，几千块一辆二手车，也给自己增点收入嘛！

贺：这个黄××一家，易地搬迁中有没有他？

陈：没有，我们动员了他搬到集中安置点去，他不想去。他主要是嫌这个易地搬迁，一个人只能有25平方，他几个人最多125个平方，嫌房子小了，家里人多住不下，这是易地扶贫搬迁中一个普遍问题。

贺：农村低保他家有没有？

陈：有，医疗保险他家有，养老保险他家也有，该有的都有了。

贺：他今年可以脱贫不？

陈：去年就脱贫了！我给你说嘛，除了上面那些兜底保障外，他儿子买了辆二手车跑运营，又加上他搞点养殖业，再加上帮扶人员对他们家的帮扶，房子虽然没有易异地搬迁，但是有C级危房改造这一块。他已经改造过了，年初他还想修房子，我说："你还可以，都有钱修新房子了！"我想依他家现在的经济条件想修建砖房，肯定家里要欠一屁股债，于是便又对他说："上面有规定，要修不能在原地修，到聚居点去！你如果想原址上修房子，肯定不行！"我说了后，他就没有修，聚居点也不愿意来。为这个事情，他还对我有点意见，说我不准他修房子。

贺：你给我讲了一个精准识别方面的故事，我觉得你们做得很好，很负责任！在对一家一户的精准扶持方面，能不能也给我讲一两个这方面的故事？

陈勇：我们这个帮扶，全区干部几乎是全部出动了！凡副科级以上的干部，每人挂包4户贫困户，一般干部挂包3户。下去过后首先各自找各自的挂包户，深入了解他们的情况，了解完过后，一个一个地制定帮扶措施。比如你这一户因病缺乏劳动力，我们就千方百计地解决你治病问题。比如说大病，有特殊门诊，有住院治疗，住院治疗自己只掏10%，国家解决90%，这样贫困户看病就不用拿多少钱，这一块老百姓得到了实惠，还是非常拥护的。

贺：比如你刚才说的那个黄××，他的帮扶人是谁？

陈：我们征收局杨局长。

贺：他被评为建档立卡的贫困户之后，你们给他制定过具体的脱贫方案没有？

陈：有！我们为每一个贫困户都制定了一个帮扶规划表，具体到脱贫年度，比如是2015年、2016年或者2017年、2018年的都有。黄××是2016年脱贫的，2017年还有一个巩固提升的帮扶规划，后面的都有。比如说他因病，有免费体检，医疗报销住院这块费用等，你报销了好多，你自己支付了好多，整个帮扶内容、帮扶成果、帮扶成效，都能在里面体现出来。

贺：具体到黄××这一户，医疗这一块就不说了，肯定是按照你讲的执行的。除了看病以外，比如针对他那个儿子和儿媳妇，根据他们的文化程度、劳动技能等，又根据你们这儿的具体条件，第一年可以做些什么，第二年又可以做些什么？这些具体的东西你知不知道？

陈：这个我就记不到了，这得看他的帮扶台账。因为具体的帮扶，是由他的帮扶人一对一来做的，我只能知道个大概。帮扶这块大部分都是以政策性的为主，再就是产业和就业方面。比如他身体好，有劳动能力但又缺技术，我们就培养他的技术。我们每个村都建有农民夜校活动室，这个农民夜校就是专门给老百姓培训一些劳动技能和种植、养殖技术的，也有政策宣传、尊老爱幼、敬老孝老等内容。

贺：他儿子买这个二手车跑运营，是不是在帮扶领导指导下，给他制定的？

陈：这个我们肯定是鼓励他的！贫困户自己创业，这块我们一直是鼓励他们的。但要我们帮扶人员给他出多少资金，这个也肯定不现实，因为都是工薪阶层，只能帮扶鼓励他，让他自己奋发努力，改变现状，这块更多地是从思想上帮扶他。

贺：他现在一天能跑多少钱？

陈：这个具体不清楚，他主要是跑桅杆垭到来龙场，几块钱一个人，生意还是不错的。

贺：很好，他这是一个吹糠见米的职业，对家里脱贫帮助很大，但愿他能慢慢发展得更好！工作中还遇到过什么困难没有？

陈：困难可就多了！比如发展产业时，原先老百姓的地大多荒着，草木乱七八糟地长，进村看不见村，只看见到处都是树和剌剌草草。但一到发展产业时，要整理土地，老百姓便说这个不能砍那个不能砍，我要留着做老木的，要不就是我这个树要卖好多钱，你要砍，先拿几千块钱来！这些问题频频发生，还不是一户两户。老百姓只看到眼前利益，看不到长远利益，工作很难做。

贺：你再给我讲一个具体的故事，哪个社哪户人给你留下的印象最深？

陈：3社前不久有一个老太婆姓陈。全村3社的问题最多，因为3社就在村委会边上，又挨着村道的，相对他们的问题就多得多，解决起来也是非常头疼。这个陈老太婆有几棵柏树，因为就在路口上，必须要砍，每棵树有七八米高，一棵树她就要1000块钱。一棵树1000块钱，那怎么可能呢？她就要1000块钱，要砍可以，1000块钱一棵，不给是不是？不给我就去跳堰塘！你以为是说着玩的？她真的就有那么横！我们村路下面100米左右就有一口堰塘，她真的朝堰塘跑。说实话，那个时候还真把我们吓着了，急忙派两个人跟着她……

贺：真跳？

陈：真跳！幸好那个堰塘水不深，因为我们那个村缺水。

贺：但毕竟那么大的年龄了！

陈：就是呀，出了意外怎么得了？我们的人把她拉回来，又给她讲道理……

贺：后来她那几棵树你们是怎么处置的？

陈：她那几棵树我们还是给她砍了，一棵树大概赔了她300块钱。

贺：这是比较高的了。

陈：对，比别人家高得多了，但她还是嫌少，对我们很不安逸。

贺：她为什么宁愿去跳水，也要护住那几棵树？知道原因吗？

陈：就是我前面说的，她要把树留起做老木！老木，就是棺材，农村老人，就是这观念，也怪不得她！

贺：还遇到过什么困难吗？

陈：易地搬迁我给你举一个例子，我们7社的，家里3口人，1个老母亲，1个女子在外面读书，加上他，是个残疾，只有一只手。他们住在7社一个山脚下，路很不好走，而且房后面是山崖，很危险。每次下大雨后，我们不放心，都要派人去他家里看看。这个老太太，从结了婚就待在那里，一直没出来过。我们动员她易地搬迁，她不答应，说什么她死都要死在那个老房子里！我们不死心，让她儿子来做做他母亲的思想工作，可没有想到的是，为此他和她母亲闹翻了。为了解决他们家里的问题，我们给她儿子在村上找了一个打扫卫生的公益性岗位，每个月有600块钱。

贺：他不是只有一只手吗？

陈：是，他只有左手，但他用这个胳膊把扫帚抵到，还可以，做事也认真，人也很勤劳，很朴实。他的工作我们都做通了！

贺：就是老太太不答应搬？

陈：对，我们去给他老妈做了很多次工作，包括我们镇上的领导也去了，但不管怎么说都不得搬！我们就想了一个办法，找人来把她抬出去，让她看看现在的椋杆垭村变成什么样子了。我以为这样她会很高兴，但她仍然说她不得出去！

贺：多大年龄了？

陈：80岁左右了，连接她到山下看风景她都不走，这个工作确实没法做下去了。她不走，我们也不能强迫她呀！想起来，老太太一辈子也真是可怜！一辈子待在那山上，就像关在笼子里的鸟儿一样，你把它放了，它连飞都不晓得飞了！

贺：最后你们又怎么办？

陈：她不走啊，接下来让她看看新居修得如何漂亮，可她就是不走啊！她儿子的工作做通了，愿意下来，那个孙女儿还是念书，肯定也愿意跟着她爸爸，但就是这个老太婆，只有继续做工作嘛！这个老太婆背有点驼，光在生病。

贺：80多岁的老人，对故土有深深的眷恋，这也是可以理解的！

陈：前段时间我们很忙，现在又稍微松一些了，我们必须要把这个工作做下来才行。她儿子的房子也是定了的，一些家具她儿子都搬到新居里面了。

贺：房子都给他修好了？

陈：那个聚居点29户全部都是修好了的，已经住进去了10多户人，还有10多户人没有搬！

贺：这10多户人为什么对搬新房不那么积极？

陈：搬新房必须拆旧房。

贺：一定要拆？

陈：必须拆！这是我们马上要开展的工作，镇党委要求我们在7月15号以前全部拆完、拆尽。

贺：现在你们在开始拆没有？

陈：已经开始拆了。

贺：拆旧房子发生过什么矛盾没有？

陈：拆旧房子的时候，有些人会给我们讲价钱，比如说"给我留一间呀""给我留间猪圈呀""我不养猪怎么办呀"等。我们就给他说："土地都给你流转了，你拿什么养猪、养鸡？你实在要养猪、养鸡，我们在新居点旁边给你们每一户都修间猪圈，你们把猪赶过去就行了！"总之一句话，农民还是怀念他那个旧窝窝。

贺：搬到聚居点的贫困户，他们是什么反应？

陈：开始很多贫困户都在搬与不搬之间徘徊，我们便先去动员村里的一位贫困党员，让他带头，这个贫困党员前面搬，后面我们就把他旧房子给他拆了。这个贫困党员在新居里住了一段时间后，逢人就说："这个房子住起舒服，撵也把我撵不走！这里条件多好，到处干干净净，天晴下雨都不得走泥巴路！"一些贫困户看到他搬了，也陆续搬进来。前两天我去看他们住得怎么样了，那些贫困户都过来拉着我的手说："陈书记，你们这事才办得好哟！原来我们不理解你们，现在就想在底下住一辈子了！你们辛苦了哟！"听到这些话，我们也感到一丝欣慰，这是老百姓对我们的肯定嘛。

贺：陈书记，在我的访谈中，老百姓对你们第一书记还是十分认可的，对本地的村干部，比如说村支书、村主任等，对他们的评价便不如你们高。

你站在一个外来者角度，来思考这问题，你觉得其中的原因是什么？

陈：你提的这些确实存在。我才下去的时候，有些老百姓给我反映他们村一些干部的问题，有的比较久远，有的时间不长，反映的问题很多，譬如说干部优亲厚友、办事不公平呀，村务不公开呀等。我通过一段时间的观察，也确实发现干部存在着一些问题。后来群众反映的问题多了，捅到了镇上，镇纪委派纪检人员专门到村里来，一个社一个社调查了解。通过摸底核实、调查了解，发现老百姓反映的问题，有的存在，有的是捕风捉影，还有的因为村务不公开，造成了干部和群众之间一些误会。镇纪检组的工作人员把情况向老百姓公布过后，老百姓现在就好多了。目前我们村的支部书记，是从镇上派下来的。

贺：为什么会从镇上派？村里选不出来吗？

陈：村里选举没选出来！因为老百姓对这个村以前反映的问题意见太大。

贺：你看，说了半天我们又绕回来了！我在思考这样一个问题，目前像这样的贫困村，因为有了你们第一书记这个外来者，不管是村党支部还是村委会，组织建设都得到了加强。但脱贫过后，你们第一书记都走了，农村又会不会回到原来那样一个状态？

陈：是，你说的太重要了！像我们那个村，现在村干部比以前好多了，最起码他们能够全心全意投入到这个扶贫工作中来嘛！

贺：他们能够全心全意投入到这个扶贫工作中来，大约有两个原因，一是这个精准扶贫工作是全党全国的重中之重，上面抓得很紧，他们有压力；二是有你们第一书记带动、监督，因为你们毕竟是从上面派下去的！如果没这两个因素，他们又会怎么样？

陈：你说的真的是一个问题，那还得靠国家建立一套完整的机制！反正下去两年，让我增长了不少见识，也多了一些阅历。其实老百姓十分纯朴，说白了，他们的一些要求，都是一些小事，有的甚至可以称得上是鸡毛蒜皮，但就是这些鸡毛蒜皮的小事，影响了农村的和谐和发展。现在我们选的两个村干部还可以，都是年轻人，才30多岁。他们两个原来都在外面打工，专门把他们叫回来，打算作为苗子来培养，农村没有年轻人不行！

新手上路，请多关照

——恩阳区青木镇平桥村第一书记常春访谈

常春，女，1980年1月生，1997年7月毕业于原巴中县农校经济管理专业，1998年4月在巴州区委老干部局工作，2013年5月区划调整到恩阳区委老干部局工作，任恩阳区委老干部局安置接待科科长，2017年3月经组织安排到青木镇平桥村任第一书记。

贺享雍（以下简称"贺"）：听说你到平桥村做第一书记时间还不久？

常春（以下简称"常"）：对，我是3月份组织部才出的文，是扶贫战线的一名新兵。

贺：原来是谁在挂包平桥村？

常：原来也是我们恩阳区委老干部局挂包的平桥村！当时第一书记是我们局的一位副局长，叫秦艳。今年1月底她调到另外一个单位去了，所以组织就安排我来任平桥村第一书记。我原来一直在巴州区委老干部局工作，2013年恩阳新区成立后，我就分到这边来了。当时我们分过来4个人，2014年秦艳副局长一直在平桥村当第一书记，她确实是一位优秀和务实的领导。

贺：她是不是挂包领导？谁是第一书记呢？

常：2014年挂包领导是区委组织部副部长、老干部局局长张钰。秦艳副局长是第一书记，她现在到登科街道办事处当主任去了，组织让我到平桥村做第一书记，我感到肩上责任很重，因为原来的第一书记是副局长，而我现在还只是一个安置接待科科长。

贺：安置接待科科长也是很重要的角色呀，没有几把刷子能做安置接待科科长？你是在农村长大的吗？

常：不是，在城市长大的，我爸爸也是公务员。但是我妈妈去世好多年了，我是由爸爸把我抚养长大的。一个女孩子家，我爸爸经常说的，我对你也没有更高的要求，有个工作，尽自己的能力把本职工作干好就可以了！但如果我是个男娃娃的话，我估计又会不一样。他肯定要求我去追求更高、更大的事业。我觉得我爸爸说的有他的道理,女孩子家最主要的是以家庭为主,把自己的本职工作干好就可以了。

贺:到平桥村4个月了?

常:到现在才3个月,我从来都没有经历过农村的工作,一切都是从头学起!

贺:下去有什么感受?

常:虽然组织部是在今年3月份才发文叫我到平桥村做第一书记,但对平桥村却并不陌生。因为我们老干部局挂包平桥村后,单位开展帮扶活动,我跟我们秦艳副局长到平桥村去过,所以还不算陌生。记得第一次去时,那个路非常差,全是泥巴路,我们坐的是村文书一辆长安双排座货车,上一个坡的时候,冲了好几次都没有冲上去,轮胎打滑,上不去,幸好他车上有绳子,我们几个女娃娃就跑去喊当地的农民一起来拉车。还有一次,我跟我们那个文书、副局长晚上回巴中,也是上一个坡,冲了很多次都没有冲上去,只好把车子停在路边边上。好在村文书是本地人,就把车停在路边边上第二天来处理,我们就把手机的电筒打起,走了将近两个小时,快走到牌坊场时才喊了一辆车来接我们。这两次经历记忆犹新,觉得农村好辛苦,但也是对我的一种锻炼,下去后,我知道农村的路不行,就穿休闲鞋,不敢穿皮鞋。即使穿休闲鞋,遇到爬坡上坎的时候,还得村上的干部来拉我一把,不然就爬不上去。不过现在好了,不用人拉,我完全可以走那些小路了,这对我也是一种改变!现在接触老百姓多了,感觉得到来农村锻炼一下,会有很多好处。以前没直接接触农民不知道,大多数农民都比城里人纯朴、善良、热情。

贺:你现在是接你们副局长的工作,最难啃的骨头大约已经过去了,比如修路什么的。

常:是!现在全村的道路硬化了6.8公里,今年上半年又将这6.8公里路拓宽到4.5米。

贺:你到村上去时,村里的基础设施基本上都改变了?

常：嗯，易地扶贫搬迁聚居点也修了，产业这一块，蜜柚发展了700到800亩，蜜柚里面又套种了辣椒。

贺：我前天到你们平桥村来看过，深有感触。

常：目前正在实施土地增减挂钩项目，1社拆了有十多二十户，现在在整4社的新居点。4社的新居点比较大，大概有20多户人集中修到一起。

贺：到村上这3个月，你住在哪里？

常：村主任家里。

贺：村主任家里几个人？

常：就他们夫妻两个在家里，孩子都在外面发展。

贺：现阶段主要工作是干什么？

常：主要是再次精准识别贫困户的基本信息，要把他的致贫原因搞准，家里有好多人搞准，姓名的字不能错，身份证号码不能错，享受的国家政策贫困户要知晓，再次精准识别！还有就是以前脱了贫的贫困户要回头看，回头帮，缺什么给他补什么！脱贫不脱策，现在国家子系统可以开网了，喊我们可以动态微调，该清退的就要清退，该补的就补进去，有车、有房、办企业的该清退的必须从贫困户中清退出去。

贺：你们村上有这种人吗？

常：有两三户。

贺：要清退？

常：是的，要清退。他们有车、有商品房的按照国家政策必须清退，都买得起车、房子证明已经不贫穷了，生活富裕了。

贺：评了贫困户之后买辆车，跑跑运输，就像发展产业一样，也是脱贫的一个项目，不这样，反而加重政府的负担。

常：对，买车跑跑运输，靠自己双手挣钱光荣，只坐在那儿等、靠、要国家来扶持，反倒不好了！光靠国家不可能，还必须靠自己的双手去致富。比如说我们村上1社有位贫困户叫王正银的，他老婆精神有点问题，还有两个小孩在读书，父亲年老，他买了一辆三轮在跑运输，他吃苦、勤奋，挣钱养家，他就没有光靠国家的政策来维持家里生活，他通过自己勤劳双手致富。

贺：你刚才说的是评了贫困户后才买的房和车，有没有在评之前就把房屋和车子买了的？有没有前期没评准的？

常：2015年12月我们新任局长蒲素亲自到村组织贫困户评定后回头看，通过回头看，从最穷的开始排，评出了16户。这16户算是全村最贫穷的了，其他的基本上就没有了。你刚才问的情况，比如评以前有没有买车买房的，我们村绝对没有这种现象，评得非常准的。

贺：但如果买的是商品房呢？

常：如果是贫困户买商品房，政策规定不能享受两处优惠政策房子，既在易地搬迁聚居点修了新房子，城里又买商品房的不能双重享受政策，所以就要清退出去。

贺：这种情况就清退了？

常：对，要清退的，不能双重享受。

贺：如果脱了贫再去买商品房，就两头都可以占了？

常：这个问题现在国家政策没有明确规定，我也不太清楚。

贺：还遇到一些什么问题？没跟老百姓吵过架吧？

常：没有，老百姓看到我是女孩子，跟我说话都特别随和、温柔点儿。我的性格也比较好，不是自己夸我自己，如果老百姓对我生气什么的，我就先把不是兜过来，说："是是是，是我工作没有做好！"然后我又说："我是新手，新手上路，请多关照！"几句笑话一说，老百姓再大的气也没有了。

贺：看得出来，你性格比较外向、随和，跟什么人都合得来。

常：我这人很直，是什么就和老百姓说什么，入户调查我就给他们讲现在的扶贫政策，你家里是属于哪种，你是怎么致贫的，是因病、因残、因学、缺技术、没劳动力等。每个家庭都有不同的致贫原因，我就给他说，然后又给他讲可以享受的政策，又问他近期的生活情况、身体情况、生产情况，现在养了多少鸡、多少鸭，种了多少粮食、蔬菜。有时我还把技术人员带到一起，就在他家里给他技术培训。3月份我和村文书把以前的扶贫资料重新做了，因为以前的资料跟现在又不一样了，在更新，白天干村上的事还要到贫困户家中走访，就利用晚上的时间做资料。

贺：你到村上去的时间还不长，资料做起来难不难？

常：才开始做资料难啊，那时候我差点儿要流眼泪了！看到一大堆资料，以前在单位从没接触过这方面的资料，但是我一定会坚强、勤奋学习，领导信任我，交给我这项任务，我一定不会辜负领导对我的期望，一定干好脱贫攻坚工作。我从来没有接触过农村的工作，看到农村里这一切一切，真的是觉得好难好难哟！不像我们机关，机关跟农村完全不一样，接触的人也不一样。我们老干部局接触的是副县级以上的老干部、离休老干部、老红军等人，和农民完全不一样。农民虽然纯朴，但有些老年人还是以前那个时代的观念，有时候和他们沟通非常难！

贺：能不能举个难以沟通的例子？

常：有个老婆婆，家住3社，这个老人家大家都说她神经有点问题，我也去试过，有时候她说话很正常，但说着说着就跑题乱说起来，看起来确实又有点不正常，就是这样子的人，也没什么大毛病。她家里的鸡死了，就说是旁边的邻居给她毒死的，来找我。我说不可能吧，他毒你鸡干啥嘛？她说怎么不可能？声音很大，像和我吵架的样子。她说真的，就是他毒死的！我说你看到没有？要有证据，你不能冤枉人家哟！她说我没有看到，反正就是他经常在我边边上，在我附近走动，就把我鸡毒死了！因为没有证据，我也不好下结论，便叫她把死鸡拿回去埋了，以后把鸡照看好就是！结果她不但没把死鸡埋了，反而背到镇上去了。镇上的领导回答她的话也和我给她的解释一样，你没有证据，怎么去定人家的罪呢？也喊她回去把死鸡处理了，热天放在家里臭了对自己身体也不好！她回来又来找我，这一次她不说死鸡了，而是向我投诉哪些人又在骂她，说她什么等。说了好多，她给你说一天都说不完，你只要在那里听她说，等她说累了我只有给她耐心地解释并送她回家。

贺：是不是她精神上真的产生了一种幻觉？

常：这个就不知道了，反正在机关肯定遇不到这样的人！

贺：还遇到过什么想不到、棘手的事？

常：大的没有，都是一些小问题。比如有的人不愿意把土地流转出去，说流转出去了我以后吃什么？老年人在家里，儿女都在外面，他没有土地就没法种粮食了。

贺：很多地方都遇到了这样的问题。

常：我们回引了一个企业家叫李明阳，我们叫他李总。他也是我们平桥村的人，在外面创业成功了，回来搞产业发展，我们就需要给他流转一些土地，400块钱一亩。但老百姓就说我把土地流转给你了，我后面又吃什么？我现在倒还有点存粮，但吃完了怎么办？有个叫朱绪章的，就住在村部下面，他一个人在家里，就是不流转。但李总的产业又恰恰在村部这一带，我就去对他说，你实在担心以后没有吃的，要不你流转一部分，留点地种点儿粮食自己吃也行！当时我们想让他留一亩地种点儿粮食、蔬菜，他一个老头又有养老金，儿女又在外面挣钱，有能力赡养他，他一亩地完全可以养活自己了。

贺：他接受你的意见没有？

常：没有，当时他还说要去上访，我说你去上访，不管到哪儿，最后还是要平桥村给你处理，还是要村上的书记或主任，或者我来给你处理，那又何必呢？你也不要去上访，上访对平桥村的影响也不好，毕竟你也是村上的人，要支持村上干部的工作，他们也比较辛苦，你都是知道的！比如我，我不是在城里没饭吃、没衣穿，才到平桥村来。我在城里有饭吃、有衣穿、有空调、有火烤，坐在办公室里舒舒服服的，按时就下班回去吃饭，我现在在平桥村过的日子哪有在城里好？我们是为了什么？为的是让你们过上好日子！早日脱贫奔小康！接着我又对他讲了改革发展起来的好处，讲了他享受的国家好政策，讲了干部平时对他的关心。最后他不但再没有说要去上访的话，土地也全部流转了！

贺：你的思想工作起了作用？

常：不光是我的思想工作，我估计村上书记也去给他做了工作！我们村上对他确实不错，这老头很勤劳，一个人在家里，不但种庄稼，还养鸡，他一个人忙不过来，我就帮他销售鸡和鸡蛋。

贺：你是怎么帮他销售的？

常：现在城里人不是喜欢吃土鸡和土鸡蛋吗？我就动员我城里的亲戚、同事以及和我要得好的，对他们说：你们想吃土鸡、土鸡蛋，不要到别处去买，你们只要打声招呼，我就给你们买回来！我那些亲戚、同事和朋友都知道我在平桥村当第一书记，从我那儿买回去的鸡和鸡蛋绝对货真价实，就给我打电话，今天要好多好多个鸡蛋，明天要好多好多只鸡！前两天我们同事要7只母鸡，我就去给1社的李社长说：李社长又要麻烦你了，你去帮我收7只母鸡！他就去给我收了，我在1社那个路口上去拿，有时候我自己到农民家里去收蛋和鸡，然后坐村支部书记的车子回恩阳，又坐恩阳的车子回巴中，然后打电话叫他们到我家里来取鸡、鸡蛋，如果他们没时间来取，我就给他们送上门，现在是夏天，不能多买，一般50个、100个。所以朱老头的鸡蛋大多是我帮他推销的，他还是知道这些的，懂得感恩。后来他还是答应把土地流转了！

贺：能不能想办法组织一个专业的合作社，建立起固定的销售渠道？单靠你的亲戚、同事和朋友，销售量毕竟不大，你们那儿有没有养鸡的习惯？

常：养鸡养鸭的人家还是比较多，但都是在家里散养。光靠我一个人的力量是很单薄的，组织一个专业的合作社这个想法我也给村上书记说过，现在我们正在商讨这件事。

贺：规模也是不大，一般一二十只那种？

常：对，十多只呀，二十多只呀，就这个样子。我帮扶的那家里养了六十多只，算是规模稍大一点。

贺：这种零星养殖还是难以形成规模，能够形成规模的还是土地流转后发展蜜柚和辣椒产业。村里的土地是不是全流转完了？

常：还没有全部流转，现在流转了800亩左右，全村是1300多亩土地。有的农民把土地全部流转了，有的流转了大部分，自己留了一点种点庄稼和蔬菜，和前面那个朱老头的想法一样，防备今后没有饭吃。

贺：小常，我发觉你非常善良，但我觉得农民这样做有一定道理，所有的土地都流转完了过后，农民吃什么？这是一个问题！你可能要说，农民到时手里有钱了，可以到市场上买呀！那市场上的粮食又从哪儿来？这涉及国家的粮食安全问题，弄不好，中国今后要出问题！

常：你这么一说，我也觉得这确实是个问题。

贺：平桥村那个地方我去看过，不像其他地方，业主主要是在流转的土地上栽果树，要三五年才见效。

常：是，我们流转的土地也是栽果树。

贺：现在老板在蜜柚中间种了辣椒……

常：我们这个辣椒不是蜜柚老板种的。

贺：还是村民种的吗？

常：是叫村民种，农技站拿的苗子喊村民来种，村民只相当于在园区务工，60块钱一天。

贺：也就是说，村民的土地从流转出去那一天起，就不能在这个地上种任何东西了。有的地方是这样的，比如说一个老板来流转了几百亩土地种核桃，核桃也要三五年才能挂果呀，这三五年间核桃树也没长大，他仍然把土地交给农民，农民愿意种点儿杂粮的，种点儿庄稼的你就种。只是树大了你不能种，但这三五年农民还可以在地里种粮食。

常：我们这儿是这样，这个季节种辣椒，喊老百姓来种，平时锄个草、管理一下呀，算是在园区务工，60块钱一天，到了冬季的时候又种蔬菜，也喊他们来种，也给他们拿工钱，收获的季节农民来收，也要给他们拿钱。

贺：我知道，他们只是出卖劳力，地里的产出不归他们。没粮食了，他们就用出卖劳力的钱去市场上买粮吃。

常：我们还要给贫困户分10%的红。

贺：这个都不高。

常：贫困户分10%，集体经济就分2%，有个分红机制，现在就是这样子的。

贺：我知道，这是一个访谈外的话题，现在党委、政府考虑的是如何把第一步走出去，让老百姓尽快脱贫。关于粮食安全的问题，我相信国家今后一定会考虑的！你下去才3个月时间，还在慢慢熟悉农村，融入农村，时间对你来说，还有1年多。

常：平桥村预脱贫时间是明年，今年恩阳区要脱贫摘帽，区里开始报的55个村，后来平桥村也报上去了，今年我们村也纳入区里脱贫，但是省上没有认定，只有看明年了。即使明年脱贫了，还要巩固，一样的每个月要给他们算账，一样要开展工作。

贺：这样说来，如果没人来接替你，你还要在平桥村待两三年时间，到时候，你就再不会是："新手上路，请多关照"了哟！

常：一样需要关照嘛。谢谢贺老师！

努力探索城乡接合部贫困村建设之路

——巴中市经济开发区文兴街道办事处中营村第一书记李明松访谈

  李明松，男，巴中市巴州区人，1972年9月生，1994年8月参加工作。武汉食品工业学院动物营养与饲料加工系毕业，巴中市发展和改革委员会实施西部大开发办公室副主任。2015年8月被选派到巴中市经济开发区文兴街道办事处中营村担任第一书记。2017年4月被中共四川省委、省人民政府表彰为"优秀第一书记"。

贺享雍（以下简称"贺"）：李书记，你是从市上哪个单位派到中营村做第一书记的？

李明松（以下简称"李"）：我是2015年8月从市发改委派驻到中营村的，在单位我是农经科副科长。

贺：能简略介绍一下中营村的情况吗？

李：中营村一共有8个农业合作社，445户，1765人。贫困户在2015年精准识别后，一共是68户，283人；2016年脱贫了61户，253人；2017年脱贫7户，30人。中营村过去是接近文兴镇南边最末端，紧靠巴州区的曾口镇店子乡。过去我们整个村是典型的旱山村……

贺：缺水？

李：缺水，典型的农村旱山村，特别是山上的7、8社，一遇天旱，吃水到山下背。交通也不方便，整个村的村道有7条，没有一条水泥路。巴中市城市规划调整过后，山下面的1至6社划到了经开区的规划区域，7、8社虽然也在经开区规划范围内，但不在红线之内。

贺：不在红线之内是什么意思？

李：就是不在城市建设之内。

贺：就是说，你们村现在的情况是，一大半村在城里，一小半村还是属于农村，是真正意义上的亦城亦乡！

李：也可以这么说，但这两个社虽然不在城市建设的红线之内，但整个经开区的开发成果，他们照样还是享受了的。原来全村没有一条水泥路，现在包括山上的7、8社，一共修通了6公里水泥路。这两个社的村民，我们集中规划建设了两个"巴山新村",7社一个点,8社一个点,他们虽然没有住进城里的高楼大厦,但是那一幢幢小别墅似的建筑,比城里的建筑还漂亮。

贺:两个新村一共建了多少房屋?

李:两个社一共是92户,所有村民,除了已经搬离了的,基本上全覆盖。现在1期已经入住,2期也很快就要入住。即使没有在"巴山新村"建房的,我们通过风貌改造,把他们的房子改造得非常漂亮,独门独院,一点也不亚于新村。

贺:我从经开区一路往上走,发觉整个村的道路整洁,两旁鲜花盛开,路灯什么的都安装得很好,包括路、水、电这些投入,都不会是小数字,钱是从哪儿来的?

李:公益部分,都是政府投入。

贺:政府一共投入了多少?

李:基础设施方面,大概就是3000多万吧!

贺:3000多万?

李:要不我前面怎么会说整个中营村,包括没划进建设红线的7、8社,都享受了经开区的建设成果呢!

贺:我明白了。你们这个地方因为处于全市经济开发区内,情况有些特殊,全村只有60多户贫困户,并且都已经脱贫了,关于这方面的情况,我不想再多做了解。我想问问李书记,通过在中营村两年多第一书记的锻炼,你对如何做好农村工作,有什么独到的见解?

李:我觉得留下一支带不走的两委班子,是做好农村工作的关键……

贺:你可提出了一个十分重要的问题!

李:我们去年村支部换届,当时那个支部书记年龄大了,我们的意见是让原来的村主任魏志接替村支书的工作,另外我们又物色了两个年轻人,一个叫曾琦龙,他是上届支部委员,新进了一个叫李思建。李是退伍军人,复员后在黄家沟做建材生意,年轻人思维和个人经济条件也比较好，搞现代化办公也很在行，我们的初步意见是让他做支部委员，因为他从复员后就在外面做生意，村上的事务参与得少，农村工作的经验还不足。但小伙子热情高，又有一点初生牛犊不怕虎的精神，跃跃欲试的，一上来就想去竞争支部书记的职务。但竞选时他没选上，这个很自然，因为你过去没参加村上事务，群众的认可度不高。没选上支部书记后，支部委员分工，他就协助我做脱贫攻坚工作。我就经常跟他一路，带他走村串户，让老百姓熟悉他、认可他，当时李思建也把全部精力投入到扶贫工作上来，还是很不错的。原来的村主任魏志当选村支书后，主任的位置空了出来，李思建给我交流过，他想有机会做更多的事情，或者到更重要的岗位上施展才华。这个话的意思是很明显的，但偏偏这个村又有一个叫李华的，是个返乡农民，年纪比李思建大些，40多岁，也想参与到村上的事务中来。并且李华还有一个优势，就是他和老支书李思奉是一个家族的，他们是堂兄弟，并且他是住在7社。整个中营村好像有一个不成文的共识，如果底下几个社有一个村上的主要干部，那么上面几个社也要有一个村上的主要干部，这样子对我们全村的工作推动才有力。而李思建和魏志平时都住在城里，当时我对李思建还是很有好感的，但从工作出发，我们也只好按组织意图来。

贺：最后怎么样？

李：我们给李思建做工作，说：你想通过参与更多的村民事务来锤炼、磨炼自己，这想法是很好的，但必须要得到村民的认可，你还年轻，今后机会还很多，比如像魏志书记，现在又有从农村选拔优秀支部书记充实乡镇干部队伍的规定，通过我们的努力，把他推出去当公务员了，支书的岗位就空出来了，那时你通过了一定的锻炼，群众基础也有了，说不定村民和党员还会让你挑更重的担子。当时我们还是十分担心村委会选举出问题，但没想到李思建十分大度，开会以前他便在会上表态，说因为自己才参加村上工作不久，经验还不足，就恳请大家不要推选他了，主动放弃了……

贺：最后投票情况怎么样？

李：尽管他主动退出竞选，但老百姓的认可度还是很大，特别是6、7、8社给他投票率很高，但最终还是没超过李华的票数。但通过这件事，我发觉他在政治上比过去成熟了！后来像我们这样的精准扶贫村可以增设一名村支部副书记，他是村支部委员，就转为了村支部副书记，现在他的工作很好。所以说在村两委班子建设上，我觉得还是很有成就感的。因为现在整个班子团结，战斗力很强，真的可以称得上是一个坚强的战斗堡垒。

贺：我对你说的仍然有些疑惑！因为像我刚才所说，你们这儿情况比较特殊，亦城亦乡，一部分村民已经住进了城里，变成了市民，一部分村民虽然还住在农村，但仍处在经济开发区内。事实上你们已经成了城市社区，像这样的两委会，和我们平常见到的贫困村两委会不一样，恐怕面临着更多的利益资源，所以在班子上表现出激烈的竞争。会不会有这种情况？

李：可能也有这种因素在内！我听说一些偏远的村特别是贫困村两委换届的时候，选不出人来，因为年轻能干的都出去了，只好由上面派人下去做支部书记。可我们村两委换届，大家都踊跃参与……

贺：除了李思建、李华参加两委班子竞选外，还有哪些人报名？

李：竞争支部书记的，有魏治、李思建，好像还有魏小平，还有办事处几个，不知道他们是自告奋勇还是组织上让他们来锻炼的，反正当时有好几个年轻人。

贺：竞争村委会主任吗？

李：竞争村委会主任的，除了李思建、李华外，还有一个叫曾庆龙的。他是个大专生，毕业过后在外面做了几年的事，后来还是觉得家乡好，因为我们2011年就开发兴文了，他便回来在家里搞绿色蔬菜种植基地，把自己家庭产业发展得很好，然后他就参加村民事务。

贺：还有谁？

李：还有个女娃，叫李江容，高中文化，28岁，这次换届是村民委员会的委员和妇女主任。她是从外面嫁到李家的媳妇，工作积极、肯干、扎实，这次把她抽调到办事处扶贫办去了。去年下半年我们开发龙池山3A级景区，需要招聘一个旅游讲解员，她和另外一个叫王琴的人报名应聘，通过公开演说后，我们认为她比较合适，就让她担任了旅游讲解员。就像李思建一样，她虽然是旅游讲解员，实际上也在做村两委的事，比如脱贫攻坚，她和我们一起走村串户，年龄也跟李思建差不多，也就打下了群众基础，所以村民委员会换届的时候，她高票当选为村委会的委员。

贺：听你这么讲，我觉得你们这几个同志，每个同志都很优秀。要是我们一些地方，比如我们通江、南江县高寒山区的贫困村，有你们其中任何一位同志，都是福音。可是你们有这么多的同志，也只能优中选优了！

李：就是，我为当选的同志感到骄傲，同时也为落选的同志感到遗憾！

贺：假如从现在起，你不再到中营去了，或者说，组织上从此以后也不再往中营村派第一书记了，这个村的班子运作起来会不会出什么问题？

李：绝对不会，我完全相信这个班子的战斗力！

贺：就这么自信？

李：对！因为就像你刚才所说，中营村现在实际上已经变成了一个城市社区，随着城市化进程的发展，以后中营村党支部绝对会由一个农村党支部变成一个城市联合支部或党委，到那时候，组织建设只会越来越强，怎么会出问题？

贺：好，感谢你给我提供了一个很有新闻价值的素材。还有什么独特的经验和做法吗？

李：我觉得在现在的脱贫攻坚中，我们大量的精力和时间都投到了文字工作方面，我们本来想做更多的群众工作，却被文字、软件方面拖住了，大量的时间陷在了办公室里，做群众工作的时间反而有限了。扶贫不应该仅停留在物质帮扶方面，更重要的还在精神层面，精神层面的帮扶比物质帮扶更艰难。比如我们中营村，现在村民都住上了好房子，可如何养成好习惯,如何培养他们热爱家乡、热爱党、懂得感恩等十分重要,在这一方面,我们着重抓了下一代。

贺:哦,这倒非常新鲜,请你具体谈一谈。

李:这不是我一个人的功劳,首先应该感谢我们单位,因为我们市发改委是中营村的帮扶单位。2015年精准扶贫刚开始的时候,我们单位领导就意识到了扶贫更多地要从下一代抓起,于是在这年春节的时候,我们就把中营村在读的大学生请到我们单位上开了一个座谈会,给他们讲授什么叫精准扶贫,怎么扶,把扶贫政策和做法都教给他们。因为他们有文化、懂科学,接受新生事物快,他们又是父母、家庭的希望,通过他们去带动、影响、感染全村的老百姓,包括贫困户。

贺:有多少人参加?

李:有40多个人。

贺:40多个,中营村大学生不少嘛!

李:包括我们巴中职业技术学院中营村籍的学生,都来参加了座谈会。开会以前,先参观了经开区,让他们看看自己家乡的变化,然后开座谈会,座谈会开了两个多小时,我们局长亲自来讲了话,给全体学生拜了年,中午吃了个工作餐,下午又带他们到恩阳机场参观建设,一边参观,一边又给他们介绍我们巴中未来的发展,希望他们以后用学到的知识回报家乡。我们专门包了一辆大巴车,早上我亲自到中营村去接的他们,参观完了以后,我又亲自把他们送回中营村。那些孩子,看到家乡这种巨大变化,那种激动和兴奋就别说了!

贺:座谈会是在哪儿开的?

李:就在我们单位会议室。

贺:其中有多少是贫困家庭的子女?

李:有5个。

贺:你还记不记得他们的名字?

李:有一个是苟在美的孙女苟××姑娘⋯⋯

贺：这个孩子后来和你联系过没有？

李：这个姑娘性格有点儿内向，倒是另外有个姑娘，叫李××，她家里不是贫困户，在会上她主动发言。我当时对她印象还不深，第二天她就把我微信加起了，后来她就经常跟我交流，现在微信都在联系。2017年春节时，我们市委市政府说要换个角度来看中营村，换个角度来看脱贫攻坚工作，喊我推荐一些大学生，看看年轻人用什么眼光来看我们的精准脱贫工作，我就想到了李××，因为她准备当老师，她写了一篇文章，我今天都带上的。她通过她的眼光，来看这两三年中营村通过脱贫攻坚、驻村帮扶带来的翻天覆地的变化，写得很生动。她毕业的时候，准备在学校入党，把学校的政审材料寄到家里，但家里只有她爷爷，又没文化，到处跑，不知该找谁。我知道后，就帮她去跑，先到村里盖了章，然后找兴文办事处出了证明，给她寄过去了。同时我给她说，你就直接告诉我，我们会给你做好。她住在上面7社的，她的爷爷没有搬到"巴山新村"去，但通过风貌改造，她家房屋也非常漂亮。所以她非常感谢我们，感谢精准扶贫。这些都反映在她的文章里，还拍了照片发到她的朋友圈里。

贺：这个活动确实开展得很好！年轻人毕竟比老年人思想觉悟要高，享受现代文明的熏陶教育，不仅对当前开展的脱贫攻坚活动有很大帮助，而且对他们的价值观、人生观都有很大影响，对他们今后的人生道路意义都很重大。另一方面，通过他们，把我们巴中脱贫攻坚的经验、巴中的变化带出去！你刚才说，精神扶持比物质扶持更困难，我是深深赞同的。你们这儿的农民和其他地方，比如通江、南江那些高寒地区的农民不同，那些地方的农民这辈子永远都是农民，没法改变，而你们这儿的农民，由于城市的扩张，很快要变成市民。从农民到市民，虽然只有一字之差，却是天壤之别，你们从娃娃抓起，是一个了不起的创造。现代化从他们起步，比你们去给他们爷爷、父母灌输好得多。

李：贺老师不愧是作家，站得比我们高。还有一个细节我得给贺老师补充：今年春节期间，李××放了寒假回到了她家里，我女子也刚刚放了假。我女儿读高一，我就专门对我女儿说："走，到你爸爸工作的地方去参观一下！"我把她带到村委会办公室坐了一下，就把她带到李××家里，我说："这是你的姐姐，你学习的榜样！"她们两姊妹进行了亲切的交谈，回来过后，我女儿觉得特别自豪，一是她看到了村民对我的尊敬，为我感到自豪；二是她说这些村民好朴实，好热情，走拢就请她坐，拿她像贵宾一样，她也觉得自己受到了一次深刻的教育，认识到了农村、农民。

贺：确实是这样！你今天给我提供的两条经验都非常宝贵。昨天在乡上的时候，你们党委书记也给我讲到培养市民好习惯的问题。因为兴文特别是现在的核心区，农民摇身一变就成了市民，要养成好习惯，不是一天两天的事。他给我讲了一个细节，他说现在上面说"两有"，就是保证贫困户有吃的，有穿的，这个不成问题！现在的问题是贫困户不缺吃的，关键是吃什么，膳食合不合理？营不营养？是吃得好与吃得差的矛盾。穿也是一样，穿要穿得体面一点，还不说穿得好，以前有些农民出来扣子都是扣错了的，现在要穿，确实要穿得整洁，穿的得干净，这就是形成了好习惯。

李：为了促使贫困户养成好习惯，我们的村干部经常组织起来到他们家里检查。去了首先看他家里干不干净。我们看到他家里不干净，床上被盖也不叠，随便裹成一团，便要沉下脸来批评他。特别是一些女同志，说："你看你屋里，也不收拾一下，像个什么？又不是牛窝狗窝！"一边说，一边帮他扫屋子、扫院子、叠被子。人都有羞耻之心，这样做几回，他自己就不好意思，看到我们去了，就忙不迭地扫地、扫院子、叠被盖，好习惯就慢慢养出来了。

贺：你讲得很好，也给我提供了我在别处没得到的素材，谢谢你！也祝中营村的工作更上一层楼！